人民共和國文化與文學叢書

十 編

李 怡 主編

第 14 冊

《星星》詩刊（1957～1960）研究
（第三冊）

王 學 東 著

花木蘭文化事業有限公司

國家圖書館出版品預行編目資料

《星星》詩刊（1957～1960）研究（第三冊）／王學東 著 --
初版 -- 新北市：花木蘭文化事業有限公司，2022〔民111〕
目 8+142 面；19×26 公分
（人民共和國文化與文學叢書 十編；第 14 冊）
ISBN 978-986-518-954-9（精裝）

1.CST：中國當代文學史 2.CST：當代詩歌 3.CST：詩評

820.8　　　　　　　　　　　　　　　111009793

ISBN-978-986-518-954-9

9 789865 189549

人民共和國文化與文學叢書
十　編　第十四冊　　　　　　　ISBN：978-986-518-954-9

《星星》詩刊（1957～1960）研究（第三冊）

作　者　王學東
主　編　李　怡
企　劃　四川大學中國詩歌研究院
總編輯　杜潔祥
副總編輯　楊嘉樂
編輯主任　許郁翎
編　輯　張雅淋、潘玟靜、劉子瑄　美術編輯　陳逸婷
出　版　花木蘭文化事業有限公司
發行人　高小娟
聯絡地址　235 新北市中和區中安街七二號十三樓
　　　　　電話：02-2923-1455／傳真：02-2923-1452
網　址　http://www.huamulan.tw 信箱 service@huamulans.com
印　刷　普羅文化出版廣告事業
初　版　2022 年 9 月
定　價　十編 17 冊（精裝）新台幣 43,000 元

《星星》詩刊（1957～1960）研究
（第三冊）

王學東　著

目

次

第四章　石天河與《星星》詩刊

　　6月30日「省文聯第十一次座談會」以後,《草木篇》事件,就不僅僅是流沙河一個人的問題,而是整個四川文藝界的大問題了。當然,這並不否認《草木篇》是這次事件中最大的一件事,此前有關《草木篇》批判,就編有「會議參考文件之七」的《「草木篇」批判集》。但進入到反擊右派的鬥爭後,四川文藝界其他問題也一同凸顯出來了。從1957年四川省文聯編印的「會議參考文件之八」《四川省文藝界大鳴大放大爭集》中可以看到,作為第一編的《「草木篇」事件》,僅是整個四川文藝界大鳴大放的一個部分而已。在該書中,還包括:《第二編　粉碎老右派分子的政治陰謀》、《第三編　聲討「文匯報」右派擴大「草木篇」事件,在全國範圍內放火的罪行》、《第四編　關於黨的領導》、《第五編　揭露以右派分子石天河為首的右派小集團》、《第六編　右派分子把持「星星」事件》、《第七編　打退話劇、戲劇、曲藝、音樂界右派分子的猖狂進攻,掃清文藝界的妖氛邪氣》等內容。此時,「草木篇事件」,已經演變為整個四川文藝界「右派集團」的大問題。

　　而在這個過程中,作為《星星》詩刊編輯的石天河,既與《草木篇》事件的關係最密切,他自身的問題也非常突出。第一,我們在6月29日的「省文聯第十一次整風座談會」中看到,在整個《草木篇》事件石天河成為了被批判的主角,對他的批判已經超過了流沙河。第二,在四川文藝界的反右鬥爭中,石天河也是最重要的組成部分。在《四川省文藝界大鳴大放大爭集》中,就有《第五編　揭露以右派分子石天河為首的右派小集團》[註1]專輯,目錄為:

〔註 1〕《四川省文藝界大鳴大放大爭集》(會議參考文件之八),四川省文聯編印,
　　　　1957 年 11 月 10 日,第 222～269 頁。

第一輯 揭露右派分子石天河指揮右派集團向黨猖狂進攻的罪惡活動

1. 帥雪樵揭露右派分子石天河的猙獰的反共面目（1957.8.1）

2. 楊樹青揭發石天河的反動言論 他說，石天河到處造謠、謾罵共產黨

3. 孫靜軒揭露石天河的反共叫囂（7.22.夜）

4. 蕭然揭露石天河向流沙河等不斷指示向黨進攻的策略並指出石天河原在息烽中美合作所受過特務訓練

5. 黃丹揭露石天河妄圖改變文聯理論批評組政治方向，並指出石天河與張默生互相勾結、招兵買馬、安插羽翼

6. 陳之光用具體事實指出石天河是一個道德敗壞、品質惡劣的犯罪分子

7. 蕭然揭露石天河對《文藝報》的誣衊

8. 微風批判石天河的反動思想

9. 肖然批判石天河的罪惡活動是接受了「中美合作所」的衣缽真傳

10. 陳欣揭露石天河流沙河互相勾結向黨進攻的事實

11. 黎本初駁斥右派分子石天河、流沙河的反動文藝理論，質問他們是反對教條主義還是復活胡風思想

第二輯 右派集團在文藝界反擊右派鬥爭中土崩瓦解

1. 陳欣揭露石天河流沙河等相互勾結向黨進攻

2. 崔樺對石天河、流沙河反動言論的批判

3. 黎本初駁斥右派分子石天河、流沙河等的反動文藝理論，質問他們是反對教條主義還是復活胡風思想？

4. 王載嵐寫信到四川日報，批判文藝界右派分子的反動綱領（7月2日）

第三輯 右派分子石天河和自貢市以張宇高為首的右派集團相互勾結的陰謀被揭穿了

1. 李中璞揭露右派分子石天河在峨眉山進行的反共活動

2. 在自貢市委第一書記邀集的座談會上，首先發言，認為自貢市黨的領導方面有「阻礙鳴放」

3. 自貢市宣傳會議上王志傑為他的作品受到批評呼「冤」，張宇高、李加建為他撐腰

4. 自貢市文藝界嚴正駁斥右派言行張宇高篡奪文藝領導權的陰謀被揭露

5. 自貢市文藝界反右派鬥爭逐步走向深入，張宇高的陰謀活動更加暴露。

6. 新自貢報等單位工作人員揭發王志傑反黨言行。

另外，與《「草木篇」批判集》、《四川省文藝界大鳴大放大爭集》同為「會議參考資料」的《四川文藝界右派集團反動材料》，就還包括了《石天河往來信件》、《石天河反動材料》、《石天河書面發言》，這些都是對石天河的集中批判材料。目錄如下：

2. 右派集團往來信件

石天河與徐航往來信件

徐航與流沙河往來信件

石天河與流沙河往來信件

石天河與萬一往來信件

萬一與徐航往來信件

石天河給張望的信

石天河給張宇高的信

政保永給流沙河的信

3. 石天河反動材料

（一）游祥之同志檢舉石天河的反動言行的材料

（二）右派分子交代石天河的材料

流沙河交代石天河的材料

徐航交代石天河的材料

萬一交代石天河的材料

王志傑等交代石天河的材料

（三）石天河的部分反動信件

石天河給省文聯常蘇民付主席的信

石天河給南京姚北樺的信

石天河給南京羅棟生（右派分子）的信

　　　　石天河給武漢龍用九的信

　　4. 石天河書面發言（即萬言書）

　　（一）山中人語

　　（二）讓良心發言〔註2〕

　　另外，這本會議參考資料中所收錄的流沙河的《我的交代》，也是對石天河的揭發。總之可以說，此時的石天河成為了四川文藝界反擊右派鬥爭的「核心」。還有一點值得注意的是，在反右鬥爭的最後階段，整個事件被定性為「以石天河為首的右派小集團」，石天河最後成為了四川文藝界右派集團的首腦。由此，在《星星》詩刊的發展過程中，特別是在反右鬥爭期間，石天河的問題就具有代表性。要梳理清楚《星星》詩刊的歷史，就必須梳理石天河的歷史。由此，以石天河為中心，重新建構《星星》詩刊的歷史，以及《草木篇》批判的歷史，就顯得非常重要了。

第一節　石天河生平與早期創作

一、石天河生平

　　鑒於石天河在《星星》事件中的重要性，這裡有必要對他的生平歷史做一個全面的梳理。對於 1957 年反右之後石天河的個人歷史，由於他在《逝川囈語》中完整記錄下來了，我們這裡就重點梳理石天河在 1957 年進入《星星》詩刊之前他個人重要的歷史。

　　關於石天河的生平，相關的史料介紹，在總體介紹上內容較為一致。如《中國文學家辭典》中，「石天河　當代詩人，文學評論家。原名周天哲。1924 年 9 月 11 日生。湖南省長沙人。在長沙小學畢業後讀過一學期初中，因抗日戰爭流亡失學，並開始自學文學。曾作過工人、職員、新聞記者。1949 年參加中國共產黨。南京解放後，隨軍到西南，作報刊編輯和宣傳工作。1953 年專事文藝，曾任四川文聯理論批評組組長。1954 年加入中國作協西南分會。1957 年《星星》創刊被任執行編輯。1980 年在重慶師範專科學校任教。」〔註3〕這

〔註2〕《四川文藝界右派集團反動材料》（會議參考文件之九），四川文聯編印，1957 年 11 月 10 日。

〔註3〕閻純德主編：《中國文學家辭典　現代》，第六分冊，成都：四川人民出版社，1992 年，第 83～84 頁。

一介紹，成為了石天河生平介紹的主要模式，即三個階段模式：第一階段 1949
年前，包括求學和在新聞界的工作；第二階段 1949～1957 年，包括四川文聯
的工作經歷，特別是在《星星》詩刊工作的工作經歷。第三階段則跳過了他
1957～1980 年的經歷，直接談 1980 年後的教學和出版情況。此後的介紹，主
要是按照這種模式和內容來介紹的。〔註4〕在 2010 年在《逝川憶語》的扉頁
中，石天河也有自我介紹，補充了一些他的個人歷史，「石天河（1924～），本
名周天哲，湖南長沙人。詩人、文學評論家、雜文家、詩學家，中國作協會
員。建國前曾任南京《救國日報》、《南京日報》、《中國日報》記者、編輯、採
訪主任。1948 年參加革命地下工作，1949 年 1 月加入中國共產黨。後參加解
放軍二野西南服務團進軍西南，曾任《川南日報》編輯，四川省文聯理論批
評組長。1957 年《星星詩刊》創刊，任執行編輯。旋即以詩罹禍，在『反右
運動』中劃為『四川文藝界右派反革命集團』首犯，判刑 15 年，監禁近 23
年。1980 年平反後，執教於重慶高級師範專科學校（現名重慶文理學院）。
1985 年離休。」在這些介紹中，主要集中在石天河與《救國日報》、《南京日
報》、《中國日報》、《川南日報》、《星星》詩刊等報刊雜誌的工作關係，更為詳
細地補充了石天河的個人經歷。由於石天河的個人及家庭歷史的記載較少，
所以在《哀鴻血雨話胡烽——抗日戰爭雜憶》一文中，他也補充了自己在長
沙的一些情況，「我的家鄉湖南長沙，最初一次遭到日機轟炸時，當地的防空
司令部根本不知道敵機來了。……那時，我是一個鐵路工廠的工人。戰爭逼
近，工廠遣散工人，我只好跟著家庭一起當難民，我們算好，坐上難民車逃
到了黔桂鐵路的金城江站。這時，哥哥們都早已跟著部隊到緬甸去和日本人
打仗去了，和家庭失去了聯繫。家裏在金城江住下來，卻已沒錢吃飯了」〔註5〕
在這些記錄中，石天河在長沙的經歷，給我們提供了他走向革命的一個重要
背景。儘管有這樣的回憶和記錄，但由於他後來被批判，相關的歷史細節，
還需要進一步補充。

〔註4〕河滿子主編：《中國當代文學作品精選（1949～1999）雜文卷》，北京：十月
　　　文藝出版社，1999 年，第 810 頁；石天河：《我對新詩發展問題的看法》，《新
　　　詩界》，第 3 卷，李青松主編，北京：新世界出版社，2003 年，第 621 頁；王
　　　以平主編：《湖南當代作家大詞典》，長沙：湖南文藝出版社，2008 年，第 370
　　　頁。
〔註5〕石天河：《哀鴻血雨話胡烽——抗日戰爭雜憶》，《石天河文集》，第 2 卷，香
　　　港：天馬圖書有限公司，2002 年，第 474～482 頁。

　　這其中，首先值得注意的是石天河的貴州經歷。就在石天河去南京參加革命之前的這一時期，有一件事成為了石天河此後一直都背負著的嚴重「歷史問題」。從長沙到成都之後，石天河曾一度到了貴州，在貴州國民黨息烽特別訓練班受訓。四川文聯檔案的《工作人員花名冊 55 年 11 月 1 日》中，對此有這樣的記錄，「周天哲（44 年前一直讀書。44 年 12 月在貴州國民黨息烽特別訓練班受訓。後在成都偽撫恤處任書記，南京偽救國日報編輯，南京中國日報社編輯、記者，採訪主任。解放後參加西南服務團到川南日報任編輯、組長，曾任川南區黨委宣傳部秘書，合省後係四川文聯任創作組員。」〔註6〕這裡，就專門提到了他在貴州國民黨息烽特別訓練班受訓的問題，以及石天河在國民黨政府機構成都撫恤處任職，在國民黨報紙《救國日報》當編輯的問題。當然，石天河也曾回憶並解釋過自己的這一「歷史問題」，「我的『歷史問題』，是一個幾度使我自己也感到絕望的老問題。那問題的事實其實簡單，就是在抗日戰爭的末期，1944 年日寇從湖南經廣西打到貴州時，我在湘桂黔三省人民大流亡的兵慌馬亂之際，在日寇追逼下，與全家七口逃到貴州。我當時還是一個不滿二十歲的青年工人，被工廠遣散，全家生活無著，我不能不自謀生路。偶然，在貴州獨山郵局門口，看到一張『國防最高委員會特種技術人才學校』招生的廣告，便去投考。就這樣，被那廣告上的假招牌騙去考入了國民黨軍委會的西南電訊訓練班去受了一年訓。事實簡單，而性質卻非常嚴重。因為，那個訓練班，是國民黨『軍統』特務的訓練班。我確實是被騙考進去的，進去以後，在那個魔鬼巢穴裏無法脫身，只好隱忍著受了一年訓。到我抓到機會掙脫出來時，我不僅沒有作過一天特務，而且，連訓練後期的『重慶總臺實習』也沒有參加。在我自己看來，這段經歷，只是我生命歷程中遭遇到的一次不幸，並沒有構成我的『反革命歷史罪惡』。可是，由於『軍統』特務是殘殺過無數共產黨人、革命群眾與進步人士的血債累累的反革命組織，所以，儘管我在南京地下工作中申請入黨時就作過詳細交代，以後在歷次『整風』、『審幹』、『整黨』運動中，又找到了一些能夠對我的情況作出證明的人。（其中包括：和我同時考入的人，和我同時脫離的人，和我同時受訓後、他參加了「重慶總臺實習」後來才脫離出來的人，以及作了特務在解放後被逮捕的人，等等。）可是，由於這問題的性質被看作是一個『特別嚴重複

〔註6〕《工作人員花名冊 55 年 11 月 1 日》，《四川省文聯（1952～1965）》，建川 127 ～18，四川省檔案館。

雜的政治歷史問題」，它就成了我無法卸掉的『歷史包袱』。」〔註7〕對於這個訓練班，林浩曾有過介紹，從側面可以證實石天河所說的「由於被騙而參加訓練班」的事實，「特訓班在息烽時招募的學員眾多，大多數都是經過特定途徑挑選的，學員主要有以下幾個來源：其一是軍統內部人員調訓；其二是軍統報經蔣介石批准從各軍校學生中招收；其三是從軍統掌握的忠義救國軍、江西游擊幹訓班、三青團等組織以及軍統在各地區的秘密工作站（組）中選調；最後是軍統以各種名義公開『招考』的青年。如軍統打著『軍令部乙種參謀人員培訓班』『財政部緝私署查緝人員培訓班』『航空委員會工作人員培訓班』等旗號在社會上公開招收學員，抗戰後方西南地區幾省的青年都可以報名，大多數青年來到特訓班後才逐漸弄明白這些『招考』背後的真實黑幕。」〔註8〕所以，石天河參加這個「特別訓練班」，是被軍統以「公開招考」名義而受騙的。不管歷史怎樣，在 1957 年初的機關大會的時候，石天河的這一歷史問題就被多次提到，以至於石天河不得不再次予以說明，「至於說到我的歷史問題，我，一個窮孩子，讀了幾年書，作了幾年工，日本鬼子打來，為了不作亡國奴，只好逃難，在兵荒馬亂中，被國民黨特務訓練班騙去受了一年訓，我掙脫出來了，並沒有做過一天半天的特務工作，我在南京入黨時就交代清楚了，我有什麼罪？我沒有什麼不可告人的事情，必要時，我可以寫一本書，告訴全世界！」〔註9〕總之，石天河參加的貴州國民黨息烽特別訓練班受訓的這段經歷，在歷次政治批判中成為了他永遠無法抹掉的個人非常嚴重的歷史問題。

　　如果說貴州給石天河帶來的是噩夢，那麼南京則給予了石天河溫暖。在《一箱子金條的笑話——山城憶舊之三》一文中，石天河就回憶從成都到南京工作的這段經歷〔註10〕。對於石天河來說，在南京的經歷也非常重要，特別是他在《中國日報》當記者的這段經歷。關於《中國日報》，據介紹，「改組後的《中國日報》，由姚北樺任編輯部主任，王群青（米葉）任採訪部主任，

〔註7〕石天河：《回首何堪說逝川——從反胡風到〈星星〉詩禍》，《新文學史料》，2002 年，第 4 期。

〔註8〕林浩：《國民黨如何造就職業特務——記國民黨軍統貴州息烽特訓班》，《中國檔案報》，2014 年 07 月 24 日。

〔註9〕石天河：《逝川憶語——〈星星〉詩禍親歷記》，香港：天馬出版有限公司，2010 年，第 134 頁。

〔註10〕石天河：《一箱子金條的笑話——山城憶舊之三》，《石天河文集》，第 2 卷，香港：天馬圖書有限公司，2002 年，第 536 頁。

李任之任經理。編輯、記者有周天哲（石天河）、張居德、潘英喬、韓敬民、強劍衷、王江麗、倪守誠等，他們大多是中共地下黨員，或黨外進步新聞工作者。編輯部內有中共地下黨小組，由南京地下黨文委新聞分委領導。《中國日報》在中共秘密黨員和進步人士的努力之下，面目大變，發行量日增。經常通過新聞、評論揭露國統區的黑暗腐敗，巧妙地透露解放大軍節節勝利的真實情況；還以大中學校的教師、學生為主要對象，以顯著篇幅報導學生罷課、請願、遊行示威等活動。該報在南京各大專院校和部分中學建立通訊員網，並在報上闢有『學林漫步』專欄，及時反映學生的呼聲，因而深受學生的喜愛，在知識分子中有一定影響。」〔註11〕南京是石天河人生的重要轉折點，在這裡，他不僅進入地下黨領導的《中國日報》工作，還被批准加入中國共產黨，入黨介紹人正是《中國日報》編輯部主任姚北樺，〔註12〕這些讓石天河有了非常重要的革命經歷。由此，在此後四川文聯的整風運動中，南京還一度成為了石天河的目的地。「而離開四川以後，我唯一可走的路，只好是回南京。我這一生中，只有南京地下工作中的同志，和南京新聞界的朋友，才是可以推心置腹的。」〔註13〕此時面對困境，南京給予了石天河重新生活的希望，他將南京作為自己的避難和歸宿之地。

　　四川瀘州，又是石天河生命的一個重要站點。1949年南京解放後，石天河便隨解放軍第二野戰軍進軍西南，最後到瀘州《川南日報》社工作。在四川文聯的檔案中記載，「周天哲　組織聯絡部秘書　湖南長沙（曾任川南日報社編輯，組長，川南區黨委宣傳部秘書等職。）」〔註14〕在瀘州的這一經歷中，石天河則重點提到他與後來成為《四川文學》主編的李友欣之間的特別關係。「李友欣是河南人，大概是從學生時期參加愛國進步活動，四十年代參加革命地下工作入黨，後來轉到解放區作新聞工作。南京解放後，在《新華日報》工作。從1949年8月，由南京出發，進軍西南，他和我就同在二野西南服務團川南支隊第四大隊（文化新聞工作幹部的大隊）。到川南瀘州後，我們又同

〔註11〕見《江蘇省志　第80卷：報業志》，江蘇省地方志編纂委員會編，南京：江蘇古籍出版社，1999年，第73頁。

〔註12〕周天哲：《「無冕王」與地下火：回憶解放前南京新聞界地下鬥爭》，《南京黨史資料》，1988年，第20輯。

〔註13〕石天河：《逝川憶語——〈星星〉詩禍親歷記》，香港：天馬出版有限公司，2010年，第52頁。

〔註14〕《四川省文聯幹部編製名冊　一九五二年十月七日》，《四川省文聯（1952～1965）》，建川127～18，四川省檔案館。

在《川南日報》工作，他任副刊主編時，我先在他領導下作副刊編輯後調作『讀者服務組』組長。後來他調任川南文聯主席，由我接編副刊。我調川南區黨委宣傳部作秘書時，雖然不在一起，仍然常有往來。」〔註15〕在瀘州這一時期，他與李友欣多次一同工作，關係是非常密切。此後石天河到成都，並進入《星星》詩刊編輯部，就得到了李友欣的全力支持和幫助。在瀘州，對於石天河來說，還有一個值得注意的事是，他參與了瀘州市文聯的籌建並被選為籌委會委員，「瀘州市文藝界在八月二十七日及八月三十日兩次座談會的醞釀準備後，於九月六日在桐蔭中學舉行第三次座談會，瀘州市文學藝術工作者聯合會籌備委員會亦同時宣告成立。周天哲等十三人為瀘州市文聯籌委，李友欣為主任委員。」〔註16〕進而，石天河多次參加了瀘州市文聯的活動，特別是主講魯迅，這初步顯示了石天河的個人精神向度。如《川南日報》記載，「周天哲『如何發揚魯迅先生雜文的革命傳統』等發言。」〔註17〕1951年紀念魯迅逝世十五週年，石天河還再次發表了自己的感想，「魯迅先生生前為了希望得到像今天這樣偉大的人民的時代，他堅定地站在反帝反封建鬥爭的最前線。今天我們紀念魯迅先生，就應該學習他這種戰鬥精神。」〔註18〕儘管我們沒有看到他具體的文章，不過在《草地》1956年10月號增刊「紀念魯迅逝世20週年專輯」中，發表了石天河的《大海的啟示——紀念魯迅先生》一文，我們可以從中瞭解了石天河的「魯迅觀」。總的來看，瀘州這段經歷，為石天河的成長提供了重要的基礎。

　　成都則既給石天河帶來榮譽，也給他帶來傷害。1952年，隨著整個四川行政區劃的變化，石天河也從瀘州的《川南日報》來到成都四川文聯工作。在四川文聯的檔案中提到，「周天哲　西南音協幹事　四九年在南京西南服務團，後川南日報編輯組員、川南區黨委宣傳部秘書，四川文聯組織聯絡部秘書，西南音協創作組員。」〔註19〕在到成都的這一過程中，李友欣就給予了

〔註15〕石天河：《逝川憶語——〈星星〉詩禍親歷記》，香港：天馬出版有限公司，2010年，第27頁。

〔註16〕《瀘市文聯籌委會成立》，《川南日報》，1950年9月15日。

〔註17〕《魯迅逝世十四週年　瀘州市文藝界開會紀念》，《川南日報》，1950年10月21日。

〔註18〕弛若岩、漁業：《瀘州市文藝界集會　紀念魯迅逝世十五週年》，《川南日報》，1951年10月24日。

〔註19〕《四川文聯　美術工作室　西南音協　幹部名冊　53年10月19日》，《四川省文聯（1952～1965）》，建川127～18，四川省檔案館。

石天河很大的幫助，「1952 年 9 月後，川南、川北、川東、川西四個行政區合為四川省，我們都到了成都。在組織部分配工作時，是他向四川文聯領導人建議，把我調去的。到文聯後，他任組織聯絡部長，我作組織聯絡部秘書。他和我的私交，一直是很好的。他甚至對我在戀愛上犯錯誤的事，都採取諒解與迴護的態度。」〔註 20〕雖然有李友欣的支持，但由於石天河的歷史問題，他初到成都的成長之路也是充滿了危機，就受到了兩次審查。石天河提到，「我從川南調成都，在『整黨』運動中，政治上是受了挫折的，到四川文聯，在『反胡風運動』和『肅反運動』中被懷疑而受審查。」〔註 21〕在 1952 年「整黨運動」中石天河就被審查，「1952 年整黨，一個早已有許多人證明的、不成問題的『歷史問題』，在一個與我有嫌隙的女人的玄虛撥弄下，那倉倉促促幾天中，臨時組成的黨校領導小組，竟然決定要把我『清除出黨』。地下鬥爭中本來對我的情況很熟悉的同志，忽然怕擔責任，不敢向組織證實我的『歷史問題』已在地下工作中交代清楚和經過黨組織審查考驗的情況。在整黨結束的那天，我又想到了自殺。但是，只過了兩天，我堅強起來了。後來，我堅決地向省委組織部提出了申訴。問題雖然沒有解決，但組織部長和我談話時，承認我的申訴說明了一些問題，叫我接受考驗，以後組織上弄清了，會讓我回來。」〔註 22〕經過這次審查後，石天河失去了黨員資格，成了「黨外布爾塞維克」，如他所說便只有做組織聯絡部的秘書、創作輔導部的理論批評組長，以及刊物的執行編輯之類的工作。通過審查，還發現了石天河「男女關係」上的嚴重問題。我們看到，在《吻》批判後的機關批判大會，對石天河批判的一個重要原因就是這些歷史問題，「因為傅仇的發言著重攻擊我在『男女關係』上的錯誤，陳欣的發言，著重攻擊了我的『歷史問題』。」〔註 23〕雖然石天河是有著革命經歷的老黨員，但套在石天河頭上的「歷史問題」，除了在貴州息烽的「國民黨特務訓練班」的嚴重政治問題之外，還有他「男女關係」的生活作風問題了。對此問題，石天河曾回憶說，「有的人大概是想用『思想剝皮』

〔註 20〕石天河：《逝川憶語——〈星星〉詩禍親歷記》，香港：天馬出版有限公司，2010 年，第 27 頁。

〔註 21〕石天河：《逝川憶語——〈星星〉詩禍親歷記》，香港：天馬出版有限公司，2010 年，第 18 頁。

〔註 22〕石天河：《逝川憶語——〈星星〉詩禍親歷記》，香港：天馬出版有限公司，2010 年，第 134 頁。

〔註 23〕石天河：《逝川憶語——〈星星〉詩禍親歷記》，香港：天馬出版有限公司，2010 年，第 134 頁。

方式先撕開我的『面子』，從精神上打垮我，揪住我在戀愛方面的錯誤不放。（我當時沒有結婚，在戀愛方面有過幾次挫折。而半年前的這次錯誤，是很糟糕的。女方是音樂院畢業剛參加文化工作的一位女幹部，最初我並不知道她是有夫之婦，到大錯鑄成，領導追查，我只好認錯，準備接受處分。但因對方才二十歲，我請求不要公開這件事，怕逼出人命。在這次審查中，我也只好聲明，我有這樣的錯誤，應該接受處分，但我不能在公開檢討中說出她的名字。可是，在那樣的運動中，我愈是不願說，別人愈逼得緊。大家義正詞嚴地對我作思想批判與道德譴責，我既是問題複雜又是錯誤嚴重的人，別的問題，我還可以補充交代，這個男女關係上的錯誤，我感到無地自容，除了認錯便無言以對，也便過不了關。）」〔註24〕當然，事情也並不複雜。但由於牽涉「男女關係」而且又是「有夫之婦」，這對於石天河來說，也是非常危險的。

在四川文聯工作的這一時期，石天河與李累的關係也是值得注意的。石天河就曾認為，是由於他與李累之間的個人矛盾，才使得他此後被批判。「在文聯的領導人中，我和李友欣的關係最好，和李累的嫌隙最深。……那是 1954 年，國家實行糧食統購統銷的時候。他帶著文聯的幾個幹部，組成一個工作隊，到農村去徵購糧食。回來以後，寫了一個劇本，名叫《螞蟥》。……在預演後召開的座談會上，平日趨附李累的人，幾乎是眾口一詞，一個勁地叫好。說這個劇，如何深刻揭示了農村階級鬥爭的底細，如何配合了當前的中心工作，戲劇性結構如何巧妙，藝術表現手法又如何新穎，等等。……我在許多人發言之後，對劇本的真實性提出了質疑。我說：從劇中情節看，富農因為要私藏糧食、對抗徵購，所以就故意假裝家中已經斷糧，不動煙火，連家裏有人生病挨餓，也置於不顧。劇中的戲劇性矛盾，是建立在富農的女婿，因為生病挨餓，半夜起來抓生米吃，跌了一跤，病情加重，最後才使得富農的養女，不得不憤而揭發了富農藏糧的陰謀。這事情雖然是發生在一個富農的家裏，但是，按照文學作品『從一滴水看世界』的觀點來看，富農家庭之外，農村的普遍情況，到底成了什麼樣子呢？按照國家的糧食政策，國家徵購的只是農民留足口糧之後的餘糧，應該不會影響到一家一戶不能燒鍋煮飯。那麼，富農怕『聞香隊』聞到飯香會懷疑自己私藏糧食的心理，是不是只有在

〔註24〕石天河：《回首何堪說逝川──從反胡風到〈星星〉詩禍》，《新文學史料》，
　　　　2002 年第 4 期。

農村普遍地斷糧，大家都不燒鍋煮飯的情況下，才有可能呢？所以，我認為，劇中所反映的農村生活場面，使人感到是不真實的。——我提這個意見，原本只是想就我的看法，指出劇中有這樣的缺點，提供李累作修改劇本時的參考。我沒有料到，當天省委宣傳部副部長明朗，參加了座談會。明朗在座談會的總結發言時，說：『我聽了你們許多人的發言，我覺得，你們裏面，有的同志還是有頭腦、有一定思想水平的。』接著，就對李累的劇本，提出了許多批評意見，說這個劇本的主題思想，是『形左實右』的。最後，還特別嚴重地提出：『從這個劇本看，我懷疑你們在下面的工作，也是『形左實右』的。』在 1954 年那時，明朗是省委宣傳部分管文藝的副部長，在宣傳部的領導幹部裏面，一般認為，他的理論水平是較高的。他在總結發言中，如此嚴重地批評劇本的主題思想有政治性的錯誤，就等於完全否定了這個劇本。特別是他連帶地對李累『在下面的工作』也作了否定性的評價，這對李累來說，確實是一次難於承受的打擊。」〔註25〕由此，在石天河看來，他在四川文聯所遭受的打擊和批判，最主要的就是源於李累對他的不滿。「肅反運動中，他又利用職權，以所謂莫須有的胡風問題，企圖對我進行政治陷害，使我有將近一年的時間，被停止工作，並不准發表作品，雖沒有拿到大的鬥爭會上去鬥，也沒有拘押或禁閉，但在機關內部，則幾乎把我逼死。」〔註26〕當然，如果回到整個歷史，我們看到石天河之所以受到批判，除了與李累之間的個人恩怨之外，他個人的歷史問題，也是其中非常重要的因素。

二、「胡風問題」

在石天河的生平中，胡風問題是另外一個比較嚴重的「歷史問題」。石天河曾回憶說，「我從遵命批判胡風文藝思想到自己被作為與胡風集團有關係的嫌疑分子被『暗掛』審查，而在嫌疑解除以後，我卻真的成了胡風集團的同情者。以至後來在反右運動中，無論是報刊上、大會小會上的批判，或是法院給我判刑十五年的判決書上，『同情胡風集團』、『為胡風集團喊冤叫屈』、『傳胡風反革命衣缽進行反革命活動』等等，就都被列為我的罪行之

〔註25〕石天河：《逝川憶語——〈星星〉詩禍親歷記》，香港：天馬出版有限公司，2010 年，第 36～37 頁。
〔註26〕石天河：《逝川憶語——〈星星〉詩禍親歷記》，香港：天馬出版有限公司，2010 年，第 54 頁。

一。」〔註27〕可以說，石天河歷史問題中的「息烽問題」、「男女問題」，由於牽涉到「胡風問題」，而進一步升級，變得更為嚴重。

關於石天河與胡風的關係，其實並不複雜，主要的史實也不多。第一，石天河曾與「七月派詩人」有過接觸，這是他被指認為「胡風分子」重要原因之一。根據石天河的自述，他雖然沒有見過胡風，但曾與七月派作家路翎見過一面，並參加過「南京青年作家協會」，「所謂『七月派』的詩人和作家，我也只在1949年南京解放以後，地下黨文委的楊琦、丁力等人發起組織『南京青年作家協會』的成立大會上，和路翎見過一面。（那所謂見面，只不過是路翎作為『七月派』的名作家、羅蓀代表地下的老文協，在大會上露面，讓大家認識一下他們，並沒有誰和他們交談過。）而且，我在南京是作新聞工作，地下組織屬新聞分委，和文學界的人並無多少交往。僅僅因為楊琦、丁力知道我愛好文學，才拉我去參加了這個會。後來，在反胡風運動中，這自然也就成了必須交代的問題之一。」〔註28〕參加「南京青年作家寫作」，由此與「七月派」詩人路翎認識，這應該是石天河唯一一次與胡風分子的直接接觸。第二，石天河向文學青年劉彥傖推薦阿壠詩學著作《詩與現實》，這是他成為了胡風分子又一個重要依據。石天河回憶說，「1949年進軍西南後，我在《川南日報》工作，擔任副刊編輯。有一位在合江師範學校教書的作者劉彥傖，常給副刊投稿。有一次他從合江到瀘州來，到編輯部和我見了面，從此就認識了。……我和劉彥傖，就由於這樣一段文字姻緣而作了朋友。大概是1953年，我到重慶去參加西南作協的創作會議，會後，就繞道合江師範去會劉彥傖，想談談如何把《榕山謠》修改出版的問題。我和他見面時，他房間裏先就有好幾個男女學生在和他談什麼，他看見我來了，一時高興，就向學生們介紹我。五十年代，『作家』、『詩人』這類名詞，在青年學生中還是很有魅力的。學生們聽說我是『詩人』，就來勁了。就圍著我問這問那。其中，有一個就問我：『學寫詩要讀些什麼書？』那時候，關於新詩的理論書出版得很少，只有亦門（即阿壠）的《詩與現實》是唯一的大部頭詩學論著。因此，我當時確實向那個學生推薦了『胡風分子』亦門的那部書。當天，我和劉彥傖談了一會

〔註27〕石天河：《回首何堪說逝川——從反胡風到〈星星〉詩禍》，《新文學史料》，2002年，第4期。

〔註28〕石天河：《回首何堪說逝川——從反胡風到〈星星〉詩禍》，《新文學史料》，2002年，第4期。

兒話，便急忙走了，也根本不記得那學生叫什麼名字。我怎麼也不會想到，那學生後來考進了海軍的某個部門，在『反胡風運動』中，因讀過亦門的那部書而受到批鬥，因而便交代出我是教唆他讀『胡風分子』的書、使他受到『反革命思想毒害』的禍根。」〔註29〕第三，石天河自己曾大量閱讀胡風的論著，文學觀念上也確實受到了胡風的影響。石天河曾說，「在香港《大眾文藝叢刊》批評胡風的那個時候，我就讀過胡風的《民族戰爭與文藝性格》、《逆流的日子》等幾個文集，也讀過幾期《七月》、《希望》和地下發行的《螞蟻小集》。在全國解放後，我就讀到過胡風為答覆《大眾文藝叢刊》的批評而寫的《現實主義的路》。在 1952～1953 年，我先後又把能搜集到的胡風的論文集，都找來讀了。一共讀過胡風的八個集子。……在運動開始的時候，按機關領導宣布的規定，每個人都已經把自己的書檢查了一遍，把胡風分子的書交圖書室登記代管。（這當然也有提供思想審查線索的意義。）在四川文聯的幹部中，只有我，一下子交出了胡風的八個論文集。這當然會有人注意。要說我在文藝思想上一點也沒受胡風影響，本來是難於說得清的，但由於我在運動初期是以積極批判胡風的姿態出現的，所以，我的一般性思想檢查，別人並沒有提出多少問題。」〔註30〕實際上，我們看到，儘管有這樣的一些歷史事實，但石天河與胡風本人之間並沒有交集。說石天河是胡風分子，確實是難以成立的。

事實上，石天河還曾是一個積極批判胡風的人。在 1955 年批判胡風期間，石天河就寫出了《批判胡風反馬克思主義的文藝思想》〔註31〕一文，對胡風展開了凌厲的批判。這篇文章，不僅是石天河批判胡風的重要文章，而且從中我們可以看到石天河文藝理論的一些基本觀點。他首先說，「胡風先生以他資產階級的文藝理論，披著馬克思主義的外衣，而與馬克思主義公開對壘，已經不是一個短時間的事了。從文藝報今年第一、二期附送的『胡風對文藝問題的意見』來看，他仍然繼續堅持並『自我擴張』著他的錯誤。因而，也就暴露得更明顯了。」然後，石天河從兩個方面展開批判，第一是批判胡

〔註29〕 石天河：《回首何堪說逝川——從反胡風到〈星星〉詩禍》，《新文學史料》，2002 年，第 4 期。

〔註30〕 石天河：《回首何堪說逝川——從反胡風到〈星星〉詩禍》，《新文學史料》，2002 年，第 4 期。

〔註31〕 石天河：《批判胡風反馬克思主義的文藝思想》，《四川日報》，1955 年 4 月 8 日。

風的「觀念戲法」,「按照胡風先生的說法,『熱情』是不能劃階級成份表的,任何階級的『熱情』,都是一樣的。所以,不必要馬克思主義世界觀,也不必分別是什麼立場,只要把『熱情』『高揚』起來,去『突擊』客觀現實,就可以『達到馬克思主義』了。我們的認識與胡風先生不同。因為,人,只要是確實在階級社會裏生活著而不只是在胡風先生的理論裏面被搬弄著,那麼,就沒有超階級的人,沒有只有『熱情』而沒有世界觀的人。」「胡風先生的『主觀戰鬥精神』、『高揚的熱情』之類的觀念戲法,能有什麼用呢?……我們的常識是:學習馬克思主義,使革命的立場更堅定,可以提高革命的熱情。這是完全可以實踐。並已經被實踐證明了的。而胡風先生所說的『主觀戰鬥精神』和『熱情』的『高揚』,卻只是憑空叫喊,沒有實踐內容和來路不明的。」由此,石天河提出,「胡風先生的『主觀戰鬥精神』、『思想要求』、『思想立場』、『熱情』、『革命性』……以至整個思想體系,都是改造的對象。而要改造,就必須要對馬克思主義世界觀有理性的認識。」第二,石天河批判了胡風的「引證戲法」。石天河說,「很明顯地,胡風先生引證了馬克思、恩格斯、列寧、斯大林、毛澤東的理論,目的是要用來反對馬克思、恩格斯、列寧、斯大林、毛澤東的理論。那結果,當然是要露馬腳的。加上,胡風先生的引證,又總是那麼顧前不顧後,以致弄得令人啼笑皆非。」〔註32〕總體上來看,石天河對胡風的批判,還是非常尖銳的。當然,對於這篇批判胡風的文章,石天河也專門回憶了寫作經過,對此作了解釋。他說,「大概是在 1953 年秋天,有一天,邵子南到四川文聯來,偶然地來到了我的房裏。……他談了一陣,就告訴我:現在中央要『反胡風』,胡風過去是進步的,不過,文藝思想跟黨的路線不合,是個問題。你對理論問題有興趣,可以寫點文章。這是個立場問題,大家都應該站在貫徹黨的文藝路線的立場上說話。──邵子南只是順便地對我作了個寫文章的動員,我卻由於一種『投機』心理的牽引,隨後就寫了一篇批判胡風文藝思想的文章,投給重慶的《西南文藝》雜誌。《西南文藝》擱了好幾個月沒有發表。而在《文藝報》公開號召『批判胡風反動文藝思想』以後,四川文聯創作輔導部的領導人李累,聽說我寫過一篇這樣的文章還沒有發出來,就特地從《西南文藝》編輯部把文章要回來,轉給了《四川日報》,在《四川日報》上發表了。這篇東西,當時似乎使我出了風頭,可實際上,它成了我的

〔註32〕石天河:《批判胡風反馬克思主義的文藝思想》,《四川日報》,1955 年 4 月 8 日。

文學生活中最使我愧悔不已的一大失誤。」〔註 33〕石天河解釋自己是因為是約稿在先，更加上自己「投機」心理才批判胡風的，並為此而感到慚愧。當然，石天河所說的「投機」，我們也是可以理解的，也是非常正常的。

　　有意思的是，石天河這篇批判胡風的文章，實際上卻並沒有得到文藝界的認可，並沒有起到為自己辯護的作用。他說，「由於我這篇文章，是在《文藝報》公開號召批判胡風之前幾個月寫的，文中還沒有與『胡風文藝思想』作敵對性鬥爭的意思，仍然稱『胡風先生』。（文章原題《辯證法不是變戲法──敬質胡風先生》，發表時題目被改成了《批判胡風文藝思想》。）文章的內容，主要只是針對胡風嘲笑『給感情劃階級成分』，批評他『否認感情的階級性』等等。批判雖是批判，卻只是作為革命陣營內部的文藝思想論爭在說話。我無論如何也沒有料到，運動很快就由『批判胡風反動文藝思想』突然上升為『肅清胡風反革命集團和一切暗藏反革命分子的鬥爭』。這時，我的這篇『火力不強』的文章，不但很快就已經不合時宜，而且，後來在輪到我受審查時，這篇文章竟還被懷疑為『假批判、真掩護。』這對我，可算是十分辛辣的諷刺。」〔註 34〕在這一過程中，石天河儘管批判過胡風，但實際上卻被認為在思想上是認同胡風，甚至被認為「很像胡風」。「他的幾篇批胡風的文章就理論深度而言在全川是無人能及的。殊不知歷史開了個玩笑，反倒後來，自己倒被反進去了，成了被審查對象，在肅反中又被錯誤地對待。說冤枉也冤枉，說不冤枉也不冤枉，他的文藝思想，他的狂傲的性格和處世態度，甚至他的偏激的文風，都太像胡風。」〔註 35〕所以，不管石天河是否批判過胡風，因為胡風問題他已經陷入泥潭之中。此後在對石天河的批判中，就多次提到了他的「胡風問題」，「按語中除了認定我是『軍統特務』外，還指明我們『抄了胡風的經驗』。……我沒有料到，『胡風集團』的問題，會這樣陰錯陽差地和我攪在一起。」〔註 36〕總之，石天河不認識胡風，卻成為胡風分子；石天河是胡風分子，而又寫文章批判過胡風；石天河批判過胡風，但被認為

〔註 33〕石天河：《回首何堪說逝川──從反胡風到〈星星〉詩禍》，《新文學史料》，2002 年，第 4 期。

〔註 34〕石天河：《回首何堪說逝川──從反胡風到〈星星〉詩禍》，《新文學史料》，2002 年，第 4 期。

〔註 35〕譚興國：《草木篇事件的前前後後》，內部自費印刷圖書，2013 年，第 107～108 頁。

〔註 36〕石天河：《回首何堪說逝川──從反胡風到〈星星〉詩禍》，《新文學史料》，2002 年，第 4 期。

很像胡風……石天河與胡風的這種特殊關係，隱含著複雜的歷史，也導致了石天河在反右鬥爭中的悲慘命運。

總之，石天河的一生的命運與「胡風問題」糾纏在了一起。石天河對胡風到底是批判還是認同，已經不重要了。不過，在 1985 年胡風去世時，石天河在《詩刊》上發表《悼胡風》的詩歌，「昔從魯旆氣如虹，不計頭顱豈計功。地獄捧心嗤孽鏡，天庭竊火爨秦宮。萬言錚骨淪羈繫，一片丹忱付杳空。掃盡陰霾成大白，黃金終合鑄胡風。」〔註 37〕此時，石天河向胡風表達了自己遲到的、也是最真誠的敬意。

三、石天河早期的創作和評論

雖然有著個人「歷史問題」以及與胡風的特殊關係，但石天河能夠進入到《星星》詩刊，與他個人的文學創作和文學批評能力有著重要的關係。在成為《星星》詩刊執行編輯之前，石天河已經寫出了一些有影響力的作品和理論，成為四川文藝界一顆閃亮的「星星」。在《石天河文集》第 1 卷《復活的歌》中，收錄了石天河在五十年代所創作的三首詩歌，《請你簽名》、《你們的刀》和《無孽龍》。這三首詩歌，五十年代在四川文藝界都是有著一定影響。石天河說，「這兩首舊作（《請你簽名》、《你們的刀》），其所以在半個世紀後，還要編入詩集而未敢廢，主要是因為那是受過批判的作品，我有責任為我的批判家們保留他們的批判材料。」〔註 38〕實際上，也正是由於四川文藝界的批判，這些詩歌一度也就成為了石天河五十年代的詩歌代表作。《你們的刀》此後還捲入到了《星星》批判中，我們後面再談，這裡就重點介紹他的另外兩首作品《請你簽名》和《無孽龍》。

詩歌《請你簽名》，發表於《西南文藝》1955 年 4 月號上。這首詩共五節，每節都以「請你簽名」開始，再都以「請你簽名」結束，如：「請你簽名！／我從搖籃裏發出聲音──／／你聽這嬰兒的手鐲，／叮叮噹當地響著銀鈴，／他急忙地揉開睡眼，／迎著那玫瑰色的黎明。你看見他在乳香籠罩的搖籃裏微笑，／你可知道他剛才正夢著自己的母親。／／你難道願意那手鐲變成鐐銬？／你難道願意那乳香變成血腥？／你難道願意那黎明此案成原子彈的閃

〔註 37〕石天河：《悼胡風》，《詩刊》，1986 年，第 2 期。

〔註 38〕石天河：《後記》，《石天河文集》，第 1 卷，香港：天馬圖書出版公司，2002年，第 443 頁。

光？／／你有孩子，／請你簽名！／／……請你簽名！／我來自長崎廣島的廢墟之中——／／那兒是一片淒涼的地獄，／那兒是一座巨大的荒墳，／那兒的每一點每一點灰燼，／曾經是生活著的日本人民。／他們已經沒有什麼屍骨，／我代表他們屈死的幽靈發問：／／你難道願意地獄等待在你的門前？／你難道願意墳墓吞噬掉你的青春？／你難道願意和屈死的幽靈作伴？／你有生命，／請你簽名！」〔註39〕這首詩歌一經發表後，《西南文藝》便發表了李笑海、楊重銘合署的批判文章，「我們覺得這首詩，偏重和誇大了原子彈威力的宣傳，是帶有政治性的錯誤的。作者對於發表後所引起的效果是沒有考慮到的。這主要是作者在寫這首詩時，對於簽名運動的意義及其正確性的宣傳原子彈的威力及原子能的兩條路線缺乏明確的思想指導，而且對原子能方面的科學常識也不足，有很大的盲目性。……因此，我們認為這首詩是存在著重大的缺點的。」〔註40〕當然，對於這首詩，石天河就曾多次作了解釋，「這首詩，是一首為政治服務的詩。但是我認為詩要為政治服務，也必須有詩的藝術性，所以這詩都是用一個個的意境作表現，語言講究了聲韻，詩句的排列，都採用了 2632～2632……排列成整齊的形式，著重於以情感人，去收穫詩的效果。我自己覺得、雖然也是為政治服務，但在當時那些宣傳詩裏面，我這首詩是避免了那種標語式的乾巴巴的喊叫的。可是，這詩一出就在重慶作協的《西南文藝》上受到了批判，說這是『乞求和平』而不是主張用武裝，用戰爭去保衛和平。」〔註41〕而在《石天河文集》的《後記》中，石天河也再次提到了這首詩，「《請你簽名》是 1955 年 2 月為世界和平理事會發起『請你簽名運動』而宣傳而寫的一首傳單詩。在今天的讀者看來，用詩作傳單是滑稽可笑的。但在那時，『為政治服務』是詩與文學的方針路線，是絕對不可違反的銅標鐵法，因為，我是滿懷著『為政治服務』的熱情去寫的。這首詩在重慶《西南文藝》發表後，緊接著就是《西南文藝》編輯部發動的『讀者群眾』的批判，隨後，自然也會有『專家評論』的批判，說這首詩是『乞求和平』而不是『保衛和平』。」〔註42〕如今對於這首詩，毛瀚則認為，「主題是呼喚人類

〔註39〕石天河：《請您簽名》，《西南文藝》，1955 年，第 4 期。

〔註40〕李笑海、楊重銘：《讀「請你簽名」後的意見》，《西南文藝》，1955 年，第 6 期。

〔註41〕石天河：《說詩賽語二則》，《石天河文集》，第 1 卷，香港：天馬圖書有限公司，2002 年，第 430 頁。

〔註42〕石天河：《後記》，《石天河文集》，第 1 卷，香港：天馬圖書有限公司，2002 年，第 443～444 頁。

的愛心和良知，祈禱世界和平。在 50 年代，這是一首難得的好詩。」〔註43〕
所以，該詩受到一定程度的質疑與批判，正是五十年代的政治背景使然。當
然，也正是由於這樣的批判，才使得石天河這首詩有了一定的影響力。

　　石天河另外一首值得注意的是童話詩《無孽龍》。在發表這首詩時，周天
哲才開始使用「石天河」作為他的筆名。關於這個筆名，毛瀚指出「石天河」
三字取自他的《自題小照》兩首舊詩，「我生如隕石，磊落到人間，風雨憑陵
夜，流光照大荒。」和「我胸有長句，耿耿似天河，哭為千載哭，歌為萬里
歌。」〔註44〕所以，正是通過這首詩，「石天河」這個名字的正式登上在了文
壇。《無孽龍》這首詩的發表，為石天河贏得了巨大的聲譽。可以說這首詩也
是石天河成為《星星》詩刊編輯的一個重要因素。「五七年《星星》創刊為什
麼讓我去作執行編輯呢？（執行編輯制是學蘇聯的）是因為我寫了一首童話
詩《無孽龍》，這詩在北京《新觀察》發表以後，四川的劇團編成了個《望娘
灘》川劇，北京有個中央一級的文工團又把它變成了舞劇。江蘇人民出版社
還出了給兒童看的連環圖小書，銷售了許多萬。所以，有的人就以為我真的
成為名詩人了。」〔註45〕此時，《無孽龍》，已成為了石天河的一個標誌性作
品。該詩原名《無孽龍──復仇者的故事》，詩歌寫道，「誰也不知道那是什
麼朝代／誰也不知道那是什麼年辰／在四川灌縣那地方／出過一條兇猛無比
的蛟龍／／他呼一口氣／便刮起吹走斗大石砣的狂風／他長嘯一聲／平地會
掀起波濤萬頃／／他抬起眼睛向天上一看／滿天就閃起火蛇似的電光／他偶
然擺一下尾巴／所有的山峰都要震動／／有人叫他『孽龍』／有人叫他『無孽
龍』／你要知道他的故事嗎／那你就靜靜地坐到我身邊來聽／／有一個農家的
孩子／從小死去了父親／他是母親的生命／母親是他唯一的親人／／……有
的人把他看作災難／所以叫他『孽龍』／但許多人都為他辯護／說他是：『無孽
龍』」〔註46〕雖然石天河認為這首詩的創造性不多，不過他也多次提到了這
首詩對自己的影響，「從 1953 年我在《新觀察》雜誌上發表的童話詩《無孽

〔註43〕毛翰：《詩禍餘生石天河》，《詩探索》，2004 年，第 1 期。
〔註44〕毛翰：《我生如隕石磊落到人間──記詩人石天河》，《理論與創作》，1992 年，
　　　第 3 期。
〔註45〕石天河：《說詩謇語二則》，《石天河文集》，第 1 卷，香港：天馬圖書有限公
　　　司，2002 年，第 433 頁。
〔註46〕石天河：《無孽龍》，《新觀察》，1953 年第 20 期。《石天河文集》，第 1 卷，
　　　香港：天馬圖書有限公司，2002 年，第 276～283 頁。

龍》，在《成都日報》副刊上轉載以後，由於那個故事原本出自四川的民間傳說，四川人很感興趣。四川文聯搞川劇改革的何序同志，就利用那個故事的基本框架，進一步豐富了具體情節，加工改編為川劇《望娘灘》。由於那川劇上演以後，轟動一時，北京的一個文工團（似乎是空政文工團），後來又把它改編成舞劇《孽龍》。這一來，我當初那偶然的試筆，竟由於那童話故事適合於改編成戲劇而擴大了影響。我覺得非常意外，卻發現利用民間傳說的素材，經過藝術想像的昇華，賦予它新的意義，可能也是一個創作路子。於是，大大提高了我寫童話詩的興趣。曾想依據『杜鵑』、『荷花』、『少年石匠』、『泰山石』的故事，再寫幾部童話詩，並已經與青年出版社約好，把這幾篇童話詩，合成一個童話詩集。」〔註47〕在 1954 年，江蘇人民出版社在石天河童話詩的基礎上，由嵇錫林繪圖出版了《無孽龍》，到 1956 年就印刷了 5 次達 55000 冊〔註48〕，其影響可見一斑。重要的是，石天河創作這首童話詩的影響來說，還形成了一股以《無孽龍》為中心的「望娘灘熱」。如：1953 年李明璋創作川劇《望娘灘》，後重慶市人民出版社出版〔註49〕；1955 年出版了南宮縷改編的秦腔劇本《望娘灘》〔註50〕；1956 年還有楚劇《望娘灘》〔註51〕等等。與此同時，川劇版的《望娘灘》，北京改編的舞劇《孽龍》，以及中央工藝美術學院院長的張仃設計的木偶戲《望娘灘》都與石天河詩歌有著一定關係。當然，「望娘灘」本身是一個民間故事，而且也已經有多種闡釋，如「四川版」《望娘灘》的「內容提要」，「這是在四川民間廣為流傳的一個故事。窮苦少年孽郎為養母還債，上山割草，得到無價寶珠一顆。財主王員外強行奪珠，孽郎吞珠以示反抗，遂化為一條龍，呼風喚雨，淹死財主，為民除了害，孽郎歸海時頻頻回首探望母親，留下二十四個灘，後人取名望娘灘。孽郎反抗壓迫的精神，為勞動人民千古頌揚。」〔註52〕在「上海版」的「內容提要」說，「傳

〔註47〕石天河：《逝川憶語——〈星星〉詩禍親歷記》，香港：天馬出版有限公司，2010 年，第 27 頁。

〔註48〕石天河原著、嵇錫林繪圖：《無孽龍》，南京：江蘇人民出版社，1954 年 5 月第 1 版，1954 年 10 月第 2 版，1956 年 1 月第 5 次印刷，計 55000 冊。

〔註49〕李明璋、朱禾、李華飛：《望娘灘》，重慶：重慶市人民出版社，1954 年。

〔註50〕李明璋、朱禾、李華飛原著，南宮縷改編：《望娘灘（秦腔劇本）》，西安：長安書店，1955 年。

〔註51〕《望娘灘》（楚劇叢書），武漢：群益堂出版社，1956 年。

〔註52〕《內容提要》，《望娘灘》，李昌旭改編、彭自人繪畫，成都：四川人民出版社，1982 年。

說四川灌縣有個貧苦孩子名叫聶郎，每天靠割草賣錢養活寡母。有一年天旱，田地荒蕪，草木枯焦。聶郎在窪地發現了一片青草，草根下有顆明珠，他拾回來放在米缸裏，第二天就有滿滿的一缸米。從此母子倆的日子好過起來，並且能救濟鄉鄰。聶郎拾得寶貝的事給惡霸地主周洪知道了，周洪誣良為盜，派惡奴來搶，聶郎把寶珠含在嘴裏抵死反抗。不料寶珠滑落肚裏，聶郎心如火燒，口乾舌焦，最後化成了一條龍，掀起滔天的洪水，卷走周洪等惡人，向著大海游去。他捨不得母親，母親呼喚一聲，他就回頭看一眼；他一個回頭，江裏就凸起一個灘。母親一連呼喚了二十四聲，他一連回頭二十四次，江裏就凸起了二十四個灘。這二十四個灘後來就被叫做『望娘灘』。」〔註53〕當然我們看到，石天河的《無孽龍》創作，僅僅是這一民間故事多種改編中的一種而已。但對於石天河自身來說，這首詩有著非常重要的意義。正是通過《無孽龍》的創作，石天河找到了一條獨特的詩歌之路，「《無孽龍》的成功，讓石天河先生備受鼓舞。他發覺，將民間傳說的素材演繹為詩，似乎為新詩在民間扎根啟開了一個新的門路。……石天河則希望借古鑒今，以古為今，直接切入現實生活。於是，他開始了一系列童話詩的創作。他希望點石成金，把民間傳說的思想和藝術，提高到一個全新的境界。按照他當時的設想，《無孽龍》是『復仇者的故事』，另四部童話詩是《杜鵑——相愛者的故事》、《荷花——犧牲者的故事》、《泰山石——英雄的故事》、《少年石匠——藝術家的故事》。為了實現『使新詩在民間扎根』和『把民間傳說提高到新境界』的目的，他為這幾部詩耗費了很多心血。到1957年7月，《杜鵑》已經完成，《荷花》寫出了草稿，《少年石匠》寫了前四章，《泰山石》草擬了故事章節的提要。怎料詩禍臨頭，詩魂驚散，四部詩稿竟片紙不存。」〔註54〕在《無孽龍》啟示之下，石天河開始了其他四部童話詩的寫作。但只有《少年石匠》得到了重寫。據石天河的注釋，該詩「一九五七年春初稿於峨眉山，一九八二年秋重寫於衛星湖」。該童話詩包括《離河》、《百鍊》、《山神》、《蝙蝠》、《仙女》、《化雲》等六章，成為石天河自我精神、藝術追求的象徵。然而，石天河的《杜鵑》、《荷花》、《泰山石》等另外3部童話詩，就難以見到其廬山真面目了。

〔註53〕　《內容提要》，《望娘灘》，良士、徐宏達著，上海：上海人民美術出版社，2010年。

〔註54〕　毛瀚：《永遠的少年石匠——試評石天河先生的詩》，《重慶評論》，2014年，第4期。

石天河在四川文聯，除了創作出這些有一定影響力的詩歌作品之外，更重要的是他還以文藝理論家的面貌出現在文壇。在成為《星星》詩刊執行編輯之前，石天河就發表了一定數量的文藝批評文章。如 1956 年在《文藝報》上發表了《作家的世界觀與作品的思想性》，1957 年在《草地》發表了《形象思維和邏輯思維》〔註55〕。此外，石天河也發表了一些評論文章，如《草地》1956 年 10 月號增刊「紀念魯迅逝世 20 週年專輯」中，發表了石天河的《大海的啟示——紀念魯迅先生》一文，則體現了石天河的另一種文藝觀。這其中，石天河的理論文章《作家的世界觀與作品的思想性》比較有代表性。在這裡，石天河認為，「作家的世界觀與作品的思想性，是兩回事。這兩者有著密切的關係，但卻是不可以等同和混淆起來的。」並提出，「作品裏面便包含了兩種思想成分：一是作品裏面所描寫的社會生活本身所顯示的客觀意義；一是作家對於他所描寫的社會生活所作的主觀解釋。兩者，在有的作品裏面，是一致的；有的，卻並不一致，甚至完全相反。」在文章中，石天河也強調，「決不能夠認為，作家的世界觀對作品的內容是完全無能為力的。不！作家的主觀，在藝術創作過程中，是有一定地位的，既不是萬能，也不是毫無作用。每一個作家，他總是竭力地想使得作品的內容，服從自己的思想。」在石天河的觀點中，實際上隱含了否定「思想改造」的主題。〔註56〕由此，以群在《論作家的思想武裝》一文中就對石天河予以批判。以群首先將石天河的文章，定性為右派文藝思想和修正主義文藝思想，然後批判了這一思想背後「否定思想改造」或者說「反對作家武裝思想」的嚴重問題，「石天河強詞奪理地斷定：『作家掌握了現實主義的創作方法，便有可能在藝術實踐的過程中戰勝他們自己落後的或反動的世界觀，而使得他們的作品顯示出客觀真理來。』……他們的矛頭最主要的就是指向馬克思主義的階級論，借『現實主義』之名來反對要求作家改造自己的思想、掌握馬克思主義的世界觀，反對重視作家的思想武裝，否定作家的正確認識對於創作的積極作用。」〔註57〕而且，以群還將石天河這篇文章，與何直的《現實主義——廣闊的道路》、陳湧《關於社會主義現實主義》、錢谷融的《論文學是人學》等文章並列為這一

〔註55〕石天河：《形象思維和邏輯思維》，《草地》，1957 年，第 2 期。

〔註56〕石天河：《作家的世界觀與作品的思想性》，《文藝報》，1956 年 12 月 30 日，第 24 期。

〔註57〕以群：《論作家的思想武裝》，《我們的文藝方向和創作方法》，上海：新文藝出版社，1958 年，第 82 頁。

時代反馬克思主義階級論、否定思想改造的理論文章，這在一定程度上也提升了石天河作為文藝理論家的地位。關於這篇文章的寫作背景，石天河回憶說，「文聯領導安排了我的工作，讓我擔任理論批評組長。我開始恢復和文藝界的聯繫，並著手寫了一篇帶有反『左』意味的論文《為了蓓蕾的命運》，內容主要是反對當時盛行的那種硬搬蘇式教條摧殘文藝創作、把在作品中發現的缺點完全歸咎於作家政治思想的批評風氣。……後來，在《草地》紀念魯迅逝世二十週年的特刊上，我發表了一篇《大海的啟示》。在那篇文章裏，我張揚魯迅的遺教，公開地對教條主義的文學批評作了激烈的聲討。」〔註58〕從這裡可以看到，石天河本身就形成了一套完整的反教條主義的文藝理論，所以他寫這篇理論的主要目的，也就是反對教條主義。可以說，從《作家的世界觀和作品的思想性》，到《形象思維與邏輯思維》以及《大海的啟示》，石天河文學理論一以貫之的基礎就是「反教條主義」。如他在《形象思維與邏輯思維》一文中指出，「在藝術思維過程中，思維活動的主要方式，是形象思維，也就是意境、想像。」〔註59〕在1956年10月《草地·紀念魯迅逝世20週年專輯》中，石天河的《大海的啟示──紀念魯迅先生》，更是舉起了魯迅這面大旗，展開了對教條主義的激烈批判，「魯迅先生針對這當時韓侍桁那種把『可能』與『現實』割裂開來的說法，剖明了『可能』是『現實的發展』這一真理，這就使我們更加明白了：原來，那種硬說將來社會上『可能』有毫無缺點、十全十美的人的理論，是一種『假科學』的理論；『捨己有之典型而寫可有的典型』的主張，也不過是一種『假現實主義』的主張。魯迅先生的這些見解，一直到現在，也還給我們以反對假科學、反對教條主義的力量。」〔註60〕總之，我們看到，「反教條主義」不僅是石天河文藝理論的核心部分，也成為這一時期石天河文藝理論思考的核心。此後，在《吻》批判中，石天河再次發起了對教條主義的批判，實際上也就是他這一文藝理論思想的進一步延伸和發展。當然，由於石天河有著體系性的理論思考，這使得他成為五六十年代四川文藝界的重要文藝理論家之一。

〔註58〕石天河：《回首何堪說逝川──從反胡風到〈星星〉詩禍》，《新文學史料》，2002年，第4期。

〔註59〕石天河：《形象思維與邏輯思維》，《草地》，1957年第2期。

〔註60〕石天河：《大海的啟示──紀念魯迅先生》，《草地·紀念魯迅逝世20週年專輯》（增刊），1956年，第10期。

四、石天河與《星星》

在石天河的生平經歷中，一個非常重要的身份就是《星星》詩刊的執行編輯。石天河能夠成為新創辦的詩刊《星星》的執行編輯，首先與他在建國初所發表的大量的理論文章和詩歌有關。如童話詩《無孽龍》發表後，「有的人就以為我真的要成為名詩人」〔註61〕。所以，石天河自身文學成就，是他成為《星星》詩刊執行編輯的重要原因。關於石天河成為《星星》詩刊的原因，前面已有相關的論述。

重要的是，在《星星》詩刊創辦和發展的過程中，石天河起著非常重要的作用。石天河是《星星》詩刊創辦過程中的重要倡議者和參與者之一。我們在前面提到，傅仇最初提出了創辦詩刊的計劃，而這一想法，得到了很多詩人的支持，石天河就是期中最早的支持者之一。《星星》主編白航多次提到，石天河參與了《星星》創辦的倡議，「石天河、流沙河、白航、白堤（已去世）、傅仇等人的倡議下，要求四川辦一個詩刊。」〔註62〕在星星創刊三十週年的時候，白航還回憶說，「四川的一些寫詩的青年人傅仇（已去世）、白堤（已去世），白航、石天河、流沙河、白峽等提出要創辦一個詩刊」〔註63〕，因此對於創辦詩刊的計劃，石天河一直是其中最重要的倡議者和支持者。而且，在新詩刊創辦之初石天河也積極為新詩刊命名。在《文聯黨組關於創辦詩刊的請示報告》中，為新詩刊提出 7 個名字，但這些名字最後都未被採納。作為執行編輯的石天河，為新詩刊取名為「豎琴」，「我曾經想取名『豎琴』，用魯迅先生寫的那兩個字做刊頭。大家沒有同意，說再想想。」〔註64〕石天河將新詩刊取名為豎琴，並沒有得到編輯部同仁的認可。不過，取名「豎琴」，也體現出了石天河對新詩刊的一個藝術追求。「托羅茨基也是支持者之一，稱之為『同路人』。同路人者，謂因革命中所含有的英雄主義而接受革命，一同前行，但並無徹底為革命而鬥爭，雖死不惜的信念，僅是一時同道的伴

〔註61〕石天河：《說詩謇語二則》，《石天河文集》，第 1 卷，香港：天馬圖書有限公司，2002 年，第 433 頁。

〔註62〕辛心：《我們的名字是星星——〈星星〉創刊史話》，《星星》，1982 年，第 4 期。

〔註63〕本刊評論員：《〈星星〉三十歲》，《星星》，1987 年，第 1 期。

〔註64〕石天河：《逝川憶語——〈星星〉詩禍親歷記》，香港：天馬出版有限公司，2010 年，第 2 頁。

侶罷了。」〔註65〕取名為「豎琴」，而且來要用魯迅的字作為刊名，都體現了
石天河對於魯迅的獨特情感。同時，「同路人」的思想，對剛剛成為星星編
輯部一員的石天河是有一定影響的。

　　石天河還是《星星》詩刊辦刊方針重要制定者之一。特別作為剛成立的
星星編輯部，對於新創辦刊物時充滿了熱情，而且也對新刊物寄予了無限希
望。高舉「百花齊放」的旗幟，是石天河與其他幾位編輯辦刊的共同方針。他
說，「我們一心想抓住機會，把這個刊物，辦成一個能突破各種教條主義清規
戒律、真正體現『百花齊放』的詩歌園地。」〔註66〕與「百花齊放」並舉的
另外一個辦刊方針就是「辦娃娃班」，一同成為了《星星》詩刊創刊之初的重
要辦刊方向。「創刊之前，關於『刊物怎麼辦』的問題，我們的意見是一致的：
要搞『百花齊放』；『辦娃娃班』（主要發表青年詩人的作品）；我們都是商量
過的。」〔註67〕更為重要的是，震驚詩壇的《稿約》，就是由作為執行編輯的
石天河主筆寫出的。他提出，「我們歡迎各種不同風格的詩歌。『大江東去』
的豪放，歡迎；『曉風殘月』的清婉，也歡迎。我們歡迎各種不同形式的詩歌；
在形式方面，我們並不厚此薄彼。我們歡迎各種不同題材的詩歌；在題材方
面，我們並不限制個人的廣闊自由的天地。我們歡迎各種不同流派的詩歌。
現實主義的，歡迎；浪漫主義的，也歡迎。我們只有一個原則的要求：詩歌，
為了人民！」〔註68〕儘管在 1957 年 1 月 1 日《星星》創刊號上的《稿約》，
在字詞表達上有一定的變化，但這無疑就是石天河文藝觀念的集中體現。

　　我們知道，《稿約》就是《星星》詩刊的《發刊詞》，在《星星》詩刊的歷
史中具有非常重要的意義。「那《稿約》是我和白航商量後，由我起草的。（但
在交流沙河去在報上作廣告時，他私下改了幾個字，記得是把『明亮的彗星』
改成了『天邊的孤星』，我有點不高興，因為『彗星』有把生命的光輝延續
到最後的象徵意義，而『孤星』則只對應於個人的孤寂心情。但我也沒有計
較。）我們當時沒有寫《發刊詞》，有故意用《稿約》來代替《發刊詞》的

〔註65〕魯迅：《〈豎琴〉前記》，《魯迅全集》，第 4 卷，北京：人民文學出版，2005 年，
　　　　第 445 頁。
〔註66〕石天河：《逝川憶語——〈星星〉詩禍親歷記》，香港：天馬出版有限公司，
　　　　2010 年，第 2 頁。
〔註67〕石天河：《逝川憶語——〈星星〉詩禍親歷記》，香港：天馬出版有限公司，
　　　　2010 年，第 32 頁。
〔註68〕《星星（詩歌月刊明年元旦創刊）稿約》，《四川日報》，1956 年 11 月 21 日。

意思。」〔註69〕對於這個《稿約》，「出力最多的是石天河，他又要策劃組稿，又要劃版，又要跑工廠校對，轟動全國的《稿約》，就是經過整體商量後，由他起草，再經流沙河的修改，交我審定後，完成的。」〔註70〕我們看到，創刊號上的《稿約》雖然對報紙上的《稿約》做出更為具體的闡釋，更有利於星星編輯部的操作。但實際上創刊號上的《稿約》，其實也就沒有了報紙上《稿約》更為廣闊的自由度。換而言之，創刊號上的《稿約》對詩歌寫作，表面上是「歡迎各種不同的風格、形式、題材、流派」，但實際上是對不同的風格、形式、題材、流派做出了具體的限定。同時，也特別加強「古典」和「民歌」在新刊物中的比重；非常明確取消了外國詩歌。所以，與報紙上的《稿約》相比，儘管體現出了「百花齊放」的特點，甚至被認為是「資產階級自由主義的稿約」，但在實際上已經沒有多少的自由度了。那麼，是誰參與了調整和修改？我們猜測，應該是《稿約》在報紙上發表後，四川文聯便在現有《稿約》基礎上進行了調整，最後形成了創刊號上的《稿約》。不可否認的是，石天河起草的這份《稿約》，在當代文學語境中也還是相當特別的。一方面，在稿約的表述方式上，突破了一般稿約的公式化、模式化特徵。特別是對「星星」的描述，極富詩意，讓《星星》的《稿約》相當別致。第二，雖然創刊號上的《稿約》又經過了調整和修改，但還是在很大程度上保留了報紙上《稿約》的宗旨和目標。正如流沙河所說，「我們發出資產階級自由主義的詩歌宣言——稿約。上面故意不提社會主義現實主義和工農兵方向，而代之以『現實主義』和『人民』字樣。這不是偶然的。在這以前，我就向丘原說過，社會主義現實主義是斯大林授意，高爾基上當，個人崇拜的年代裏，教條主義的產物。石天河沒有公開這樣說。但他對我說過可惜馬克思死早了，否則今天的文藝理論不會是這樣。」〔註71〕實際上是用「現實主義」代替了「社會主義現實主義」，用「人民」代替了「工農兵」，這應該是石天河與《星星》編輯部的重要方針。

除了《星星》的《稿約》之外，石天河在《星星》1957 年第 2 期上發表了編後草《七絃交響》。在這篇奇文中，他進一步闡釋了自己的詩學觀念和編輯方針：「人民有七種感情：喜、怒、哀、樂、愛、惡、欲。繆司有七根琴弦：

〔註69〕石天河：《逝川憶語——〈星星〉詩禍親歷記》，香港：天馬出版有限公司，2010 年，第 1 頁。

〔註70〕白航：《我們的名字是「星星」》，《星星》，2006 年，第 7 期。

〔註71〕流沙河：《我的交代》，石天河：《逝川憶語——〈星星〉詩禍親歷記》，香港：天馬出版有限公司，2010 年，第 163 頁。

喜、怒、哀、樂、愛、惡、欲。詩人的心，就是繆司的七絃琴。詩，總是要抒情的。沒有不抒情的史詩，沒有不抒情的敘事詩，沒有不抒情的風景詩，也沒有不抒情的哲理詩。中國有六億人民，六億人民的感情，是一個無比寬闊的大海。如果誰說『抒人民之情』會限製詩，那真是一件奇事。但如果誰要偏愛著『單弦獨奏』，只准抒某一種情，那也只能說是一種怪癖。『百花齊放 百家爭鳴』，在詩應該是讓七絃交響。……讓七根琴弦交響起來吧！只不要忘記，這七根琴弦的基調，是：愛人民！愛祖國！愛生活！」〔註72〕與其《稿約》相比，石天河的這篇《七絃琴》，最主要是談到了詩歌中的「情」問題。從「人民有感情」，到「詩要抒情」，最後是要表達「豐富情感」三個層面展開。在這裡首先他強調了人的本質屬性是「情感」，那麼詩歌的本質也就應該是「情感」。進而石天河用了「七絃琴」，表明他不僅強調詩歌的「情感」本質屬性，而且還表明詩歌的情感應該是多元的，豐富的，就像人有「喜怒哀樂愛惡欲」一樣，詩歌也應該有多種情感。所以，石天河在這裡，特別強調了詩歌情感的複雜性。實質上，石天河的「七絃琴」也是在重申詩歌「百花齊放」觀點。但是，該觀點後來也與《稿約》一起受到了批判，「不僅《星星詩刊稿約》有人批，我在《星星》第二期『編後草』一欄中所寫的《七絃交響》也有人批。似乎我主張詩歌的『百花齊放』就是要『七絃交響』（要讓詩人的『喜怒哀樂愛惡欲』都能在詩中得到表現），也是『反黨反社會主義』的主張。」〔註73〕在相關的批判中，還將寫人的多種情感這樣的一種「百花齊放」精神，認定為「反黨反社會主義」。但是，石天河在《吻》批判過程中的過激行為，使得石天河在參與了《星星》詩刊第二期的編輯後，就退出了星星編輯部，不再參與到《星星》的編輯工作了。此後，儘管石天河並沒有處《草木篇》批判的漩渦中心，但由於他的一些過激言論，使他成為了四川文藝界反右的中心。

第二節　初期《星星》中的石天河

　　由於石天河在《星星》詩刊的創刊過程中，付出了相當多的心血，所以在《吻》和《草木篇》遭到批判後，石天河義無反顧地挺身而出，予以回擊。

〔註72〕《七絃交響》，《星星》，1957年，第2期。

〔註73〕石天河：《逝川憶語──〈星星〉詩禍親歷記》，香港：天馬出版有限公司，2010年，第31頁。

當然，石天河之所以如此堅決而且激進地展開反批判，也與他此前所遭受的「教條主義」攻擊有關。而最終初期《星星》批判，使得石天河被停職，離開了《星星》詩刊。雖然石天河離開了星星編輯部，離開了四川文聯，離開離開了成都，但在此後的《草木篇》批判中，他的問題卻不斷升級，並在四川文藝界的反右中成為最嚴重的問題。

一、反對《吻》批判

　　1957 年 1 月 14 日《四川日報》的「百草園」中發表了春生的批判文章《百花齊放與死鼠亂拋》。其中重點批判了青年詩人曰白的《吻》和流沙河的「解凍說」。在文章中，他明確指出，《吻》是「香豔絕倫的詩」〔註74〕。這引起了星星詩刊編輯部的不滿，特別是作為執行主編石天河不滿的是，該文集中展開了對《星星》詩刊的編輯方針進行批判：「目前已有一種跡象：把死鼠亂拋與百花齊放混為一談，以為文藝工作者可以不講求立場，考慮效果，只要有『技巧』，隨心所欲地『抒情』，『放』出來的都是『花』。這是嚴重的誤會，或有意的曲解。我們必需密切地注視著在『百花齊放』的縫隙中，有意無意的頂著『馬克思主義的美學觀點』、『藝術的特徵』種種商標而冒出來的資產階級、小資產階級的『靈魂深處』的破銅爛鐵的『批發』者。」〔註75〕我們知道，在《星星》詩刊的創辦過程中，石天河付出了巨大的心血，由此石天河就藉此開始了他的反對教條主義的「反批判」之路。石天河的這次「反批判」，造成了嚴重的影響，以至於被流沙河稱為「第一次進攻」。〔註76〕

　　化名為春生的四川省委宣傳部副部長李亞群，在《百花齊放與死鼠亂拋》中的直接矛頭是青年詩人曰白和流沙河，完全與石天河無關，那石天河為什麼如此積極地介入到「反批判」之中呢？第一，春生所批判的《吻》，是石天河同意選發的，「詩稿由流沙河初選出來交給我，我認為寫得可以，就同意發表了。」〔註77〕進而，在石天河看來，對《吻》展開批判，就是對他們編輯方針的批判。「我當時，還並沒有警覺到，這就是對《星星》進行圍剿的第一

〔註74〕春生：《百花齊放與死鼠亂拋》，《四川日報》，1957 年 1 月 14 日。
〔註75〕春生：《百花齊放與死鼠亂拋》，《四川日報》，1957 年 1 月 14 日。
〔註76〕流沙河：《我的交代 1957.8.3 至 8.11.》，《四川文藝界右派集團反動材料》（會議參考文件之九），四川文聯編印，1957 年 11 月 10 日，第 3 頁。
〔註77〕石天河：《逝川憶語──〈星星〉詩禍親歷記》，香港：天馬出版有限公司，2010 年，第 4 頁。

炮。所以，一氣之下，當晚就寫了一篇反批評。主要的，也只是為《星星》的編輯方針辯護，反對『凍結』情詩的主張。」〔註78〕第二，在春生的文章中，其落腳點是對《星星》詩刊批判，這不得不引起作為《星星》詩刊執行編輯石天河的反感。「我們非常氣憤，覺得剛剛創刊的一個刊物，社會反應很好，而黨報上竟然發表這樣大棒式的文章，把對一首小詩的批評，抬高到根本否定刊物的編輯方針，用『死鼠亂拋』這樣『想爛狗膽』的字眼，把刊物糟蹋到無以復加之臭。我們覺得，這太過分了。」〔註79〕對《吻》的批判，在石天河看來就是對《星星》詩刊「百花齊放」方針的否定。石天河主動展開反批判，這就與維護他所參與創辦的詩刊的聲譽有關了。第二，最重要的是，石天河對春生的文章展開反批評，有著他自身的歷史原因。在石天河的生平歷史中，他有著嚴重的「歷史問題」，如「息烽集中營」、「男女關係」、「胡風分子」等多種問題。雖然這些問題在當時得以澄清，但卻給石天河心理帶來了嚴重的傷痕。比如，在石天河看來他的詩歌《請你簽名》之所以受到批判，就是由於教條主義而引起的。進而在《星星》詩刊創刊之前，石天河就寫出了系列理論文章，展開了對教條主義的系統批判。因此，當春生《百花齊放與死鼠亂拋》的批評出來後，文章雖然不是針對石天河的，但石天河卻感同身受，「這首詩所受到的錯誤批判，很使我氣憤。後來成為我下決心反對教條主義批判的一個心理因素。」〔註80〕換言之，石天河介入到《吻》批判中，不僅有著為《吻》辯護、為《星星》詩刊辯護的因素，更為重要的是，他是藉此機會來批判文藝界的教條主義，以澆自己心中的塊壘。

很快，石天河積極地參與到了《吻》批判中，寫出了批判教條主義的文章《詩與教條》。我們知道，春生（李亞群）的文章，不僅引來了石天河《詩與教條——斥「死鼠亂拋」的批評》，也引出了流沙河《春天萬歲》、儲一天《「死鼠」與「吻」》〔註81〕。其中，石天河在這篇文章中，就將自己由來已

〔註78〕石天河：《石天河的書面發言（即萬言書）》，《逝川憶語——〈星星〉詩禍親歷記》，香港：天馬出版有限公司，2010年，第108頁。

〔註79〕石天河：《逝川憶語——〈星星〉詩禍親歷記》，香港：天馬出版有限公司，2010年，第4頁。

〔註80〕石天河：《說詩謇語二則》，《石天河文集》，第1卷，香港：天馬圖書有限公司，2002年，第432頁。

〔註81〕三篇文章後來均收入四川省文聯編印的《是香花還是毒草？》（會議參考文件之十），見《是香花還是毒草？》（會議參考文件之十），四川省文聯編印，1957年11月10日。

久的對教條主義的憎惡，在為《吻》的辯護中一泄而出。他首先從對作品的分析出發，認為《吻》表現的是一個普通的場景，並沒有不道德之處。然後在第二部分分析了「什麼才是真正的黃色歌曲」，由此引出了春生文章的問題在於「教條主義」。在文章的最後一部分，石天河便展開了對教條主義的猛烈批判。「原來在『百花齊放，百家爭鳴』的方針公布以後，教條主義還並沒有收鋒斂跡，它還在繼續地向文學藝術進攻，它還在盡情地使用污蔑、扼殺的手段，以『莫須有』的罪名，強加在文藝作品和文藝工作者的頭上阻礙著文藝事業的前途。不行！春生先生，教條主義的虛假的王冠，已經快被摘下來了！虎皮交椅，快要坐不穩了！黨中央和人民群眾，以及廣大的文藝工作者們，都已經下了決心，要把教條主義埋到那見不得人的深淵裏去，讓它長眠千古。詩與教條，是如此地水火不能相容；詩抒寫愛，而教條主義者在亂拋死鼠；詩創造美，而教條主義者在編制『凍結』的條文。人民愛詩！人民憎惡教條！詩與教條，必然會是兩種不同的命運：即或詩有暫時的受難，教條有片刻的橫行，但是未來的年月，決不是屬於教條，而是屬於詩的！當詩人的聲音高響入雲的時候，教條主義者所拋擲的死鼠，必然會在人民群眾的唾棄與踐踏之下，碎裂，腐朽，化為烏有！」〔註82〕可見，在石天河的文章中，他是借對春生文章的批判，將自己鬱結於胸的對「教條主義」的不滿和痛恨，酣暢淋漓地表達出了。

但是，石天河這篇文章對教條主義的批判，卻並沒有能在《四川日報》上得以發表，又引起了石天河更大的憤怒。石天河三人的文章未能發表，問題並不在於他們批判了教條主義，而在於他批判的對象春生是李亞群。石天河回憶說，他與流沙河後、儲一天把文章都送到《四川日報》編輯部，原本以為按照「雙百」政策會得以刊發。但是，他們卻並等到文章刊發的消息，而是收到四川日報社編輯部的通知——總編輯伍陵要和他們談話，並勸他們撤稿〔註83〕。但不同的是，《四川日報》的編輯帥士熙在「反右」運動中則說，「《四川日報》總編輯伍陵找石天河、流沙河、儲一天來編輯部談話，建議他們把文章中有些尖銳的話作適當的刪節，論點仍然可以完全保留。石天河抗議，

〔註82〕石天河：《詩與教條》，《是香花還是毒草？》（會議參考文件之十），四川省文聯編印，1957年11月10日，第139～141頁。
〔註83〕石天河：《逝川憶語——〈星星〉詩禍親歷記》，香港：天馬出版有限公司，2010年，第13～14頁。

堅持不改。之後，編輯部決定不刊用。」〔註84〕從這裡可以看出，帥士熙此時的發言，是在有意避免提到李亞群。對此，作為受害者之一的儲一天，在此後的整風運動中發言，就提到伍陵說出了真正的原因，「說不能發，我說，你提意見，哪些地方刺了人，我可以修改。伍陵說，不是對字句修改問題，而係對春生的問題」。〔註85〕可以看出，流沙河等三人的文章，不能在《四川日報》上刊登，最重要的原因是他們將批判矛頭指向了李亞群。正是由於石天河自己深受教條主義之害，以及文聯對李亞群的這種保護姿態，就更激起了石天河的鬥志和更加激烈的反抗。「第二天，白航把我們的意見反映上去，李累說，這問題要向黨組請示。……他把問題交上去，由文聯的黨組書記常蘇民來處理，我們就沒話可說了。」〔註86〕但等來的結果是，他們的文章，即使是《星星》詩刊也不能刊登，「聽說你們幾個為報上的批評在鬧情緒，我認為不必要。工作上遇到一點挫折，不要緊，繼續幹下去嘛。對批評有什麼意見，我們可以向上面去講清楚。」〔註87〕此外天河在另外一處發言中，也提到了這次遭受拒絕的情況，「這篇文章，投到四川日報，四川日報沒有發表；同時寫反批評文章的，還有好幾個人，這幾個人的文章，也都沒有發表。……以後，便向文聯常副主席談，要把反批評文章在《星星》上發表。常副主席先是同意的，後來，大概是在李亞群副部長和李累『上壓下頂』的情況下，作不了主，便不准我發了。」〔註88〕由此，所有的這一切，在石天河的身上集中爆發出來，「對於文聯領導採取這樣的方式來壓制我們的反批評，我心裏壓抑著一種悲憤情緒，覺得這完全是官僚主義的以勢壓人，根本不是共產黨的做法，我決不應該在這種不講理的壓力下屈服。」〔註89〕所以，在反對春生、

〔註84〕　《省文聯繼續舉行作家、詩人、批評家座談會　駁斥張默生流沙河等的錯誤言行》，《四川日報》，1957 年 6 月 29 日。

〔註85〕　《省文聯邀請部分文藝工作者繼續座談　對教條主義和宗派主義進行尖銳批評》，《四川日報》，1957 年 5 月 21 日。

〔註86〕　石天河：《逝川憶語——〈星星〉詩禍親歷記》，香港：天馬出版有限公司，2010 年，第 17 頁。

〔註87〕　石天河：《逝川憶語——〈星星〉詩禍親歷記》，香港：天馬出版有限公司，2010 年，第 17～18 頁。

〔註88〕　石天河：《石天河的書面發言（即萬言書）》，《逝川憶語——〈星星〉詩禍親歷記》，香港：天馬出版有限公司，2010 年，第 109 頁。

〔註89〕　石天河：《逝川憶語——〈星星〉詩禍親歷記》，香港：天馬出版有限公司，2010 年，第 24 頁。

反對教條主義的過程中，石天河變得更加激進，當然也導致了他自身問題的進一步惡化。「我現在回想起來，覺得我們那時，確實太不冷靜了。如果我們接受了伍陵的意見，把稿子自行撤回，也許，『《星星》詩禍』，後來便不會發展到那麼嚴重。」〔註90〕可以說，正是由於《詩與教條》這篇文章，石天河被深深捲入到了初期《星星》批判的歷史中。石天河曾說，「就是在四川日報上出現了一篇題目叫什麼《死鼠亂拋》的批評以後，我寫了一篇叫《詩與教條》的反批評文章，就是這篇文章，幾乎惹來了殺身之禍。（正確點說，是可能誅及相識者的『瓜蔓抄』。）」〔註91〕所以在《吻》批判過程中，對於作者曰白以及作品《吻》，都不是四川省文聯批判的重點。而在事件中為《吻》辯護，激烈批判春生的石天河，卻成為了這次事件的核心。在流沙河後來的「交代」中，石天河寫「反對教條主義文章」的事情，更成為了小集團的「第一次進攻」的大問題，「春生的文章刊出的那天夜裏，我、石天河、遙潘出去喝酒。遙潘表示願意主動寫文章支持我們。石天河說今後他的這一批文章要出個集子，附錄春生的文章，像魯迅對待他的論敵那樣，使他『遺臭長遠』。當時我們估計一定會勝利，所以很高興。第二天夜晚，我把我們的策畫和我們的文章內容告訴了丘原和陳謙。」〔註92〕通過流沙河的「交代」，石天河與《吻》批判，更成為了一件非常嚴重的事件了。

「反批判」的文章雖然沒有能刊出，但石天河並沒有就此罷休，繼續展開其他形式的反批判活動。此時的石天河，不但沒有對自己的過激行為予以反思，而是進一步加大批判進度，力圖扭轉局面並對教條主義予以有力打擊。相關活動，流沙河在《我的交代》中有比較詳細的敘述，「文章沒有刊出，石天河提出三個對策：（1）在《星星》上刊出；（2）隨《星星》附送；（3）油印出來，向中央宣傳部告狀，向全國各文學團體『呼籲』。我和儲一天都同意，此項活動由石天河一人負責作。前兩個對策失敗後，石天河便動手編排文章——我們三人的，外加曰白的，附錄春生的，再加上他寫的一個事件前前後後的報導作為第一篇，共六篇。我表示願出錢油印。當我聽說儲一天退出，

〔註90〕石天河：《逝川憶語——〈星星〉詩禍親歷記》，香港：天馬出版有限公司，2010 年，第 16 頁。

〔註91〕石天河：《石天河的書面發言（即萬言書）》，《四川文藝界右派集團反動材料》（會議參考文件之九），四川文聯編印，1957 年 11 月 10 日，第 79 頁。

〔註92〕流沙河：《我的交代 1957.8.3 至 8.11.》，《四川文藝界右派集團反動材料》（會議參考文件之九），四川文聯編印，1957 年 11 月 10 日，第 4 頁。

我也怕了，便告訴石天河，請他原諒，我也退出。他生氣地說：『好吧，我一個人也要幹！』……大鬧會場前，我從羅汭給白峽的信上知道周揚到了重慶，立即將此消息告訴石天河。我們商量，如果周揚到成都來，也許會開一個座談會的，我們就向他『申冤』，控告報社『壓制爭鳴』。如果不開座談會，我們就去當面告狀。巴金來成都，我們也有過此種幻想。巴金來成都沒有找我們談，我們就私下嘲笑他是官僚主義。……大鬧會場前後，石天河幾次告訴我，他要去找李井泉或李大章，談文聯領導上壓制『爭鳴』。」〔註93〕從流沙河的敘述來看，他們油印反批判文章，以及準備向中宣部、省委等相關領導告狀等行為，是完全可能的。但從實際效果來看，除了油印文章之外，另外兩種對策實際上並沒有多大的效果。與此相反，這些想法對石天河來說，卻是非常致命的。石天河反教條主義的堅決姿態，以及在《吻》批判過程中石天河堅持自我意見，並由此與《四川日報》領導伍陵，與四川文聯領導李累、常蘇民等人發生了衝突。由此，石天河試圖編印這些反教條主義的文章，以及試圖向中宣部、省委等告狀等行為，立即就被四川省文聯認為是「無組織無紀律」的行為。在《四川日報》等報刊上正面展開對《吻》批判的同時，四川文聯內部則以「機關大會」的形式，對流沙河、石天河等人展開了內部批判。石天河回憶說，「在四川文聯共青團組織對流沙河進行了思想批判以後，過了幾天，文聯領導接著就以機關大會的形式，對我們進行批判。我和流沙河、儲一天、茜子、丘原，都是批判對象。究竟那2月上旬的個把星期內，開了幾次會，我現在已經記不清了。」〔註94〕關於機關大會的具體情況，石天河僅在《山中人語》提到，「而這時候，宗派主義暗害分子李累，已經在文聯裏裏外外作好了進行大規模迫害的準備工作，先布置了青年團內的鬥爭會，拿流沙河、儲一天開刀，迫使人昧著良心說話，把流沙河、儲一天等人，說成是受我指使的一個『反革命集團』。」〔註95〕從這裡可以粗略看到，相關的「大會」分為兩個部分，一類是批判流沙河、儲一天的「團內鬥爭會」，另一類才是批

〔註93〕流沙河：《我的交代 1957.8.3 至 8.11.》，《四川文藝界右派集團反動材料》（會議參考文件之九），四川文聯編印，1957 年 11 月 10 日，第 4～5 頁。

〔註94〕石天河：《逝川憶語——〈星星〉詩禍親歷記》，香港：天馬出版有限公司，2010 年第 21 頁。

〔註95〕石天河：《山中人語》，《石天河的書面發言（即萬言書）》，《四川文藝界右派集團反動材料》（會議參考文件之九），四川文聯編印，1957 年 11 月 10 日，第 79 頁。

判石天河的「機關大會。」對於「團內鬥爭會」，僅有流沙河簡單的敘述。其中，流沙河承認自己「慌了」，他說自己與儲一天在受到了「批評」之後，小集團瓦解了。所以在「團內鬥爭會」上，流沙河肯定有「自我檢討」、「檢舉」的可能性。

　　而四川省文聯對石天河等人批判的「機關大會」，則是在 1 月 24 日之後。石天河則較為詳細地回憶了這次「機關大會」，「那次大會的排場很大，連省委宣傳部的文藝處長，都請來了。大會由文聯黨組書記常蘇民主持，黨委的幾個主要成員和文聯副主席段可情（民主人士，創造社老作家，與郭沫若同期的詩人）也參加了。文聯機關幹部大部分都參加了。批判會（他們叫『機關教育大會』）的進程，是事先安排好了的，常蘇民講話後，先叫流沙河檢討。流沙河的檢討，表面上是檢討他自己，但著重的是檢舉別人。主要談了這樣幾點：一是他的錯誤思想，是受了石天河的影響；還說：在匈牙利事件時，石天河說過『假如我在匈牙利，說不定我也要殺人。』流沙河還特別深沉地說：『石天河這個人，我對他摸不透。』（表示他對石天河很隔膜，感到石天河內心陰暗、莫測高深的意思。）二是在檢討『波蘭、匈牙利事件』期間他的一些思想言行時，順便檢舉了茜子（陳謙）、丘原（邱漾）等人。……流沙河檢討以後，接著便是其他人發言，對我進行揭發批判。最積極的是傅仇、陳欣、蕭然等三個人。……文藝處的張處長，原本是幹部管理處長，對文藝工作並不內行，似乎也說不出什麼理論。他聽流沙河檢舉我說過『要殺人』的話，便著重的在講話時說：『殺人，怕什麼？他要殺人，我們就對他專政！』然後，常蘇民代表文聯黨委，宣布給予我『停職反省』處分。批判會便到此結束。」〔註96〕從石天河的記錄來看，在這次機關的大會上，本來是因《吻》而引起的批判，所以最重要的是對流沙河「解凍說」的批判。然而，在大會上由於有了此前的「團內鬥爭會」，使得流沙河的「自我檢討」轉變為了流沙河對石天河的「檢舉」。對於流沙河的這次「檢舉」，石天河記憶猶新，他說：「對流沙河在會上的那種表現，我覺得軟弱可鄙。不過，我當時想，他原只是一個青年學生，解放後參加工作就在文聯，並沒有經過什麼大風大浪，他家庭是地主，父親是在土改時被鎮壓了的，他內心存在著深度的恐懼。在共產黨組織的壓力下，就是老共產黨員，也未必經得起。所以，這一切也都是可以原諒

〔註96〕石天河：《逝川憶語──〈星星〉詩禍親歷記》，香港：天馬出版有限公司，
　　　　2010 年，第 21～22 頁。

的。」〔註 97〕加上傅仇、陳欣、蕭然對石天河的批判，便將石天河推入了絕境。同樣，譚興國記錄的相關會議內容也與流沙河的「自我檢查」有關，「對石天河的這次批評會，迄今記載不多，據說開了不止一次，出席的不僅有文聯的人，還有省委宣傳部文藝處處長，可見其重視。這，多半和《詩與教條》有關，但會上批評他的多半是流沙河在『自我檢查』中提供的材料，……最屬害的是他說如果中國發生匈牙利事件，他也要拿起武器，要殺人。別人回敬他就簡單多了：『反蘇、反共、反人民』。」〔註 98〕在譚興國的記載中，這次批判大會中所涉及到石天河事實就不止如此了。

　　對此相關的「檢舉」以及相關的批判，此時的石天河有自己的打算。他說，「作為一個馬克思主義的信奉者，作為一個受過共產黨長期教育的文藝工作者，作為屈原和魯迅等偉大先行者的後輩，我決不應該在非正義的暴力面前屈服，決不應該有苟且偷生、消極自全的思想，寧可把我的一腔熱血，灑在文藝的祭壇之前，寧可讓暗害分子把我投入『莫須有』的冤獄，我必須以中國知識分子傳統的『士可殺不可辱』的精神，堅持反迫害的鬥爭，堅持黨的文藝方針不被歪曲。我對黨中央，是有堅強信念的，我相信，黨中央如果知道了這件事的真實情況，是一定會弄清是非，弄個水落石出的。我把《四川日報》退回的，我的反批評文章的小樣，寄給了《人民日報》。（但《人民日報》一直到現在，既未退稿，也未作其他處理，不知何故。）同時，我把我近年來所寫的理論文章、作品，捆成一小絜，預寫了一篇『申冤書』，委託了一位私感較深的同志，請他在聽到我被捕的消息後，就寄給黨中央毛主席和少奇同志。回到家裏，又秘密囑咐我的哥哥，萬一我被捕了，絕不可以讓我的母親知道這個消息。另外，又託付另一位同志，萬一我被捕了，就請他從外地按月以我的名義，寫封信給我母親，寄點錢給她，使她相信我確實是『出差』在外。這樣，我把一切短期入獄的準備都作好了以後，心裏就比較平實了。所以，在第二個星期的『機關大會』上，我的態度就堅強些了。」〔註 99〕

〔註 97〕石天河：《逝川憶語───〈星星〉詩禍親歷記》，香港：天馬出版有限公司，2010 年，第 24 頁。

〔註 98〕譚興國：《草木篇事件的前前後後》，內部自費印刷圖書，2013 年，第 108～109 頁。

〔註 99〕石天河：《山中人語》，《石天河的書面發言（即萬言書）》，《四川文藝界右派集團反動材料》（會議參考文件之九），四川文聯編印，1957 年 11 月 10 日，第 80～81 頁。

從這裡可看出，石天河之所以「停職」，還有一個原因在於在「機關大會」上的態度堅決，特別是他說「要向上級黨委和黨中央控告」。石天河以積極的反教條主義的姿態介入到《吻》、《草木篇》批判，但在這一過程中，流沙河因經過「團內鬥爭會」的教育以及「機關大會」的「檢討」而過關。但石天河激進的不合作態度，被推到了風口浪尖，最後在「機關大會」上，他以「停職反省」告終，成為了初期《星星》詩刊批判中的最終受害者。

二、往來信件

按石天河的回憶，在 1957 年 1 月底這次機關大會上，省委宣傳部文藝處的張處長決定對石天河實施專政，最後由常蘇民代表省文聯宣布了對石天河「停職反省」的決定。直到 1957 年 4 月，常蘇民才宣布撤銷對石天河的處分：「1957 年 4 月間，四川文聯黨組書記常蘇民從北京回來，在機關裏召開了幹部大會，傳達了毛澤東在全國宣傳工作會議上的講話。……常蘇民在傳達了毛澤東的講話以後，便在會上宣布，撤銷對我的『停職反省』處分。」〔註100〕這使得石天河被迫「停職反省」，離開了《星星》編輯部。石天河回憶說，在「停職反省」期間，雖然他閉門讀書，學下圍棋，但他並沒有屈服。「『停職反省』期間，我滿肚皮牢騷怨氣，沒有地方發洩。我覺得，我並沒有什麼錯誤需要『反省』，明明是別人違反『百家爭鳴』的方針，壓制反批評，反而給我『停職』，叫我『反省』，這是什麼世道？我決不能在權勢的壓力下屈服。」〔註101〕最值得注意的是，在「停職反省」期間以及此後，石天河分別給領導、朋友等展開書信往來。而這些信，又給他帶來了災難。

當然，石天河這些信件往來，並不僅僅侷限於他「停職反省」期間。從 1957 年 1 月底的機關大會上對石天河「停職反省」的決定，到 1957 年 4 月常蘇民宣布撤銷處分這期間都有。在「撤銷處分之後」他提出調到南京的要求，但沒有被省文聯准許。此時，由於省文聯機關決定實行「幹部休假」，石天河也就決定上峨眉山寫作，大約在 5 月 9 日石天河等人到達峨眉山。〔註102〕

〔註100〕石天河：《逝川憶語——〈星星〉詩禍親歷記》，香港：天馬出版有限公司，2010 年，第 62～63 頁。

〔註101〕石天河：《逝川憶語——〈星星〉詩禍親歷記》，香港：天馬出版有限公司，2010 年，第 51 頁。

〔註102〕石天河：《逝川憶語——〈星星〉詩禍親歷記》，香港：天馬出版有限公司，2010 年，第 67～71 頁。

然後在峨眉山上待了兩個月之後，石天河於 7 月 9 日返回四川省文聯。我們看到，石天河在 1 月底「停職反省」之後，直到 7 月 9 日才返回文聯。而石天河之所以必須回到文聯，這是因為，並沒有由於他的「缺席」而忽略了他，反而由於他的「缺席」，以及相關通信，使他成為了文聯新一輪批判的重心。此後，石天河就成為了四川文藝界反右鬥爭的主要對象，「我在 7 月份回文聯後，曾經在 8 至 9 月的長時間內，經歷了許多大會小會的反覆批判，文聯領導曾想把我作為一個主攻目標。」〔註103〕由於初期《星星》批判重心是流沙河及其《草木篇》，所以能瞭解到的石天河這段歷史的史料就相對較少。因此，石天河在「停職反省」後的信件往來等相關資料，就顯得非常重要了。

在《四川文藝界右派集團反動材料（會議參考文件之九）》中，石天河的往來信件分為三個部分：《右派集團往來信件》、《石天河的反動材料》、《石天河的書面發言（即萬言書）》。對於這批材料，前面的《編者說明》對此有詳細的闡釋，「這個集子，搜集了我省文藝界以石天河為首的右派集團的一部分交代、信件和發言稿。這個右派集團的一部分黑信，雖然已經被石天河等畏罪燒毀；但從已有的材料中，仍可以看出這個右派集團怎樣有組織有計劃地向黨進攻，怎樣在反右派鬥爭中訂立攻守聯盟，企圖混過黨和人民的耳目。這是他們反黨反人民反社會的鐵的罪證！檢舉這個右派集團的大量材料，有的已見諸報端，有的已編入『大鳴大放大爭集』；這裡著重用右派自己的材料來揭露他們的罪惡活動。因而，只編入了石天河幾次提到的意見材料，即：游祥芝同志檢舉石天河的反動言行的材料。為了保存他們本來面目，這些材料中的錯字、漏字，我們沒有改動，僅在必須說明情況的地方，作了必要的按語和注釋。」〔註104〕第一部分是《右派集團往來信件》。在這一部分前有「編者按」：「這是以石天河為首的右派集團往來的密信 33 封，還有一部分已被他們畏罪燒毀。這些信寫在今年 4 月到 9 月。從這些信裏，可以看出他們怎樣勾結起來？怎樣猖狂向黨進攻？又怎樣布置退卻，伺機反撲？」〔註105〕我們把《右派集團往來信件》這一部分收錄的往來信件，及其相關信件的「編

〔註103〕 石天河：《逝川憶語——〈星星〉詩禍親歷記》，香港：天馬出版有限公司，2010 年，第 345 頁。

〔註104〕 《編者說明》，《四川文藝界右派集團反動材料》（會議參考文件之九），四川文聯編印，1957 年 11 月 10 日。

〔註105〕 《右派集團往來信件·編者按》，《四川文藝界右派集團反動材料》（會議參考文件之九），四川文聯編印，1957 年 11 月 10 日，第 13 頁。

者按」羅列如下，便於瞭解石天河在此期間的基本情況：

四月二十四日　徐航給石天河的信

四月×日　徐航給石天河的信

「編者按：石天河對徐航以上兩封信的回信俱未交出，故這裡沒有石的回信。五月三日，石天河與徐航見面，石並將徐介紹給流沙河。相見之後，就談胡風問題，他們就立即勾結上了。」〔註106〕

五月十四日　徐航給流沙河的信

五月十五日　流沙河給徐航的信

五月二十五日　徐航給流沙河的信

六月十日　徐航給流沙河的信

「編者按：5月初，『鳴放』開始，石天河指使流沙河『不能軟弱』，必須堅決鬥爭之後，與5月9日上峨眉山上了。他在峨眉山坐地使法，指揮右派集團向黨猖狂進攻。」〔註107〕

五月二十日　流沙河給石天河的信

五月二十五日　石天河給流沙河的信

五月二十七日　石天河給流沙河的信

六月四日　流沙河給石天河的信

六月八日　石天河給流沙河的信

六月十二日　石天河給流沙河的信

六月三日　石天河給徐航的信

六月十一日　徐航給石天河的信

六月十五日　石天河給徐航的信

六月十七日　徐航給石天河的信

七月四日　石天河給徐航的信

七月九日　石天河給萬一的信

七月×日　徐航給石天河的信

「編者按：石天河指示被徐航給他寫信，由『萬家駿轉』；指示

〔註106〕《編者按》，《四川文藝界右派集團反動材料》（會議參考文件之九），四川文聯編印，1957年11月10日，第15頁。

〔註107〕《編者按》，《四川文藝界右派集團反動材料》（會議參考文件之九），四川文聯編印，1957年11月10日，第20頁。

萬家駿把他的信『轉到文聯』，之後，萬家駿作了石天河的『情報站』。徐航和萬家駿在石的指示下，也直接勾結起來了。」〔註108〕

七月十日　萬一給徐航的信

七月×日　徐航給萬一的信

七月十三日　石天河給萬一的信

七月十六日　萬一給徐航的信

七月×日　徐航給萬一的信

七月×日　萬一給徐航的信

八月一日　徐航給萬一的信

七月二十三日　石天河給萬一的信

八月二十日　萬一給徐航的信

八月三十一日　徐航給萬一的信

九月一日　徐航給萬一的信

五月十九日　石天河給張望的信

五月十九日　石天河給張宇高的信

五月十九日　政保永給流沙河的信

　　第二部分是《石天河的反動材料》，其中「（三）石天河的部分反動信件」中，與石天河有關的信件如下：

石天河給省文聯常蘇民副主席的信

　　編者按：從這幾封信，可以看出石天河如何歪曲事實，詆毀黨和靠近黨的革命同志，又如何狡賴，妄圖躲過反右派鬥爭。石天河敢於在常蘇民付主席面前肆無忌憚地攻擊黨，用他的話來說：「只要看過水滸傳上，李逵拿著板斧去砍宋江的人，才懂得這是什麼意義。」這正是石天河狡猾地打扮他自己又使用合法鬥爭的戰術的招供！石天河有暗的一套，也有明的一套。〔註109〕

　　1. 二月×日的信；

　　2. 二月十二日的信；

〔註108〕《編者按》，《四川文藝界右派集團反動材料》（會議參考文件之九），四川文聯編印，1957年11月10日，第34頁。

〔註109〕《石天河給省文聯常蘇民付主席的信・編者按》，《四川文藝界右派集團反動材料》（會議參考文件之九），四川文聯編印，1957年11月10日，第61頁。

3. ×月五日的信；

4. 六月一日的信；

5. 六月二十日的信

石天河給南京姚北樺的信

「編者按：石天河率領四川文藝界右派集團猖狂向黨進攻的同時，並給南京、武漢的一些右派分子和對黨不滿的人寫信。這些信，竭盡造謠誣衊之能事，企圖聯絡更多的人向黨進攻。」〔註110〕

1. 三月十日的信；

2. 四月二日的信；

3. 四月十九日的信；

4. 六月一日的信

石天河給南京羅棟生（右派分子）的信

1. 二月十四日的信；

2. 六月一日的信。

石天河給武漢龍用九的信

1. 一九五六年十月二日的信；

2. 六月八日的信

　　第三部分是《石天河的書面發言（即萬言書）》。前有「編者按」：「在右派猖狂向黨進攻、黑雲亂翻之際，石天河認為時機已到，拋出了這份惡毒的萬言書。在這份萬言書裏，石天河大肆造謠和歪曲事實，瘋狂地詆毀和攻擊黨的組織和領導幹部，妄圖扇起熊熊大火，逼黨『下臺』。這分萬言書，石天河寄給流沙河，要流在省市文藝界座談會上宣讀。流沙河認為這是一顆『氫彈』，害怕爆炸之後，暴露他們的反動面目，因而壓了下來。」〔註111〕這一部分發言有：「（一）山中人語──作為參加座談會的書面發言（1957年5月 於峨眉山報國寺）、（二）讓良心發言──作為參加座談會的補充發言（1957年5月27日）」。從這裡可以看出，這批材料是比較真實的。雖然這份材料帶有極強的傾向性，但是也分門別類地呈現石天河的相關活動，比較清晰地展現

〔註110〕《石天河給南京姚北樺的信‧編者按》，《四川文藝界右派集團反動材料》（會議參考文件之九），四川文聯編印，1957年11月10日，第68頁。

〔註111〕《石天河的書面發言（即萬言書）‧編者按》，《四川文藝界右派集團反動材料》（會議參考文件之九），四川文聯編印，1957年11月10日，第78頁。

了這段歷史。

　　總的來看，收錄的這一些相關信件，並沒有按照時間先後排列，而是將石天河的信件分主題排列，這對於為了此後的石天河批判是非常有效的。與此同時，這樣的排列，又在一定程度上遮蔽了石天河歷史的本來面目。為此，從時間順序還原這批書信，還原石天河在此段時間的交流與活動，才能真正還原這段歷史。由此，我們根據時間先後，將與石天河相關這些信件，全部重新排列如下：

　　　　一九五六年十月二日　石天河給武漢龍用九的信

　　　　二月×日　石天河給省文聯常蘇民副主席的信（按：該信在《石天河給省文聯常蘇民付主席的信》中排在 2 月 12 日的信前。）

　　　　二月十二日　石天河給省文聯常蘇民副主席的信

　　　　二月十四日　石天河給南京羅棟生（右派分子）的信

　　　　三月十日　石天河給南京姚北樺的信

　　　　四月二日　石天河給南京姚北樺的信

　　　　四月十九日　石天河給南京姚北樺的信

　　　　四月二十四日　徐航給石天河的信

　　　　四月×日　徐航給石天河的信

　　　　五月十四日　徐航給流沙河的信

　　　　五月十五日　流沙河給徐航的信

　　　　五月十九日　石天河給張望的信

　　　　五月十九日　石天河給張宇高的信

　　　　五月十九日　政保永給流沙河的信

　　　　五月二十日　流沙河給石天河的信

　　　　五月二十五日　徐航給流沙河的信

　　　　五月二十五日　石天河給流沙河的信

　　　　五月二十七日　石天河給流沙河的信

　　　　山中人語——作為參加座談會的書面發言（1957 年 5 月）

　　　　讓良心發言——作為參加座談會的補充發言（1957 年 5 月 27 日）

　　　　×月五日　石天河給省文聯常蘇民副主席的信（注：因下一封給常蘇民的信寫於 6 月 1 日，所以該信至少寫於五月）

六月一日　石天河給省文聯常蘇民副主席的信

六月一日　石天河給南京姚北樺的信

六月一日　石天河給南京羅棟生（右派分子）的信

六月三日　石天河給徐航的信

六月四日　流沙河給石天河的信

六月八日　石天河給流沙河的信

六月八日　石天河給武漢龍用九的信

六月十日　徐航給流沙河的信

六月十一日　徐航給石天河的信

六月十二日　石天河給流沙河的信

六月十五日　石天河給徐航的信

六月十七日　徐航給石天河的信

六月二十日　石天河給省文聯常蘇民副主席的信

七月四日　石天河給徐航的信

七月九日　石天河給萬一的信

七月×日　徐航給石天河的信

七月十日　萬一給徐航的信

七月×日　徐航給萬一的信

七月十三日　石天河給萬一的信

七月十六日　萬一給徐航的信

七月×日　徐航給萬一的信

七月×日　萬一給徐航的信

七月二十三日　石天河給萬一的信

八月一日　徐航給萬一的信

八月二十日　萬一給徐航的信

八月三十一日　徐航給萬一的信

九月一日　徐航給萬一的信

在石天河相關通信的基礎上，我們再結合石天河的《逝川囈語》，以及四川文聯對流沙河《草木篇》批判的歷史，來梳理石天河從「停職反省」離開文聯，到重返回文聯的這段經歷。

三、「停職反省」

　　石天河在「停職反省」後，仍然關注著《星星》詩刊的發展，他考慮的第一件事是《星星》詩刊的編輯人選問題。於是他向常蘇民推薦了山莓，「我當時準備向常蘇民建議，把山莓從四川音樂院調來，接替我在《星星》的位置，以免《星星》落到李累、傅仇手裏。這打算，確實是我抵制『左派奪權』的想法。」〔註112〕但是此時的石天河並不知道，他所推薦的好友山莓，卻正在寫檢舉材料，努力撇清與自己的關係，「當我去向常蘇民建議，把山莓調來接替我的時候，我還不知道，山莓的夫人，已經寫了一份3000多字的檢舉材料，把我和他們大婦來往的一言一行，都向文聯作了檢舉，並明確表示他們夫婦已經堅決和我劃清了界限。」〔註113〕由此，石天河對山莓的推薦，不僅沒有成功，反而成為了他奪《星星》詩刊之權的一個重要事實。

　　按照在石天河信件的時間順序，石天河停職反省期間，首先值得注意的是他與龍用九的通信。收錄在《四川文藝界右派集團反動材料（會議參考文件之九）》中有關石天河往來信件最早的一份，是《石天河給武漢龍用九的信·一九五六年十月二日》。這一封信寫於1956年的信，卻也收在了這批「反動材料」中。儘管不是在「停職反省」期間的信件往來，但這封信對石天河卻有著重要的影響。該信的內容非常簡短，只有一段，「關於張璋的問題，我記得分隊附他是當過的、區隊附沒有成為事實，總之，張璋當時也是在受訓，比較為隊長等信任，這是事實。但也需要說明清楚，一直受訓一年期滿，張璋仍為學員，並沒有提升為『官』、『長』之類，其他的完全是受訓以後的事。」〔註114〕此時，為什麼省文聯為什麼要將石天河這唯一的一封寫於1956年的信收錄呢？實際上收錄這封信，主要是為了凸顯出兩個「注」：「注一：龍用九，曾在國民黨『中美合作所第二分班』（軍統息烽特務訓練班）和石天河一起受特務訓練。」「注二：張璋的問題，指張在息烽特務訓練班的罪惡活動。他們暗地串聯，考慮如何為張璋寫材料不矛盾，也即考慮如何向組織交代這

〔註112〕石天河：《逝川憶語——〈星星〉詩禍親歷記》，香港：天馬出版有限公司，2010年，第32頁。

〔註113〕石天河：《逝川憶語——〈星星〉詩禍親歷記》，香港：天馬出版有限公司，2010年，第33～34頁。

〔註114〕《石天河給武漢龍用九的信》，《四川文藝界右派集團反動材料》（會議參考文件之九），四川文聯編印，1957年11月10日，第76頁。

些問題時隱蔽自己。」〔註115〕由此，這兩個「注」有非常明顯的指向性。第一，就是用「龍用九」的事實，肯定石天河曾在軍統息烽特務訓練班訓練的「罪惡活動」的歷史事實。第二，用這封信表明石天河不僅參加了特務訓練班，而且直到 1956 年還在「暗地串聯」。由此看來，這封信的出現，主要為了證明石天河「反動」的歷史根據。那麼，真實歷史中的龍用九和張璋情況怎樣呢？關於武漢龍用久，僅有簡單記載，在 1949 年武漢市第一屆各界人民代表會議第一次會議中，龍用九是會議主席團成員之一。〔註116〕而對張璋的記載，我們則沒有發現相關材料。所以他們的相關歷史我們也並不瞭解。另外一個更重要的問題是，石天河給龍用九的信，又是怎樣被送到四川文聯的？值得注意的是，在這份材料中，還收錄了《石天河給武漢龍用九的信‧六月八日》。當然，正是因為這封信，所以才有了文聯對石天河與龍用九之間關係的繼續追查。在《石天河給武漢龍用九的信》這裡，石天河更為大膽地表達了自己一些非常危險的思想。在這封信中，石天河表達了他的三層意思：第一，談到了他寫信的目的：他打算此後去南京工作，途中可能會停留武漢，所以提前寫信與在武漢的龍用九聯繫。第二，歡呼整風運動。石天河認為由於毛澤東決定開展「整風運動」，這讓他如釋重負，所以也就在信中大膽表露自己的心跡：「我最近，因『草木篇』事件，受過一次最殘酷的迫害，如果翻翻最近一月的四川日報，看看四川文聯的座談會記錄，就會清楚了。幸而，毛主席的報告來得快，問題解決了，否則恐怕我早已身繫囹圄，或作了枉死城的冤鬼了。我就是因此，才決心離開四川的。」第三，否定了四川文聯。信中，石天河談了他對四川文藝界的批判，以及對整個「整風運動」的反思，「四川這地方，三大主義特別猖狂，這一次，幾乎弄死了一大批人，目前仍是在外放內收，陽放陰收，小放大收，民主空氣被壓抑著，使人透不過氣。有時候，一想起來我們從前拼死拼活，爭取新社會的實現，而今天卻在三個怪物的壓抑下過著廢人的日子，真不禁淚如泉湧。但願整風運動能解決一些問題才好，否則，我真擔心，怕中國會出現人類歷史上最大的悲劇。」〔註117〕

〔註115〕 《石天河給武漢龍用九的信》，《四川文藝界右派集團反動材料》（會議參考文件之九），四川文聯編印，1957 年 11 月 10 日，第 76 頁。

〔註116〕 《武漢市志 5 政權政協志》，武漢地方志編纂委員會主編，武漢：武漢大學出版社，1998 年，第 42 頁。

〔註117〕 石天河：《石天河給武漢龍用九的信》，《四川文藝界右派集團反動材料》（會議參考文件之九），四川文聯編印，1957 年 11 月 10 日，第 76～77 頁。

石天河與龍用九的通信，對於瞭解石天河這段時間的經歷來說，是非常重要的。雖然在第一次通信中，《四川文藝界右派集團反動材料》是節選，我們難以瞭解他這次通信的內容。但在他第二次與龍用九通信中，便提到他已經打算去南京工作等重要歷史。本來石天河打算到南京工作，途中可能會經過武漢，僅想與朋友聚聚，與龍用九並沒有多大的關聯。但通信所涉及的「特務培訓班問題」，以及對「四川文藝界的批判」，這就非常危險了。

通過書信，不斷向上級反映自己的情況，並為自己辯護，是石天河從 2 月底「停職反省」到 4 月撤銷處分期間所做的最重要的事情。按照《四川文藝界右派集團反動材料》中石天河往來信件的時間，他在「停職反省」期間，就兩次給他的上級領導常蘇民寫信申述。我們先看他二月份，也就是在停職不久後，給常蘇民寫的第一封信。《石天河給省文聯常蘇民副主席的信・二月×日》這一封信，雖然沒有具體的寫作日期，但從書信的內容來看，是離「停職反省」不久寫的。因為在整個《石天河給省文聯常蘇民付主席的信》中，該信也排在 2 月 12 日的信前。根據內容來看，該信也正是石天河「停職反省」後的真實心理狀態的反映：「白航同志說您說目前不准下去，我現在在家裏，等於坐牢，誰和我說一句話就有挨鬥的危險，我怎樣過下去呢？現在只有兩個辦法，一是組織上如果要採取什麼措施，就請快一點；如果認為下去不得，就請正式停止我的工作，讓我滾蛋，給我自由！」〔註118〕從這一封信中我們看到，被停職後的石天河，首先找白航談自己的想法。但此時的白航也接到了常蘇民的指示：不准石天河「下去」，也就是不准石天河「離開」成都。從這裡可以看到，石天河雖然被「停職」，但由於並沒有充分的理由和相關的政策，文聯對石天河的處理是一種「冷處理」：既不准石天河離開，也沒有正式停止石天河的工作。面對這樣的「冷處理」，石天河變得極為憤怒，就直接給常蘇民寫信，希望能盡快給他最終的處理結果。在石天河給常蘇民去信後，直到 4 月底才撤銷處分來看，對於石天河的問題常蘇民也是無能為力的。緊接著，《四川文藝界右派集團反動材料》中收錄了《石天河給省文聯常蘇民副主席的信・二月十二日》這第二封信。這時，由於毛澤東報告的傳達，石天河在信中不僅繼續展開了對文聯的批判，也明確提出了自己的訴求，「現在，是

〔註118〕《石天河給省文聯常蘇民付主席的信・二月×日的信》，《四川文藝界右派集團反動材料》（會議參考文件之九），四川文聯編印，1957 年 11 月 10 日，第 61～62 頁。

必須追究造成各種迫害的原因和責任的時候了，是必須辨別是非黑白的時候了。我希望您重新研究那些指我為『反黨』的罪名的根據，研究各種製造『反黨』罪名的方式和方法，研究李累、傅仇、席向、楊樹青等人的罪惡目的，並調查他們在文聯內外所進行的活動的宗派主義性質。我希望您公正地重新處理這件事情。……我想離開這裡，主要是這樣的生活，實在太痛苦，不准我說話，不准我有朋友，不讓我好好工作，不發表我的作品，時刻都遭受著誹謗打擊，不但非對待革命同志的態度，而且是以非人的虐待來對待我。……目前，我唯一的要求，是希望您作為一個老革命，一個正直的布爾塞維克，迅速恢復我的名譽，取掉『反黨』的帽子，然後給我離職證件。」〔註119〕在這封裏，石天河給常蘇民表達了自己「離開這裡」的想法，同時提出要給自己「摘帽」的具體要求。但材料中收錄的這封信的時間和內容，與現實的內容和時間都有一定的「錯位」之處，石天河就曾有一些疑惑，「這次傳達的報告，時間是在毛澤東在最高國務會議第十一次（擴大）會議上的講話之前，但內容也涉及『整風』、『正確處理人民內部矛盾』、『百花齊放百家爭鳴』等等。它和後來修改後公布的《關於正確處理人民內部矛盾的問題》一文的文本，內容有很多差異之處。現在查《毛澤東選集》第五卷，那次講話是二月二十七日。而《關於正確處理人民內部矛盾的問題》作為正式定稿的文本在《人民日報》上發表，則是六月十九日。日期均在我寫這封信之後。」〔註120〕從石天河的疑惑來看，這封信應該不是寫於「2 月 12 日」，至少應該在 2 月 27日之後。我們知道，《四川文藝界右派集團反動材料》是在 1957 年 10 月編輯的，而且是在反右鬥爭的特殊時間編輯而成的，所以我們也不能否認在編輯過程中有著對信件的「修改」。那麼，文聯為什麼要將石天河這封信的時間提前到「2 月 12 日」呢？從編者在信中所加的重點符號來看，如「《星星》詩刊所受的打擊」、「我個人所受的迫害」、「能容許一個正直的人活在世界上」、「李累及其爪牙的陷害陰謀」、「《吻》，實在並不是什麼『色情』的東西」……由於這封信太符合反右鬥爭的要求，故而在編材料的時候，也就將信的寫作時間提前到「毛主席報告」之前，則更能突出石天河問題的嚴重性。石天河

〔註119〕《石天河給省文聯常蘇民付主席的信·二月十二日的信》，《四川文藝界右派集團反動材料》（會議參考文件之九），四川文聯編印，1957 年 11 月 10 日，第 62～63 頁。

〔註120〕 石天河：《逝川憶語——〈星星〉詩禍親歷記》，香港：天馬出版有限公司，2010 年，第 32 頁。

給常蘇民的下一封信《石天河給省文聯常蘇民副主席的信‧×月五日》也是這樣，收錄如材料後也故意抹去了寫作的時間，其原因也應該一樣。在這封信中，石天河不再僅僅申述個人問題，而是展開了對省文聯宗派主義、主觀主義、教條主義的猛烈進攻，所以這封信，也應該是在石天河撤銷處分後所寫的。具體情況，我們放在石天河「撤銷處分」的經歷中再介紹。

　　被四川省文聯停職之後，寫信向朋友求助而需另尋出路，是石天河在「停職反省」期間的又一件重要事情。我們前面談到，石天河的生命歷程中，南京及其《中國日報》是他重要成長之地。所以，在石天河事業受挫之後，他首先想到的去處就是南京。而石天河決定去南京，起因則是南京羅棟生的來信。羅棟生給石天河來信的具體時間和內容我們不清楚，但在 2 月 14 日中石天河就給了回了信。在《石天河給南京羅棟生（右派分子）的信‧二月十四日》的信中，石天河就表達了這樣的複雜情感，「這幾年，我是處於無人瞭解我、無人關懷我的寂寞裏。本來，這時代是我們凱歌行進的時代，我們從前不避刀劍地爭取的，正是今天，可是在今天，我卻不能夠歌唱得更高昂，更歡暢，心理有一種異常的悲痛。」〔註 121〕關於與羅棟生的關係，石天河回憶說，「羅棟生，南京地下工作時期，地下黨員羅秋生同志之弟。姚北樺和我在 1948 年冬為避迫害從南京撤退至下蜀鄉下，曾在羅秋生同志家隱蔽，故與棟生認識。」〔註 122〕而在《當代港城學人風采——連雲港地方文獻展》中，對「羅棟生」介紹時則提到，羅棟生在「胡風反革命集團案」期間，被錯定為「胡風分子」受隔離審查；在反右期間，被錯劃為右派分子，開除黨籍，交群眾監督勞動 3 年。所以石天河與羅棟生的交往也會被抓住把柄的。在《四川文藝界右派集團反動材料》中，還收錄了石天河另外一封信《石天河給南京羅棟生（右派分子）的信‧六月一日》，該信但只保留了前三段。在信中石天河說，「他與四川教條主義、宗派主義分子進行了一場堅決的鬥爭，現在勝利了。」之後信中的內容就被省略了。但從這封信的現有內容來看，其實並沒有什麼激進的內容。但與羅棟生的兩封信均被收錄在此，其主要的目的是將石天河與羅棟生捆綁在一起，更有助於批判石天河的「問題」。反過來，羅棟生與石

〔註 121〕　《石天河給南京羅棟生（右派分子）的信‧二月十四日的信》，《四川文藝界右派集團反動材料》（會議參考文件之九），四川文聯編印，1957 年 11 月 10日，第 75～76 頁。

〔註 122〕　石天河：《逝川憶語——〈星星〉詩禍親歷記》，香港：天馬出版有限公司，2010 年，第 54 頁。

天河的這層關係，以及他自己的一篇詩歌，又讓他也成為了右派分子。石天河提到，「流沙河的交代材料中為檢舉石天河『故意放毒』而涉及到的兩篇作品，一是丘爾康的《抒情雜談》，一是我在南京地下鬥爭時的老戰友羅棟生（『文革』後在連雲港出任要職）的《孩子啊，你要記著！》。我有責任在這裡注明：這兩篇作品，無論是當時或現在，都是很好的作品。一篇是關於抒情詩的短論，一篇是反官僚主義的敘事長詩。它們不但無毒，它們原本也是為流沙河所讚賞的。」〔註123〕羅棟生的詩歌《孩子呵，你要記住……》，被收錄到了《是香花還是毒草？》中〔註124〕。當然，由於羅棟生與石天河僅僅有交流，他也不屬於四川文聯，所以在四川文藝界反右鬥爭的他的問題也並不突出。回到石天河「停職反省」期間，我們看到，是羅棟生的來信讓石天河有了另尋他路的想法。「『停職反省』期間，……想來想去，這一輩子是決不能再當『幹部』了。而且，不當幹部，也必須離開四川。而離開四川以後，我唯一可走的路，只好是回南京。我這一生中，只有南京地下工作中的同志，和南京新聞界的朋友，才是可以推心置腹的。到了南京，就作個自由撰稿人，靠筆桿子混飯吃，我自信還是可以過得去的。萬一有個三病兩痛，從前地下工作中那些同生共死的朋友，多少會有些照應。──這樣想過後，我便給南京的姚北樺同志寫信，說明我在四川呆不下去，想回南京的一些思想情況。」〔註125〕進而，在羅棟生的來信後，石天河便主動聯繫南京的姚北樺。在石天河生命中姚北樺非常重要，在南京時石天河不僅曾與姚北樺一起參與了《中國日報》創辦，而且時任《中國日報》編輯部主任姚北樺還是他的入黨介紹人。〔註126〕對於姚北樺，我們瞭解不多。在《〈西行漫記〉和我》中，收錄有姚北樺的《記者生涯的引路人》，可瞭解他如何轉向記者、新聞事業的過程。〔註127〕此後，姚北樺便一直在新聞事業上耕耘了一輩子。姚北樺還曾以「京

〔註123〕 石天河：《逝川憶語──〈星星〉詩禍親歷記》，香港：天馬出版有限公司，2010年，第80頁。

〔註124〕 羅棟生：《孩子呵，你要記住……》，《是香花還是毒草？》（會議參考文件之十），四川省文聯編印，1957年11月10日，第16～23頁。

〔註125〕 石天河：《逝川憶語──〈星星〉詩禍親歷記》，香港：天馬出版有限公司，2010年，第52頁。

〔註126〕 周天哲：《「無冕王」與地下火：回憶解放前南京新聞界地下鬥爭》，《南京黨史資料》，1988年，第20輯。

〔註127〕 姚北樺：《記者生涯的引路人》，《〈西行漫記〉和我》，中國史沫特萊‧斯特朗‧斯諾研究會編，北京：國際文化出版公司，1991年。

華煙雲」系列報導引起過廣泛關注，「如姚北樺拍發的南京政治新聞，黃冰拍發的上海經濟新聞，頗受讀者歡迎。特別是姚北樺拍發的以『京華煙雲』命名的南京官場花絮，在揭露南京官場醜聞方面，頗有特色。」〔註128〕劉樂揚曾回憶，「北樺同志解放後擔任過南京新華日報的秘書主任或秘書長，現在是江蘇群眾論叢的副主編（實際負全責）。」〔註129〕此後，姚北樺也在繼續新聞界擔任過一些重要職務，在 1982 年江蘇省新聞工作者協會中，姚北樺被選為副主席。〔註130〕在石天河「停職反省」期間，姚北樺正擔任著南京新華日報的秘書主任或秘書長，所以石天河才有通過姚北樺而另尋出路的可能。

在《四川文藝界右派集團反動材料》中收錄了石天河分別在 3 月 10 日、4 月 2 日、4 月 19 日給姚北樺寫過的三封信。在《石天河給南京姚北樺的信·三月十日》中，石天河主要是回答姚北樺提到的他自己的政治問題。從信的內容來看，這並不是石天河給姚北樺寫的第一封信。在 3 月 10 日之前，或者說在 2 月 14 日接到羅棟生的來信後，石天河就馬上給姚北樺寫了信，希望能到南京工作。由此，姚北樺也立即回了信，並詢問了他的兩個問題，一是「歷史問題」，二是為何「停職反省」的「現實問題」。因此，在這一封回信中，石天河將兩個問題合在一起回答了，「所謂『歷史問題』，在南京入黨時交代的，並沒有說半句謊話，現在，已經有更多的人來證明了。但我一直到現在，仍然被關在黨外，甚至遭受一些特殊的歧視和冷落。」在信中，石天河向姚北樺表明自己的歷史問題，已經交代清楚。同時說明了自己為什麼要離開四川，特別是自己受到壓抑的現實，然後重點談到了到南京後當「專業作家」的打算。「我很想回南京來，一則因為南京的朋友多些，精神上不會感到寂寞、窒息的苦悶；二則，我到南京，萬一因丟了工作而又沒有發表文章，大家有個關照，不至於餓死。」〔註131〕從這裡可以看到，此時的石天河，已經對未來

〔註128〕 李光儒：《風雨如晦雞鳴不已——重慶解放前後的〈國民公報〉》，《新聞憶舊》，滕久明主編，重慶市老新聞工作者協會編，重慶：重慶出版社，2000 年，第 400 頁。

〔註129〕 劉樂揚：《憶西南日報》，《新聞研究資料叢刊》，中國社會科學院新聞研究所《新聞研究資料》編輯室編輯，1981 年，第 5 輯。

〔註130〕 《南京報業志》，南京市地方志編纂委員會編，上海：學林出版社，2001 年，第 373、376 頁。

〔註131〕 《石天河給南京姚北樺的信·三月十日的信》，《四川文藝界右派集團反動材料》（會議參考文件之九），四川文聯編印，1957 年 11 月 10 日，第 68～69 頁。

做好了各種設想，是鐵定了心要離開四川。但是，石天河對自己「現實問題」的簡單回答，特別是四川文聯對他「停職反省」的具體過程的解釋和理由，並不讓姚北樺滿意。所以，姚北樺再次去信，要更清楚地瞭解石天河為何「停職反省」的「問題」。石天河在下一封信，即《石天河給南京姚北樺的信．四月二日的信》中，便再次詳細說明了他在四川省文聯的具體問題，「特別是這裡的一個創作輔導部長（支部書記），是一個宗派主義分子，他企圖把文聯造成他的家天下，我常常與他有牴觸。而他自從有一部作品被否定了以後（是一部反映富農階級情緒，把統購統銷描寫成漆黑一團的作品），就特別仇視我，經常在各方面給我以有形無形的中傷和打擊。」〔註132〕石天河在這裡主要提到了與李累的關係，以及在《吻》和《草木篇》批判中的遭遇，來談到自己為何「停職反省」。最後，談到自己想要離開的原因：「我現在沒有管編輯部的事，就每天在寫作和讀書。這裡組織上的意思，是要我從此即不管別的事，專門給我找兩間房子，給我一些書，作理論研究工作。但我覺得。再在這兒呆下去，必然還要受到第三次第四次的陷害，故極力請求脫離這兒，另找工作。」而信在結尾時，石天河甚至有點控制不了自己的情感，「如果你真的已感到此人之不可信，如果你也認為對我已經隔膜得很深了，那麼，這封信，就算是我們的絕交書。今後，你也不必擔心，我雖然被無理地奪去了共產黨員的稱號，但別人總還無法奪去我共產主義的良心，天涯海角，我們縱然不相聞，也總還是在致力於共同的事業。」〔註133〕可見，在對於這次《星星》詩刊批判過程中自己被「停職反省」的問題上，石天河認為純粹是由於他與李累的個人恩怨引起的。〔註134〕收到石天河的信後，姚北樺在 4 月 10 日就給石天河回了信，具體內容我們不清楚。不過很快由於有了「毛主席的報告」，在 4 月 19 日石天河就迫不及待地再次給姚北樺去信，在《石天河給南京姚北樺的信．3. 四月十九日的信》中，表明自己的「停職反省」這一「現實問題」已經解決了。進而石天河還在信中又一次展開了四川文藝界的激烈批判，完

〔註132〕《石天河給南京姚北樺的信．四月二日的信》，《四川文藝界右派集團反動材料》（會議參考文件之九），四川文聯編印，1957 年 11 月 10 日，第 69～71 頁。

〔註133〕《石天河給南京姚北樺的信．四月二日的信》，《四川文藝界右派集團反動材料》（會議參考文件之九），四川文聯編印，1957 年 11 月 10 日，第 69～71 頁。

〔註134〕石天河：《逝川憶語——〈星星〉詩禍親歷記》，香港：天馬出版有限公司，2010 年，第 36～39 頁。

全是「獲得大勝」後的得意洋洋。從這裡我們可以看到，對於石天河要調動到南京去工作的事情，石天河是動了真格的，同時姚北樺也是非常認真的。姚北樺首先考慮的石天河的政治問題，所以希望石天河有一個清楚的交代。石天河說，「事件雖然是以我的勝利（實際上也就是黨的勝利）而結尾，我還是決定離開這裡。」〔註135〕因此，由於毛澤東的報告，以及在石天河交代清楚個人的歷史問題和現實問題之後，姚北樺便開始著手石天河的調動，試圖將石天河調到江蘇文聯工作。但是在解決了政治問題之後，江蘇文聯又需要瞭解石天河的創作能力問題，所以又繼續給石天河來信交流。

但5月9日石天河就上峨眉山了，沒有及時收到姚北樺的來信。至少在5月底石天河才收到姚北樺的信，「我到峨眉已經二十多天，你的兩封信，今天才由文聯轉到此間，你為我東下後的『安身計』作了努力，足見還是故人情深。江蘇文聯說要四川文聯說明一下我的創作能力，我想，這是可以辦到的，此外，我所寫的文章，也可以作為實證。」〔註136〕於是，在6月1日，就馬上給姚北樺回信，在《石天河給南京姚北樺的信・4. 六月一日的信》中毫不掩飾對自己創作能力的自信，「我的文學活動，是多方面的，詩、小說、理論批評，還可以寫點關於古典文學研究的文字，比起一般的『新生力量』來，我可以大膽誇一句口：『本錢比他們足些』，只要是在『放』和『鳴』的環境下，而不是在對我進行有意識的鉗制、排擠和打擊的環境下，才會『活躍』起來的。」從這裡可以看出，即使是在峨眉山休養，石天河依然準備離開四川，到南京工作。雖然這封信是寫於他「峨眉山休養」期間，但卻是他「停職反省」中另尋出路的結果或者說結束，此後石天河與姚北樺的通信便中斷。由此可以看到，離開四川，此時在石天河心中是多麼重要和迫切。

在6月1日給姚北樺的信中，石天河一方面誇耀了自己的創作能力，另外一方面卻用了大量的篇幅與姚北樺談在整風運動中「如何當領導幹部的問題」，實際上是對「教條主義」的又一次批判，「1. 我感覺，在作領導工作的黨員幹部身上，最容易滋長起來的一種東西，就是所謂的『個人威信』的思

〔註135〕《石天河給南京姚北樺的信・3. 四月十九日的信》，《四川文藝界右派集團反動材料》（會議參考文件之九），四川文聯編印，1957年11月10日，第71～73頁。

〔註136〕《石天河給南京姚北樺的信・4. 六月一日的信》，《四川文藝界右派集團反動材料》（會議參考文件之九），四川文聯編印，1957年11月10日，第73～75頁。

想，這種思想一滋長起來，就會使得『三大主義』飛快發展，而『群眾路線』則逐漸被打入冷宮了。……2. 缺乏獨立思考，盲目服從上級，不敢在上級面前『給群眾叫苦』和反映群眾與黨之間的『距離』和『矛盾』，雷厲風行，強求一致。……3. 對中國革命的勝利，欠缺歷史唯物主義的正確認識和客觀瞭解，往往因為自己是黨員，只片面地強調黨的功勞（包括自己的功勞），不承認非黨的民主人士、一般幹部，也曾有過各種不同程度的犧牲，也曾有過一定的功績，起過一定的作用。這樣，便形成了『牆』和『溝』，造成自己的孤立。……4. 作領導工作的黨員，一旦占染了嚴重的宗派主義，在幹部政策、統戰工作上，便會出現兩個極端：一是化友為敵，一是認賊作父。」〔註137〕而且，就在這6月1日的同一天，石天河還給常蘇民寫了信，發洩了他對四川文聯強烈的不滿情緒。石天河在這裡給姚北樺的「整風建議」，實際上也只是在發洩他對四川文聯的不滿。而且在這封信的最後還要「再說幾句」：「在黨的歷史上，毛主席曾幾次扭轉過革命局勢，起了理論上的指導作用，我們雖不要個人崇拜，但據我看來，毛主席的這一次報告，意義是很大的，至少，在黨與知識分子的革命聯盟瀕於破裂的危險邊緣上，挽轉了局勢。作一個黨員，必須要從大局著眼，所以這一次的整風，無論意見多麼尖銳，甚至刻毒，都應該耐心傾聽，反省自己，不可以有牴觸情緒。（這是並不容易做到的。）」他再次以毛澤東的理論和實踐作為自己的理論和事實支撐，為自己的「觀點」作支撐。但問題在於，石天河在信中大膽地表達觀點，是危險的。

石天河在「停職反省」期間因另尋他路，而與姚北樺、羅棟生、龍用九等人的信件往來，不僅給自己帶來了麻煩，也給姚北樺、羅棟生等人帶來了災難。如在《四川文藝界右派集團材料》中，石天河給南京姚北樺的信共4封，在《石天河給南京姚北樺的信》前有「編者按」：「石天河率領四川文藝界右派集團猖狂地向黨進攻的同時，並給南京、武漢的一些右派分子和對黨不滿的人寫信。這些信，竭盡造謠污蔑之能事，企圖聯絡更多的人向黨進攻。」〔註138〕對於石天河「另尋他路」的過程，特別是對姚北樺的個人影響，僅有石天河有記載，「姚北樺是我在南京地下工作時期的入黨介紹人，當時是南京

〔註137〕《石天河給南京姚北樺的信·4. 六月一日的信》，《四川文藝界右派集團反動材料》（會議參考文件之九），四川文聯編印，1957年11月10日，第73～75頁。

〔註138〕《石天河給南京姚北樺的信·編者按》，《四川文藝界右派集團反動材料》（會議參考文件之九），四川文聯編印，1957年11月10日，第61頁。

《新華日報》的副總編輯。我和他因為是老朋友，說話可以無所顧忌，所以，信裏面談的都是我當時的真實思想。我沒有料到，這些信，後來在『反右』運動中，也被列為我的『罪證』，編入了上述的《會議參考材料之九》，並使得老友姚北樺為此而受到牽累。（那後果是十分嚴重的：姚北樺在『反右』運動中，在北京中央黨校，原已在檢查交代『同情右派』的問題。加上我這些信件的牽累，使得他百口莫辯，一家八口，被下放江蘇農村勞動，二十多年後，才獲得『改正』。）」〔註139〕

四、撤銷處分

　　正當石天河在向上級申述，以及在另尋他路的努力過程中，整個中國的形勢突然發生了變化，石天河的命運也再次發生變化。此時，四川省文聯撤銷了對他「停職反省」的處分。對於撤銷處分這一件事，石天河的回憶說，「果然，常蘇民在傳達了毛澤東的講話以後，便在會上宣布，撤消了對我的『停職反省』處分，並說：前些時，我們對有些同志的批評處分是不恰當的，在這裡，我們也表示歉意。」〔註140〕毛主席《在中國共產黨全國宣傳工作會議上的講話》時間是3月12日，但對於常蘇民從北京回成都後召開的「機關幹部大會」的具體時間，我們就難以瞭解了。流沙河在《我的交代》中也提到，「直到從梁上泉那裡知道毛主席講話後，情況才變了。3月28日，我密約石天河去人民公園，告訴他這個消息。他說：『看他們怎麼交代！』」〔註141〕可見，至少在3月28日之前，四川省文聯的「機關幹部大會」是還沒有召開的。雖然對石天河撤銷「停職反省」處分的具體時間，我們不清楚。但撤銷石天河的處分，也應該是經過了層層討論後的結果。正如石天河說，「『《星星》詩禍』的第一波，隨著我的『停職反省』處分的撤消，似乎是風平浪靜地過去了。我心裏有數，知道這撤消處分，決不是四川文聯領導人可以決定的。至少要經過四川省委宣傳部的討論。」〔註142〕

〔註139〕石天河：《逝川憶語——〈星星〉詩禍親歷記》，香港：天馬出版有限公司，
　　　　　2010年，第52頁。

〔註140〕石天河：《逝川憶語——〈星星〉詩禍親歷記》，香港：天馬出版有限公司，
　　　　　2010年，第62～63頁。

〔註141〕流沙河：《我的交代1957.8.3至8.11.》，《四川文藝界右派集團反動材料》（會
　　　　　議參考文件之九），四川文聯編印，1957年11月10日，第9頁。

〔註142〕石天河：《逝川憶語——〈星星〉詩禍親歷記》，香港：天馬出版有限公司，
　　　　　2010年，第67頁。

　　在撤銷處分後，上峨眉上之前，石天河並未就此罷休，進一步展開更猛烈的批判，特別是對李累的批判。正如石天河所說，「在去峨眉山之前的這段時間，由於毛主席的報告，已經在成都各機關單位普遍地傳達過，成都的知識分子群中，有一種急切盼望共產黨的『整風』快點展開的情緒。」〔註143〕在聽取「毛主席講話」並撤銷了處分後，石天河更加積極地以「整風」的姿態來批判文聯。本來，石天河與李累一直以來就存在著私人矛盾，此後在《山中人語》一文中也專門提到了他們的之間的多次矛盾，「他早就不以同志看待我，把我看作眼中釘。因為，他吹噓的『傑作』，曾經被我率直地提出過批評；他寫的沒有多大意義的雜文，在《草地》上用黑字標題刊出，曾經被我指責過；川大陳志憲教授關於《牡丹亭》的講演稿，我要在《草地》上發，他不要發，爭執的結果，常副主席支持我的意見，他覺得坍了他的臺，損害了他的威信；他對文藝工作的錯誤的見解，我敢於當面頂撞他；他在文聯內部拉攏一些人、排擠一些人的宗派作風，我曾經向黨組織提出意見和公開揭露。」〔註144〕由此在這一段時間的相關大會上，石天河都將矛頭直接對準了李累，為自己辯護。「這時候，我覺得，應該是我揚眉吐氣的時候了。我在會上，作了個簡短的發言，『從對我的批鬥會到這樣給我宣布撤消處分，是很有些戲劇性的。我當時由於前些時慪了一肚皮氣，這時便樂得『借東風』，『有理不讓人』，直接把一腔怒火，燒向李累等一干人。」〔註145〕石天河在2月12日給常蘇民的信，實際上是寫於他撤銷處分之後寫的。而且由於聽了毛主席的講話，所以在信中，石天河完全將所有的矛頭對準了李累，這進一步加劇了他與李累之間的矛盾。在《石天河給省文聯常蘇民付主席的信·二月十二日的信》這封信的前半部分，可以說是句句不離李累，字字在批判李累，「我個人所受的迫害，則是宗派主義分子李累及其親信，趁火打劫進行陷害的結果。黨中央的方針，又一次地救了我的性命，粉碎了李累及其爪牙的陷害陰謀。但是，現在，我仍然在『停職』中，亂給我加上的『反黨』的大帽子，還沒有

〔註143〕石天河：《逝川憶語——〈星星〉詩禍親歷記》，香港：天馬出版有限公司，2010年，第69頁。

〔註144〕石天河：《山中人語》，《石天河的書面發言（即萬言書）》，《四川文藝界右派集團反動材料》（會議參考文件之九），四川文聯編印，1957年11月10日，第80頁。

〔註145〕石天河：《逝川憶語——〈星星〉詩禍親歷記》，香港：天馬出版有限公司，2010年，第63～64頁。

給我取消，這是不合理的。現在，是必須追究造成各種迫害的原因和責任的時候了，是必須辨別是非黑白的時候了。我希望您重新研究那些指我為『反黨』的罪名的根據，研究各種製造『反黨』罪名的方式和方法，研究李累、傅仇、席向、楊樹青等人的罪惡目的，並調查他們在文聯內外所進行的活動的宗派主義性質。」〔註146〕從「李累及其爪牙」、「李累的罪惡目的」，到「李累這樣的宗派主義野心家」等表述，可以看到，石天河不僅表達了對李累的仇恨，而且完全將李累的問題與反「三大主義」緊密地結合起來了。總之，撤銷處分後的石天河，隨著整個社會形勢的變化，無疑又再一次給了他積極介入到「整風運動」的激情。

　　當然，此時由於形勢的大逆轉，在 4 月底左右這段時間，李累也不得不暫時離開文聯，直到 6 月初才回到文聯。蕭崇素在 5 月 26 日的整風座談會就提到過，「李累同志這幾天成了新聞人物，有些讀者寫信來，要叫李累回來，叫他醒醒頭腦。」〔註147〕同樣，也正是由於李累的離開，文聯內部的衝突沒有進一步升級。問題在於，由於李累的離開以及形勢的逆轉，這讓石天河誤認自己是絕對正確的。於是在《石天河給省文聯常蘇民付主席的信·×月五日的信》給常蘇民的信中，又一次大規模地展開了對宗教主義、教條主義的深入的、全面的批判。石天河認為，他自己的問題，就不再是僅僅他與李累之間的矛盾，而是他與文聯之間的矛盾了。石天河提到，「西蒙諾夫是完全沒有受過西歐影響的作家，他的經歷是工人——戰士——作家，和愛倫堡、斐定等的道路都不同，這些年來，差不多提起蘇聯文學，都要提到他，沒有誰懷疑他是蘇聯文學界的反對派。所以，特別是從他現在說的這些話，可以看出，教條主義終歸是會被拆穿的。」在石天河信中所提到的康·西蒙諾夫的《談談學習》，以及傑尼索娃·勒的《論黨性與社會主義現實主義》、查爾尼·莫的《還是第二種版本好些（關於法捷耶夫「青年近衛軍」的兩個版本）》，均發表於 1957 年第 3 期的《學習譯叢》。所以，石天河的這封信的寫作時間，至少在 3 月以後。而且與前面的一封信時間一樣，應該都是在「毛主席講話」

〔註146〕《石天河給省文聯常蘇民付主席的信·二月十二日的信》，《四川文藝界右派集團反動材料》（會議參考文件之九），四川文聯編印，1957 年 11 月 10 日，第 62～63 頁。

〔註147〕《蕭崇素就邱原 16 日的發言提出自己的意見》，《省文聯舉行作家、詩人、批評家座談會 對「草木篇」問題的討論逐漸深入》，《四川日報》，1957 年 5 月 26 日。

之後。進而，石天河著力批判了文聯的「許多畸形現象」，對文聯的刊物、文
學批評、領導、黨員問題都一一予以批判。〔註148〕此時，石天河的言論，確
實是鋒芒畢露。一方面由於文聯撤銷了自己的「停職反省」的處分，另一方
面由於「毛主席報告」的傳達，所以石天河完全以勝利者的姿態給常蘇民寫
信，也帶有了極為強烈的不滿情緒。當然，最終結果是，在反右鬥爭開展後，
石天河給黨組書記常蘇民的這些「向上級申述」的信件就變味了，成為了「向
黨進攻」的「集束手榴彈」，「在『停職反省』期間，我向文聯黨組書記常蘇民
寫的幾封信（實際上是報告或提供領導參考的書面意見），後來在『反右』運
動中，被批判家依據『反胡風』運動的經驗，給它加了一個『封號』，叫作：
向黨發射的『集束手榴彈』。」〔註149〕同樣，他的這批往來信件，在收錄時也
還有「編者按」：「從這幾封信，可以看出石天河如何歪曲事實，詆毀黨和靠
近黨的革命同志，又如何狡賴，妄圖躲過反右派鬥爭。石天河敢於在常蘇民
付主席面前肆無忌憚地攻擊黨，用他的話來說：『只要看過水滸傳上，李逵拿
著板斧去砍宋江的人，才懂得這是什麼意義。』這正是石天河狡猾地打扮他
自己又使用合法鬥爭的戰術的招供！石天河有暗的一套，也有明的一套。」
〔註150〕但是從這兩封信的內容來看，石天河能在信中如此之「出格」，以至
於被認為是「集束手榴彈」，實際上是在「毛主席報告」的影響之下寫出的。

　　此外，在撤銷處分之後，石天河與文學青年徐航開始了交往。這本來是
普通的文學交往，但在反右鬥爭中，卻成為了組織石天河「反革命小集團」
的重要證據。更為重要的是，由於徐航自身的問題也相當的複雜和嚴重，這
讓處於危機中的石天河更是陷入了絕境。石天河和徐航都曾回憶過他們倆認
識的過程，但卻有兩套不同的表述。石天河的回憶說，「去峨眉山之前，認識
了一位文學青年，筆名徐航。他是省立成都第二師範學校的學生，本名徐榮
忠，當時才十九歲，已經開始在報刊上發表文章。在《星星》遭到粗暴批評的
時候，他寫信給我，談了些他對文藝工作的看法，對《星星》深表同情，但對

〔註148〕《石天河給省文聯常蘇民付主席的信‧×月五日的信》，《四川文藝界右派集
　　　　團反動材料（會議參考文件之九）》，四川省文聯編印，1957 年 11 月 10 日，
　　　　第 63～66 頁。

〔註149〕石天河：《逝川憶語──〈星星〉詩禍親歷記》，香港：天馬出版有限公司，
　　　　2010 年，第 40 頁。

〔註150〕《石天河給省文聯常蘇民付主席的信‧編者按》，《四川文藝界右派集團反
　　　　動材料》（會議參考文件之九），四川文聯編印，1957 年 11 月 10 日，第 61
　　　　頁。

《星星》屈服於壓力則甚為不滿；說他讀過我的文章，有些理論問題，希望和我面談。」〔註151〕在石天河看來，這是一個極為平常的文學交往。但在1957年《徐航交代石天河的材料》中，徐航《（一）我去尋訪石、流的意圖》的回憶就不同了，不僅介紹了他們相識的整個過程，也特別強調了他們交往的目的和意圖，「由於我的右傾思想嚴重，內心異常矛盾和苦惱，基於找尋氣味相投的文藝朋友。懷著這樣的願望和心情，我給石天河寫一封信（5月×日）。以後又連續寫了兩封信。通過他的介紹，結識了流沙河。」〔註152〕從徐航的敘述來看，他與石天河、流沙河的交往，本身就帶有明確的政治目的。那具體情況是怎樣的呢？徐航最早給石天河寫的兩封信，均收入到《四川文藝界右派集團反動材料》中，從這裡可以看到他們相識的歷史。其中最早的一封寫於4月24日，說，「我寫信給先生究竟為了什麼。成都文聯，我只與楊維同志有過來往。他未曾滿足我精神上的需要。然而近兩年來，我是多麼渴求師長和同志的鞭策和友誼啊！我的靈魂向許多人伸出了乞求的雙手，他們丟在我手裏的卻是那麼少！我不甘心！我心裏蘊蓄著那麼多要說的話，我必須向名師和益友一吐。」從這裡可以看到，因為徐航曾讀過石天河的理論文章，所以對石天河非常佩服。同時徐航由於自己寫作上的困惑，也非常希望能得到石天河的指導。此外，徐航也非常關注中國文藝的發展，同情《星星》的遭遇，所以對石天河就更有了特別的親近感。「像『星星』這樣新穎的刊物，有特色，有內容，大可以開拓新詩的支流；……目下許多青年文藝朋友都在苦悶中，他們急於呼吸一些新鮮空氣，他們需要戰鼓『即非敬神的蠟燭，又非喂鬼的饅頭』那樣的東西。……今後，我希望和先生建立經常的聯繫，從而恭聽先生經常的教誨。〔註153〕從這裡可以看到，徐航與石天河的交往，完全是從徐航主動開始的。而徐航與石天河的交往，也是僅限於文藝、文學上的交往，並沒有那麼明確的政治意圖。因為徐航這封信的最後提到，「我去年曾給『草地文藝通訊』（內部資料）寫過兩篇東西，您可以看看。一篇是『生活是這樣的嗎』（署名魯丁），另一篇『雜文寫作零談』（署名徐淨）」。石天河很

〔註151〕 石天河：《逝川憶語——〈星星〉詩禍親歷記》，香港：天馬出版有限公司，2010年，第70頁。
〔註152〕 《徐航交代石天河的材料》，《四川文藝界右派集團反動材料》（會議參考文件之九），四川文聯編印，1957年11月10日，第52～56頁。
〔註153〕 《四月二日　徐航給石天河的信》，《四川文藝界右派集團反動材料》（會議參考文件之九），四川文聯編印，1957年11月10日，第13～14頁。

快就回覆了這一封信，著重談到徐航在發表文章時使用多個筆名的問題，並歡迎徐航來做客。對此，徐航就再次回信交流，「對於筆名，我一向覺的無關緊要。」〔註154〕在這封信中，徐航主要談了「筆名問題」，由此引申到假名、假語、假笑，以及陰險卑劣之徒的問題。於是，才有了他們5月3日的見面，「在我去峨眉山之前，他來會我，正巧，那天，我和一位朋友出去喝茶，就順便叫他一起去。文聯所在的布後街，不遠處有個小茶館，大家都常在那裡聊天。剛坐下來，流沙河也來喝茶，我就隨意地給徐航介紹：『這就是流沙河。』徐航和流沙河就這樣認識了。」〔註155〕石天河與徐航，徐航與流沙河的關係，以及所謂的「小集團」，便是從這樣一次普通的交往開始的。從石天河的敘述來看，他認為徐航遭迫害的主要原因就是這次見面。在徐航4月24日的這封信中，就有「編者按」，「石天河對徐航以上兩信的回信俱未交出，故這裡沒有石的回信。五月三日，石天河與徐航見面，是並將徐介紹給流沙河。相見之後，就談胡風問題，他們就立即勾搭上了。」〔註156〕所以石天河認為，是自己給徐航引見了流沙河，才造成了徐航的悲劇。

　　但在與石天河的交往過程中，徐航出現最後的悲慘結局，自己也有著不可推卸的責任。對於這第一次見面，在徐航此後的交代中，以「（二）我怎樣為他們所俘虜（第一次見面經過）」為題，就重構甚至了誇大了他們這次見面的目的性。徐航說，「他自詡為整個身心，都浸透在為祖國文學的發展而鬥爭的理想裏，他繼續承自屈原至魯迅等的一脈相承的偉大精神。……他回信說：『走在我們前面的人跌倒了，我們不訕笑，但要吸取經驗教訓，走另外的路，另闢新天地。』至於有關『文學流派』的問題，他說等他回來再說。那時候，我還不知道，原來他早就搞了一個『文學流派』，或者正在組織『文學流派』（小集團）。」〔註157〕可見，徐航在這次交代中，誇大了與石天河這次見面的目的性和集團性。比如重點突出他們這次談話所涉及到「解凍問題」、「裴多菲俱樂部問題」、「胡風問題」、「文學流派問題」等重大的政治問題。由於

〔註154〕《四月×日　徐航給石天河的信》，《四川文藝界右派集團反動材料》（會議參考文件之九），四川文聯編印，1957年11月10日，第15頁。

〔註155〕石天河：《逝川憶語——〈星星〉詩禍親歷記》，香港：天馬出版有限公司，2010年，第70～71頁。

〔註156〕《四月×日　徐航給石天河的信》，《四川文藝界右派集團反動材料》（會議參考文件之九），四川文聯編印，1957年11月10日，第15頁。

〔註157〕《徐航交代石天河的材料》，《四川文藝界右派集團反動材料》（會議參考文件之九），四川文聯編印，1957年11月10日，第52～56頁。

有了徐航的誇大，這不僅將石天河置於危險的境地，最後也給自己帶來了危險。在石天河上峨眉山休養後，徐航與流沙河之間還繼續通信和交往。正是在這些通信中，徐航又建構出了他們交往中更為危險的政治目的。在《五月十四日　徐航給流沙河的信》中，徐航再次談到了他們三人的這次見面情況。最值得注意是，這次信中徐航對石天河的評價，「在未識石先生之前，我的射擊是盲目的、分散的；（流沙河注：不知石天河怎樣教了他）今後，我將要有計劃有目的的地集中射擊。」〔註158〕由此，通過徐航的表述，幾乎就完全肯定了「小集團」的存在。而且，徐航這句談到石天河的表述，也成為了此後石天河批判的重要政治問題。因為在四川省文聯看到，按徐航所說的「有計劃有目的地集中射擊」，那麼石天河對《四川日報》的攻擊，對伍陵的批判，就都成為了他們「有目的的集中射擊」的具體行動。所以在《四川文藝界右派集團反動材料》的最後的一頁，就專門收錄了《徐航給四川日報伍陵同志的匿名信》。在這封信中，徐航實際上並沒有用多少的事實和理論來展開批判，只是在情感上和語言上支持石天河而已。但在四川省文聯所編的《四川文藝界右派集團反動材料》中，就在「秦始皇焚書坑儒的辦法」、「胡作非為」、「高官厚祿」、「卑劣手段」、「秦始皇焚書坑儒」、「明清以來的文字獄」、「你們理屈詞窮！你們做賊心虛！你們糊塗！你們混帳！」等這些詞和句子下面都加了重點符號，可見四川省文聯對徐航的這些說法極為不滿。本來徐航的這封信是沒有署名的，在信末僅有「本人筆名取秦檜害岳飛之罪名、曰：『莫須有』」。但徐航卻在信中又提到，「如需要我坐牢的話，小子行不更名、坐不改姓、請到省二師來查一查。」所以，寫信人徐航的身份，最終被暴露。據石天河所引《四川省文藝界反革命小集團的決議》，列名於「反革命小集團」的24人中，按照排列的順序，徐航名列第七，排在石天河、流沙河、儲一天、陳謙、遙攀、萬家駿等人之後。所以徐航與石天河、流沙河之間的交往，成為四川文藝界「右派集團」的重要組成部分。

在撤銷處分後，石天河還在6月7日的《文匯報》上以筆名「之子」，發表了諷刺文章《錦城春晚》，以促進四川地區的鳴放，但也成為他被批判的一個重要證據。石天河曾提到這篇文章的寫作過程，「張望走了以後，我為了促進四川地區『鳴放』局面的展開，就在去峨眉山之前，寫了一篇題為《錦城春

〔註158〕　《五月十四日　徐航給流沙河的信》，《四川文藝界右派集團反動材料》（會議參考文件之九），四川文聯編印，1957年11月10日，第15頁。

晚》的雜文，投給上海《文匯報》副刊，把張望的那首詩，也梢帶寫在裏面，但沒有寫出他的名字。我的署名，也署了個別人不知道的『之子』。」〔註159〕石天河的《錦城春晚》這篇文章，後收錄到《是香花還是毒草？》的《速寫》欄目中。石天河寫道，「成都有個『百花潭』，這名字很迷人，外地人不明真象，以為這『百花潭』真是個『百花齊放』的所在。實大謬不然，成都根本就沒有那麼一小塊『百花齊放』的地方。『百花潭』是什麼呢？是個動物園，那裡面並沒有什麼爭嬌競豔的百花，只有一些動物，關在它們各自的小天地裏，供人觀賞。」〔註160〕這是石天河在「停職反省」後，特別是在中央開展「整風運動」後的第一篇文章。從文章的內容來看，石天河依照整風運動的要求，即「在全黨重新進行一次普遍的、深入的反官僚主義、反宗派主義、反主觀主義的整風運動，提高全黨的馬克思主義的思想水平，改進作風，以適應社會主義改造和社會主義建設的需要。」〔註161〕在文中著重展開了對壓制「百花齊放」方針的現實的批判。當然，此時的石天河雖然撤銷了處分，但還是沒有被四川文藝界真正接納，所以他只能將文章投到了上海的《文匯報》。但在文章中，石天河的矛頭是整個四川文藝界，由此也會遭到了四川文藝界的批判。6月29日，在《傅仇就文匯報刊登的「錦城春晚」這篇文章含沙射影、迂迴曲折的誣衊成都文藝界一事提出抗議，並且要求文匯報表示態度》中，傅仇就專門批判了這篇文章，「『錦城春晚』描畫的成都景象，充滿了陰森、寒冷，看不見花開，只有一群動物供人欣賞；這難道還不明顯，這是在罵成都的文藝界都是『一群動物』！對這種誣衊，我提出抗議！這是什麼論調？用心何在？在這篇文章裏，人們看得出來，這是在攻擊誰，諷刺誰，謾罵誰！我說：這是在向黨的文藝進行攻擊！這是一篇反社會主義的文章！」〔註162〕而這之後，孫靜軒更認為石天河這篇文章是在「造反」，「我看了他用假名在《文匯報》上寫了那篇惡毒的《錦城春晚》之後，才恍然大悟，原來，凡是不按照他們的願望，不和黨與人民對抗的人，在他們看來，都是『狗熊』、『奴

〔註159〕石天河：《逝川憶語——〈星星〉詩禍親歷記》，香港：天馬出版有限公司，2010年，第70頁。

〔註160〕之子：《錦城春晚》，《文匯報》，1957年6月7日。

〔註161〕《中國共產黨中央委員會關於整風運動的指示》，《人民日報》，1957年5月1日。

〔註162〕《省文聯繼續舉行作家、詩人、批評家座談會 駁斥張默生流沙河等的錯誤言行 傅仇對文匯報歪曲報導有關「草木篇」問題提出抗議》，《四川日報》，1957年6月29日。

隸』，無怪他恨恨地說，錦城的百花潭裏，只有供人賞玩的動物了。看來，石天河之流是非常希望有一些人挺身出而『造反』，那樣，他們就該稱心如意了。」〔註163〕孫靜軒把石天河的《錦城春晚》從「向黨的文藝進行攻擊」提升為「造反」，便更加凸顯了石天河自身的「問題」。另外，蕭然也批判這篇文章說，「發出他的毒彈『錦城春晚』時，化名『之子』。其所以化名，其所以要流沙河轉告同夥，把一切不可告人的目的，『結合在提建設性意見的裏面』者，唯恐『赤膊上陣』也。」他又再次強調了石天河的「造反」傾向。〔註164〕總之，在停職反省之後，石天河的這篇「整風文章」，隨著反右鬥爭的不斷升級，問題也就越來越嚴重。

在停職反省之後的這段時間中，石天河也多次與流沙河交往。但非常奇怪的是，按照石天河的說法，在1月底的「機關大會」上流沙河的檢舉使得石天河「停職反省」。但實際上，此後兩人之間似乎並未心存芥蒂，不僅正常交往，而且關係還很不一般。按流沙河《我的交代》等的相關記載，在石天河「撤銷處分」後的這段時間裏，他們至少見過5次面。第一次見面，是3月28日。這次，是流沙河約石天河到人民公園，告知毛主席的講話。〔註165〕從這裡可以看到，流沙河與石天河不僅在交往，而且流沙河還認為他們的之間交流，是自己所有交往中的主線。第二次見面，具體時間不詳。流沙河在交代中沒有說這次見面的具體時間，而只記錄他們之間的談話。但按流沙河的記載，應該是在3月28日到4月8日之間。「第二次進攻前，我們常常談到斯特朗的《斯人林時代》和國內的『民主』『自由』問題。」〔註166〕從談話的內容來看，此時石天河與流沙河之間的關係也還是非常緊密的。第三次見面，是4月8日之後。在4月8日《文藝學習》刊出孟凡文章《由對「草木篇」和「吻」的批評想到的》後，流沙河便約石天河見面交流。「我當時一心盼望的是為《草木篇》翻案。孟凡的文章出來後，我立刻密約石天河出去，叫他快看。」這裡，流沙河沒有記錄下他們見面時石天河的具體言論。第四次見面，是在5月3日。當時，石天河與徐航見面，並將徐航介紹給了流沙河認識。

〔註163〕孫靜軒：《石天河的反共叫囂》，《四川日報》，1957年7月25日。

〔註164〕蕭然：《衣缽真傳》，《四川日報》，1957年9月12日。

〔註165〕流沙河：《我的交代1957.8.3至8.11》，《四川文藝界右派集團反動材料》（會議參考文件之九），四川文聯編印，1957年11月10日，第9頁。

〔註166〕流沙河《我的交代1957.8.3至8.11》，《四川文藝界右派集團反動材料》（會議參考文件之九），四川文聯編印，1957年11月10日，第9頁。

在徐航給石天河的信的「編者按」中提到，「石天河對徐航以上兩信的回信俱未交出，故這裡沒有石的回信。五月三日，石天河與徐航見面，是並將徐介紹給流沙河。相見之後，就談胡風問題，他們就立即勾搭上了。」〔註 167〕這一次，應該是石天河約見流沙河的，並還將一個新朋友徐航引見給流沙河，這表明他們兩者的關係是不錯的。但流沙河的《我的交代》中，卻並未專門提到徐航。第五次見面，是在 5 月 6 日。這次也是石天河約見流沙河，他們之間還有非常深入的談話，「5 月 6 日下午，石天河約我出去。」〔註 168〕從 5 月 9 日石天河上峨眉上的時間來看，這應該是石天河走之前與流沙河的最後一次談話。從談話的內容來看，也是石天河在向流沙河做相關的安排。由此我們看到，在石天河撤銷處分後，他與流沙河之間確實有多次交流，而且他們的關係還相當緊密。

回頭來看，雖然 1 月底「機關大會」上流沙河的檢舉揭發了石天河，並造成了石天河的「停職反省」，但似乎並沒有造成石天河與流沙河之間的嫌隙。為什麼會這樣呢？我認為，其中的原因在於：首先，石天河始終認為他所受到的一切打壓，都是由於他與李累之間的個人矛盾引起。所以此時石天河的「停職反省」，雖然與流沙河的檢舉有關，但石天河更認為是與李累小集團的指使而造成的，並不是由於流沙河對他的揭發而造成的。其次，在「停職反省」後，流沙河與石天河的交往，是從流沙河向石天河告知了「毛主席講話」後才開始的。那麼，他們之間的交往也與流沙河的主動和好有關。此時處於被批判位置的流沙河，也就非常希望能得到石天河的支持。最後，更為重要的是，由於整個社會形勢向「整風」的大逆轉，他們也就冰釋前嫌，共同響應中央號召，全力以赴開展「整風運動」。流沙河與石天河開始正常的交往，對他們自己來說，這本來是一件好事。但是，隨著形勢的變化，不幸的是他們的正常的交往，卻也成為了「小集團」的事實依據。

總之，在撤銷了個人「停職反省」處分，以及全國在開展整風的大好形勢之下，石天河決定「走為上策」，逃離成都，出走南京。但他的想法，也再次受挫。「我覺得，在這種情況下離開四川，是最好不過的事，什麼『反黨』

〔註 167〕《四月×日　徐航給石天河的信》,《四川文藝界右派集團反動材料》（會議參考文件之九），四川文聯編印，1957 年 11 月 10 日，第 15 頁。

〔註 168〕流沙河:《我的交代 1957.8.3 至 8.11》,《四川文藝界右派集團反動材料》（會議參考文件之九），四川文聯編印，1957 年 11 月 10 日，第 11 頁。

帽子之類的麻煩都沒有了，可以走得順順當當。我帶著一點興奮，又去找常蘇民，請他同意我回南京去。常蘇民當時說，『這個問題可以考慮。等我們研究一下吧。』但隔了兩天，他找我談話時，卻說：『目前，你還不能走，李政委（四川省委第一書記李井泉）說：『這時候放他走，不說是我們把他逼走的嗎？可以讓他休息一下，到什麼地方去寫點東西嘛。』現在呢，正好是中央規定，我們要學蘇聯，實行幹部休假制度，你可以找個合適的地方去度假，把精神放鬆一下，就專門寫作一個時候也好嘛。調動的事，等以後再說吧。』」〔註169〕石天河另尋他路的想法，遭到四川省最高領導李井泉的否定。進而「整風運動」開展後，石天河由於沒能逃離成都也加劇了他固有的反叛心埋。於是在石天河的《萬言書》中，他最終將批判的將矛頭指向了四川省委書記李井泉。

第三節　峨眉山上的石天河

石天河由於不能另尋出路，無法出走南京，他只得按照省文聯的安排，與省作協其他人員一同上峨眉山休養。從 5 月 9 日上峨眉山休養，到 7 月 9 日回到省文聯，石天河在峨眉山上剛好待了兩個月。雖然遠離省文聯，遠在峨眉山中，但石天河卻不但沒有逃避掉成都的鬥爭，反而最後成為了四川文藝界反右鬥爭這一漩渦的中心。

一、上峨眉山

由於李井泉的指示，石天河便開始了「峨眉山休養」的行程。關於這次「峨眉山休養」的具體過程，石天河有簡單的回憶，「機關裏面已經傳開了關於『幹部休假』的話題。《星星》詩刊的幾個人，和文聯的一些幹部，準備結夥去峨眉山旅遊。我就決定和大家一起上峨眉山，同時，徵得常蘇民的同意，我就留在峨眉山寫作。這次上峨眉山，一共有十幾個人，其中包括白航、戈壁舟等人，其他的人，我現在記不清是誰和誰了。……我們去峨眉山度假的一行人，大概是 5 月 9 日上峨眉山。」〔註170〕同樣，白航也有簡單的回憶說，

〔註169〕石天河：《逝川憶語——〈星星〉詩禍親歷記》，香港：天馬出版有限公司，2010 年，第 67 頁。

〔註170〕石天河：《逝川憶語——〈星星〉詩禍親歷記》，香港：天馬出版有限公司，2010 年，第 68、71～72 頁。

「我們便邀約著，發完五月號的《星星》詩稿後，全體編輯去峨眉山上散下晦氣，去欣賞千姿百態的杜鵑花。那時石天河還在『反省』中，多虧戈（指戈壁舟）的說情，才准許和我們同行了（流沙河因故未去）。二白（白航、白峽）一河載著戈壁舟，搖搖晃晃劃向了峨眉山。」〔註171〕按照白航的說法，原計劃是《星星》全體編輯部一同上山，但最後流沙河卻未去，這是耐人尋味的。儘管上了峨眉山，但在石天河原初的打算中，仍舊想要離開四川，找機會到南京去。「我心裏想的，只是在峨眉山上寫作一段時間以後，便設法離開四川，到南京去。『整風』云云，對我已經沒有多大意義，隨他們去『整』吧。其他同行的人，聽說成都已經開始『大鳴大放』，倉倉忙忙地從山腳下爬上金頂，看上一眼，便忙著回家了。只有我一個人，留在峨眉山寫作。記得當時，戈壁舟曾經向我說：『回去吧，這是階級鬥爭最緊張的時候，你一個人掉在外面，什麼情況都不瞭解，不好。』我說：『來的時候，我向常主任說過，我就在這裡寫作，我不想回去整什麼風了。』──當時，我以為可以『跳出三界外、離脫是非窩』，可後來的事態，卻似乎並不以我個人的意志為轉移。」〔註172〕因此在 6 月 1 日給南京姚北樺的信中，石天河重點談的是去南京工作的事情。而上峨眉上休養，石天河雖然「跳出了三界外」，但正如戈壁舟所說，他由於完全沒有瞭解到省文聯反右鬥爭的具體情況，不僅沒有跳出「是非窩」，反而在「是非窩」中陷得最深。

按照石天河自己的打算，他在峨眉山休養的主要目的就是寫作，然後找機會到南京。然而，在峨眉山上，石天河雖然有創作，但數量卻並不多。到了峨眉山不久，在 5 月 20 日他就寫出了《峨眉詩草》三首短詩〔註173〕，後來寄給白峽準備在《星星》上發表。關於這幾首詩，石天河說，「這幾首詩，記錄著我初上峨眉山時的思想情緒。……上面的三首詩，第一首，《遲開的報春花》，是感到所謂『知識分子的春天』，在四川，顯然是來得太遲了，如果『大鳴大放』的『春天』早一點來，《星星》的事情，也許就不會發生了。第二首，《廟裏的木魚》，主要是以『木魚』自況，抒寫自己內心壓抑的苦悶。對『整

〔註171〕白航：《石天河峨眉山求籤》，《往事──白航回憶錄》，成都：四川美術出版社，2018 年，第 150 頁。

〔註172〕石天河：《逝川憶語──〈星星〉詩禍親歷記》，香港：天馬出版有限公司，2010 年，第 150 頁。

〔註173〕石天河：《峨眉詩草》，《是香花還是毒草？》（會議參考文件之十），四川省文聯編印，1957 年 11 月 10 日，第 8～9 頁。

風』採取『沉默』的態度，像『木魚』一樣，『任人們敲敲打打』、『聽人們懺悔他自己』，本來不是我甘願的。但是，事實上，我是處於『木魚』樣的處境。這『木魚』，作為一種象徵，可以說，對當時中國各種政治運動中的知識分子，具有共同的、普遍性的象徵意義。第三首，《洪椿古樹》，是抒發我對某些『老資格』的看法。我確實感到，當時像『春生』那樣的『老資格』，自己『既不開花，也不長葉』，只是憑『老資格』的聲譽地位，雄據一方。有些蟻附於『古樹』的人，實際上是利用腐朽的『老資格』為它們自己遮風蔽雨、牟名取利。在當時，這是我意識到的一種潛在的危機現象。」〔註174〕當然，寫出這些詩歌後，石天河就急於發表，在《石天河 5 月 25 日給白峽的信（摘錄）》中，他就寫到，「早幾天，我給你寄了三首詩，如能你能在六月份的星星上發表就最好，不能及時，恐怕以後就失去了時間性，你看如何？」〔註175〕但最後石天河的這組詩不但沒能在《星星》上發表，反而收錄到《是香花還是毒草？》中，成為他的罪證。除了《峨眉詩草》之外，石天河開始創作童話詩《少年石匠》，「在五月初，成都已經在『大鳴大放』的時候，我主要的還是在忙著趕寫長篇童話詩《少年石匠》。儘管心裏掛著成都的事，但覺得，自己既沒有參加整風的座談會，那事情的發展，便只好聽其自然。既然毛澤東說了要反掉『三大主義』，估量總會有些成果的。所以我在沉入寫作的時候，心情還是很平靜，很專注的。」〔註176〕不過，石天河的這個寫作打算也並未完成。直到八十年代石天河才完成《少年石匠》的寫作，並由重慶出版社出版。〔註177〕總的來看，由於時間較短，石天河在峨眉山的文學創作不多。

在峨眉山上，雖然石天河的文學創作並沒有展開，他還是緊緊地關注著社會形勢的發展，通信便成為他的一個主要活動。我們前面看到，從 5 月 14 日開始，四川文藝界連續再開了多次整風座談會。遠在峨眉山上的石天河就時時關注著文聯的發展動態，他不時地以通信方式主動介入到整風運動中。最終，到了 11 月石天河的這批信件，就成為了右派集團的反動材料。正如

〔註174〕 石天河：《逝川憶語──〈星星〉詩禍親歷記》，香港：天馬出版有限公司，2010 年，第 79～80 頁。

〔註175〕 石天河：《峨眉詩草》，《是香花還是毒草？》（會議參考文件之十），四川省文聯編印，1957 年 11 月 10 日，第 8～9 頁。

〔註176〕 石天河：《逝川憶語──〈星星〉詩禍親歷記》，香港：天馬出版有限公司，2010 年，第 81 頁。

〔註177〕 石天河：《少年石匠》，重慶：重慶出版社，1983 年。

「編者按」所說，「這是以石天河為首的右派集團往來的密信 33 封，還有一部分已被他們畏罪燒毀。這些信寫在今年 4 月到 9 月。從這些信裏，可以看出他們怎樣勾結起來？怎樣猖狂向黨進攻？又怎樣布置退卻，伺機反撲？」〔註 178〕雖然收錄的這些信件，通過「編者按」體現出鮮明的傾向性，但從中我們也可以瞭解整個事件發生的一些歷史事實。實際上，遠在峨眉山上休養的石天河，積極介入到文藝界的整風運動，這是與四川省文聯的整風形勢是分不開的。我們知道，5 月中共四川省委制定了關於執行中央整風運動指示的計劃。〔註 179〕5 月 14 日四川文聯召開了第一次整風座談會，李亞群作了自我批評並說明批判「草木篇」方式粗暴；5 月 16 的《文匯報》刊登了范琰的訪談《流沙河談〈草木篇〉》；5 月 16 日四川省文聯召開了第二次整風座談會，次日的《四川日報》刊登了《流沙河談有關對「草木篇」的批評的種種問題》……種種跡象，讓石天河不得不關心整風運動的發展。根據在《四川文藝界右派集團反動材料（會議參考文件之九）》中，收錄了與「峨眉山休養」時間段相關的「小集團」信件有 25 封，體現了石天河對時事關注的高度熱情。

石天河在峨眉山上的這批信件中，最早的信是在 5 月 19 日分別寫給張望、張宇高的兩封信。石天河給張望的《五月十九日 石天河給張望的信》非常短，重新表達了他在《錦城春晚》中的思想和觀點，「真的，在成都，我總覺得四川的狗熊太多，一個百花潭，名字叫得好聽，裏面卻並沒有什麼百花，盡是一些關在籠子裏的飛禽走獸，特別是那些狗熊。」〔註 180〕對於這封的主題，在這份材料中第二個注則說，「石天河對四川革命文藝工作者和黨的文藝幹部的辱罵」〔註 181〕。石天河為何給張望寫信呢？關於張望，這份材料中的第一個注有簡單的介紹，「張望係右派分子，金堂區建設委員會幹部，與石天河勾結緊密。」另外，石天河也專門提到過張望，「由於外間文藝界紛紛傳說我和流沙河等人遭了批鬥，有些關心我的朋友，便到文聯來探望我。張望甚至從金堂到成都來會我，瞭解我被批判的具體情況。張望是安徽人，我 1954

〔註 178〕《右派集團往來信件・編者按》，《四川文藝界右派集團反動材料》（會議參考文件之九），四川文聯編印，1957 年 11 月 10 日，第 13 頁。

〔註 179〕《當代四川大事輯要》，成都：四川人民出版社，1991 年，第 112 頁。

〔註 180〕《五月十九日 石天河給張望的信》，《四川文藝界右派集團反動材料》（會議參考文件之九），四川文聯編印，1957 年 11 月 10 日，第 45 頁。

〔註 181〕《五月十九日 石天河給張望的信》，《四川文藝界右派集團反動材料》（會議參考文件之九），四川文聯編印，1957 年 11 月 10 日，第 45 頁。

年到自貢鹽場『體驗鹽工生活』（準備寫一部小說）時，他是自貢市文教局文
化科的副科長，後來調到金堂縣，仍然擔任文化科副科長。他生性豪爽，思
想開放，也有點浪漫。歷來愛好文學，和我很談得來。對《星星》由於發表一
首情詩而遭到批判，他是很不以為然的。他和我見面後，我們就同到望江樓
公園去喝茶聊天。談起報刊上對《吻》和《草木篇》的批判，感到在教條主義
思想統治之下，文藝工作被弄得死氣沉沉，非常氣憤。……談著談著，他就
把一包紙煙的煙盒紙撕開，用自來水筆，在那煙盒紙的背面草草地寫了幾句
詩：『望江樓上問蒼天，何事詩壇又著鞭？校書老去詞猶豔，學子春情出自然。
坐待百花成夢景，相看草木泣殘篇。若起九原論今昔，可曾悔制薛濤箋？』
當時，他寫得很快，我推敲著略微給他改動了幾個字。詩雖然不夠工整，卻
真實地表達了我們內心的苦悶情緒。」〔註182〕可見，張望與石天河的交往其
實也並不多，而且也主要侷限在文學範圍之內。但也正是由於與石天河有著
這段交往，特別是有著通信的證據，所以在反右鬥爭中張望的個人生活也受
到了影響。對於張望此後的具體情況，僅有石天河的回憶，「黨的十一屆三中
全會後，這個實際上不曾有過的『反革命集團』，所有的人，都已覆查平反。
只可惜，張望、邱原已在『文革』中自殺。」〔註183〕在 5 月 19 日的同一天，
石天河還給張宇高寫了信，因為這還涉及到整個自貢文藝界，所以我們在後
面再談。

二、「萬言書」

石天河在「峨眉山休養」期間，一直保持與流沙河的通信。我們前面看
到，在石天河撤銷處分之後，他與流沙河的關係一度非常密切。即使石天河
到了峨眉山之後，他們之間仍然保持著密切的聯繫。他們之間通信，特別是
石天河的「書面發言」或者說「萬言書」，成為了此後反右鬥爭的重心，非常
值得我們注意。在《四川文藝界右派集團反動材料》中，就將他們兩者的通
信編在《右派集團往來信件》中，在《石天河與流沙河往來信件》這一部分
前，有「編者按」：「5 月初，『鳴放』開始，石天河指示流沙河『不能軟弱』，

〔註182〕 石天河：《逝川憶語──〈星星〉詩禍親歷記》，香港：天馬出版有限公司，
2010 年，第 69～70 頁。
〔註183〕 石天河：《回首何堪說逝川──從反胡風到〈星星〉詩禍》，《新文學史料》，
2002 年，第 4 期。

必須堅決鬥爭之後，於 5 月 9 日上峨眉山去了。他在峨眉山坐地使法，指揮右派集團向黨猖狂進攻！」〔註184〕而回到石天河自己經歷，也是流沙河的通信促使石天河積極介入到文聯的整風運動，並由此寫出了《萬言書》的。在《五月二十二日 流沙河給石天河的信》中，流沙河寫道，「我小鳴了一下，暫時不想大鳴，因阻力太大之故也。友欣思想轉不過彎來，牴觸頗大。李亞群則變相潑水。我已在會上聲明『逢人且說三分話，未可全拋一片心』。還有好些話，不想鳴了。《文匯報》上刊出了對我的訪問記，四千字，在上海頗轟動。那裡氣候不同。我勸你不要回來，以免鳴而不暢，自討氣惱，還是隱身雲海深處，尋覓格律為佳耳。」〔註185〕在這封信中，流沙河專門提到了他在四川文聯整風座談會上的「小鳴」，以及刊登在《文匯報》上的訪談。但他並沒有為四川文聯上的這次「小鳴」而欣喜，反而有「阻力太大」之感，由此決定「不想鳴了」。同時，他還勸石天河也不要回文聯，不要參開「鳴放」。那麼，流沙河為什麼要寫這一封信呢？流沙河由於身在文聯，感受到「鳴放」強大的壓力，由此真誠地奉勸石天河遠離是非。但也有可能，此時的流沙河因自己在文聯支持的人較少，需要尋找人支持。所以在這個節骨眼上，流沙河向石天河「示弱」，希望石天河能站出來支持他，當然我們這也是猜測。然而，不管怎樣，石天河已經在準備他的大作品《萬言書》了。

石天河的《山中人語──作為參加座談會的書面發言》（簡稱《萬言書》），在《四川文藝界右派集團反動材料》中，所署的時間是 1957 年 5 月，沒有注明確實的寫作日期。這樣一篇長文，不可能是一天寫就的。那麼石天河寫作這份書面發言的具體背景是怎樣的呢？在《五月十九日 石天河給張望的信》中，石天河說，「昨天下山後，看來看四川日報，知道成都竟然也熱鬧起來了，有趣！不過，我是不打算去湊什麼熱鬧了，這兒天氣很好，寫點東西，把路費湊齊；這兒有一些能醫風濕痛的草藥，泡著酒吃，把身體恢復起來。秋江水漲，揚帆而去，管他娘的！」〔註186〕從這裡可以看到，在 5 月 19 日這天，石天河雖然通過《四川日報》瞭解到了四川文聯的「整風」情況，但他有自己

〔註184〕《四川文藝界右派集團反動材料》（會議參考文件之九），四川文聯編印，1957年 11 月 10 日，第 20 頁。

〔註185〕《五月二十二日 流沙河給石天河的信》，《四川文藝界右派集團反動材料》（會議參考文件之九），四川文聯編印，1957 年 11 月 10 日，第 20 頁。

〔註186〕《五月二十二日 石天河給張望的信》，《四川文藝界右派集團反動材料》（會議參考文件之九），四川文聯編印，1957 年 11 月 10 日，第 45 頁。

的打算，仍然堅持自己的寫作，一心想到南京去。更為重要的是，從這裡可以看到，石天河此時還因風濕病身體欠佳，可以說完全無心於介入整風。然而，在 5 月 19 日同一天給張宇高寫的信中，石天河卻又提到，「『文章』即使不『壓四方』，總還是會要寫的，管他娘的『大明日月』也好，烏天黑地也好，這支筆，總算把我的血氣又鼓起來了。」〔註187〕可以說，在給張宇高的信這裡，石天河似乎換了一種心態，有了「血氣」而躍躍欲試。到底哪種才是石天河此時的真實心態呢？我認為應該都是。當面對張望時，石天河在不斷地追問自己的內心需要，要冷靜，要到南京去；而當面對張宇高時，石天河又躍出了內心需要，積極介入到了整風運動之中。特別在 5 月 22 日流沙河的來後，促使了石天河對外在世界整風的關注，壓倒了自己內心出走的訴求。在 5 月 25 日石天河給流沙河的信中，提到的就是流沙河 22 日來信的內容，「信收到，『巴蜀依舊微寒』，可悲，可歎！我寫了一篇萬言書，希望你一字不易，在擴大的會議上幫我朗誦一遍，爭取在四川日報上不作任何刪改全文發表。」〔註188〕總之，從這裡可以看到，石天河的《山中人語——作為參加座談會的書面發言》的寫作時間，應該是在 5 月 19 日～25 日之間。

　　《石天河的書面發言》（即萬言書）的影響甚大，也真正決定了石天河在反右鬥爭的悲劇命運。這篇發言非常激烈，甚至被流沙河稱為「一顆氫彈」。正如在四川文聯的「編者按」所說，「在右派猖狂向黨進攻、黑雲亂翻之際，石天河認為時機已到，拋出了這份惡毒的萬言書。在這份萬言書裏，石天河大肆造謠和歪曲事實，瘋狂地詆毀和攻擊黨的組織與領導幹部，妄圖煽起熊熊大火，逼黨『下臺』。這份萬言書，石天河寄給流沙河，要流在省市文藝界座談會上宣讀。流沙河認為這是一顆『氫彈』，害怕爆炸之後，暴露了他們的反動面目，因而壓了下來。」〔註189〕該發言的全稱為《山中人語——作為參加座談會的書面發言》，文章前寫道：「『山中凡七日，世上幾千年。』我在峨眉山上過了七天，下得山來，一看四川日報，發覺世道已經大變了。四川日報——這張為官僚主義分子伍陵所暫時把持，因而一度喪失黨性，作了教條

〔註187〕　《五月二十二日　石天河給張宇高的信》，《四川文藝界右派集團反動材料》
　　　　　（會議參考文件之九），四川文聯編印，1957 年 11 月 10 日，第 46 頁。
〔註188〕　《五月二十五日石天河給流沙河的信》，《四川文藝界右派集團反動材料》（會
　　　　　議參考文件之九），四川文聯編印，1957 年 11 月 10 日，第 20 頁。
〔註189〕　《石天河的書面發言（即萬言書）‧編者按》，《四川文藝界右派集團反動材
　　　　　料》（會議參考文件之九），四川文聯編印，1957 年 11 月 10 日，第 78 頁。

主義、宗派主義的護符的報紙，居然也在大勢所趨之下，登出了一些反對三大主義的意見來了。這倒是很有趣，而且多少有點令人興奮的事。我看那座談會的記錄裏面，有的同志在為我叫屈，有的同志說，應該把我叫回成都，參加座談會，讓我發言。我想，我本來就是因為平日裏愛發點言，才被三大主義逼上峨眉山的，如今卻又要回成都去發言，未免有點和路費開頑笑；而且，估量四川的三大主義根子，也不是這一次和風細雨的整風，能夠搞乾淨的，何必急急忙忙一股熱勁地跑回成都呢？寫個書面發言，盡到幫助黨整風的責任，也許是合適的。」石天河的這份書面發言或者「萬言書」分為兩份部分。第一部分，石天河分析了「草木篇」事件的歷史，談到自己所受到的迫害，並由此來展現四川文藝界三大主義的猖獗。「只有李亞群副部長和李累之流，才能說出來或捏造出來，在他們圈子以外的人，只看見我因為堅持黨的『百花齊放、百家爭鳴』的方針，便受到了無理迫害的這個事實。」在文章的前半部分，重點展開了對李亞群和李累的系統批判。然後，第二部分，在回憶歷史的基礎上，石天河說到，「幸而，毛主席的報告來得快，我『停職』才兩個月，暗害分子的『罪證』材料，還沒有完全編造好，所以，現在沉冤大白了。現在，雖然三大主義勢力，依然存在，依然保持得完好無恙，估量在和風細雨之下，也難於拔掉它的根子，但有一點我是相信的，黨內大部分人，會要清醒起來，今後，三大主義不可能再為所欲為了。」最後，針對四川地區的三大主義，石天河在這份「萬言書」對黨整風，對四川省委都提出了具體意見：第一，要改變「杜塞言路，粉飾太平」的狀態；第二，要改變「高高在上，威鎮八方」的狀態；第三，要改變「階級兄弟、混沌一氣」的狀態；第四，要改變「四面揮戈、六親不認」的狀態。〔註190〕從正面來看，石天河的書面發言，在一定程度上提供了整風運動歷史的重要側面，有著重要的史料價值。特別是石天河與李累之間的個人恩怨，在「萬言書」中有了非常清晰的呈現。而且石天河所提到的「堵塞言路、粉飾太平」、「高高在上、威震八方」、「階級兄弟、一團和氣」、「四面揮戈、六親不認」等等問題，也確實是「三大主義」的表現。對此，石天河說，「我覺得，說它是『萬言書』或『妄言書』、『枉言書』，都是可以的。但要說它『反黨』，卻是百分之二百的冤枉。

〔註190〕石天河：《山中人語——作為參加座談會的書面發言》，《四川文藝界右派集團反動材料》（會議參考文件之九），四川文聯編印，1957年11月10日，第78～87頁。

因為，我非但不是『反黨』，我是完全出於對黨、對人民革命事業的一片忠誠，才披肝瀝膽地向黨進言的。我的意見，可能有不周全、不正確或片面與偏激之處，甚至其中的某些片段或個別語句，也可能是非常不合時宜或完全違背領導意圖的逆耳之言。但只要是有健全頭腦與正常理智的人，就絕不會把這些響應毛主席號召『幫助黨整風』公開提出的意見，看成是『反黨』的。」〔註191〕在這篇書面發言中，我們也可以看到，石天河在整風運動中那種大義凜然、義無反顧的錚錚鐵骨。

然而，面對這篇「萬言書」，有一些問題還是值得反思的。第一，在整個書面發言的敘述口吻中，石天河始終是站在「正統」地位，而且是以「殉道者」形象出現的。因此，在石天河看自己看來，因為自己是「正統」，他寫這篇書面發言，是為了「盡到幫助黨整風的責任」；而且自己的受迫害，「也許只有李亞群副部長和李累之流，才能說出來或捏造出來，」也就是小人甚至是省文聯相關領導使壞而造成的。可以說，石天河的這種口吻，把自己置於整個事件的正義的一面，而將所有的人推向了對立面，這是不恰當的，對於石天河來說也是相當不利的。第二，在談到四川文藝界的「三大主義」等問題的時候，石天河也完全是一種「清君側、靖國難」的姿態。由此，石天河不僅批判了四川文藝界的領導，還批判四川省委的領導。在「萬言書」中，被石天河點名批判的：從四川省文聯的常蘇民、李累、李友欣、白航、李彬，四川日報的伍陵，再到四川省委宣傳部的李亞群、張處長，以至最後將矛頭指向了省委書記李井泉。其實，在這些人之中，只有李累與石天河的私人關係最不好。而其他人中，李井泉、李彬、伍陵、張處長等與石天河本人並沒有多少的衝突，常蘇民、李友欣、白航等與石天河的之間關係可以說是相當好。在「萬言書」中，雖然石天河在表述中，多次重點批判李累，而且在提到其他人的時候，提出的意見也是非常溫和的。但是，不可避免的，此時的石天河也犯了他自己所說的「四面揮戈、六親不認」毛病，使得他「四面樹敵」，並將自己陷入了極為不利的地位。第三，石天河雖然只是針對著一些黨員展開了批判，但他的表述，就很容易被指認為他的鬥爭目標是黨，而不只是個別黨員。如石天河說到「堵塞言路、粉飾太平」時，提到不少黨員已經變樣了；在說到「高高在上、威震八方」時，就說在某些擔任高級領導工作的黨員同

〔註191〕石天河：《逝川憶語——〈星星〉詩禍親歷記》，香港：天馬出版有限公司，2010年，第102頁。

志最為可怕；在說「階級兄弟、一團和氣」時，就提到黨內的民主不能展開、思想鬥爭不能展開；在說「四面揮戈、六親不認」時，就提到黨在對待非黨知識分子時「只鬥爭、不團結」的壞習慣。由此，石天河的這篇書面發言，在批判中也就很容易被上綱上線，被指責為「向黨攻擊」。正如石天河自己所說，「在『反右』運動中，我委託流沙河宣讀的書面發言，因為寫得較長，我自己把它看作是我的『萬言書』；後來，批判家給它加冕，就成了『反黨萬言書』。」〔註192〕

　　那麼，為何此時的石天河會如此義無反顧呢？其中最重要的原因，還是整個時代「整風」形勢的大逆轉以及個人被批判的歷史有關，如他在發言中所說的，「毛主席的報告來得快，我『停職』才兩個月，暗害分子的『罪證』材料，還沒有完全編造好，所以，現在沉冤大白了。」對於這份「書面發言」，石天河是非常自信的和無畏的，這從他《五月二十五日 石天河給流沙河的信》中可以看出。他說，「我寫了一篇萬言書，希望你一字不易，在擴大的會議上幫我朗誦一遍，爭取在四川日報上不作任何刪改全文發表。萬一你朗誦怕人說閒話，也可交給丘原、白堤或白峽、方赫等同志朗誦。報社如不肯全文發表，那就請代我聲明：一個字也不要發，以免將來『斷章取義』又成『材料』。座談會的發言記錄，我都看了，除了丘原對蕭崇素的那幾句話，未免過火，傷了民主人士以外，我覺得，雖則鳴而不暢，基本精神卻都是很健康的。發言必須保持健康的基本精神，這一點，很重要，盼為我轉致丘原同志。只要是目前對提意見不起阻礙作用的人，都應該從團結出發，團結起來，共同向三大主義進行灑和風細雨的工作。切忌只追求洩憤，失去群眾的同情。同時，我認為，應該注意多提『建設性的意見』，把揭露矛盾，揭發事實，結合在提建設性意見的裏面，這樣，就可以使得阻力小些。……致以戰鬥的敬禮！」〔註193〕因此，從石天河個人來說，此時的他，毫不懷疑自己的發言是正確的，認為自己意見是「建設性的意見」。

　　同樣，對於這封「萬言書」將帶來的後果，石天河不僅沒有作冷靜的思考，反而還在「整風之路」上不斷挺進，批判了更多的作家，也激化了更多的

〔註192〕石天河：《逝川憶語——〈星星〉詩禍親歷記》，香港：天馬出版有限公司，2010年，第102頁。

〔註193〕《五月二十五日 石天河給流沙河的信》，《四川文藝界右派集團反動材料》（會議參考文件之九），四川文聯編印，1957年11月10日，第20～21頁。

矛盾。石天河在給 5 月 25 給流沙河的信中，他繼續保持著戰鬥的激情，一是
希望這封信在擴大會議上宣讀，二是要不做任何刪改地在《四川日報》上全
文發表。緊接著，在兩天之後的 5 月 27 日給流沙河的信中又寫道，「怒火中
燒，使我又寫了一個補充發言，如果來得及，可在上一次的書面發言後一併
宣讀，同樣的爭取全文發表。但你如估計以後還有開大會機會，也可稍緩，
對發言提出你的意見，來信研究研究。但若是大會不會再開了（我估計是如
此），就請務必在會上宣讀，別的顧不得了。」〔註 194〕在「萬言書」之後，石
天河繼續撰寫了他的「補充發言」——《讓良心發言——作為參加座談會的
補充發言》〔註 195〕。這篇文章不長，開頭就說，「我的書面發言寄出以後，這
幾天，見四川日報上春意闌珊，寒風又起，特別是像沙汀、山莓這樣的黨員
作家、黨員詩人，又在進行混淆是非、阻塞言路的活動，真不能不使我為這
樣的黨員感到羞恥。」進而，在「補充發言」中，石天河又將矛頭對準了山莓
和沙汀，又樹立了新的敵人。他批判山莓說，「山莓是批評的參加者，在李累
派遣傅仇、席向等人，羅致我的罪名的時候，曾因某種『誤會』而和我作過短
時間『朋友』的山莓夫婦，這時，就把我平日在他們家裏說過的隻言片語，都
加油加醬地編造成了一份『反革命罪證』材料，作為李累等對我進行迫害的
最主要的『把柄』。山莓如果還有良心，他應該檢查一下這種編造『罪證』的
動機和目的是什麼？應該反省一下自己為什麼參加了這樣一種見不得人的勾
當？詩人山莓，你的良心到哪裏去了呢？張默生先生所說的『詩無達詁』，並
不是說批評沒有標準，只是反對主觀臆斷，反對一家之言；你可以這樣解釋，
別人也可以那樣解釋，折衷權衡，實事求是，也可以得出另一個比較公允的
解釋，這怎麼是要把詩寫得不清楚才叫詩人呢？山莓自己寫過詩，也曾經受
過『綠得發臭』之類的批評，山莓說過，對那樣的批評，他不能同意，他有他
自己的合理解釋。然則，山莓為什麼作詩人時是如此，作了批評者就換上另
一付面孔呢？山莓夫婦，明明以他們編造的『罪證』，參加了對我的迫害，今
天卻否認事實，居然要叫文聯說明『真相』。是的，這種『真相』應該說明，
應該把山莓夫婦所編造的『罪證』，以及文聯某些人編造的其他關於『裴多菲

〔註 194〕《五月二十七日 石天河給流沙河的信》，《四川文藝界右派集團反動材料》
　　　　（會議參考文件之九），四川文聯編印，1957 年 11 月 10 日，第 21 頁。
〔註 195〕石天河《讓良心發言——作為參加座談會的補充發言》，《四川文藝界右派集
　　　　團反動材料》（會議參考文件之九），四川文聯編印，1957 年 11 月 10 日，
　　　　第 87～88 頁。

俱樂部」、『七人團』的『罪證』，全部公諸於世，使黨和群眾，深刻的認識一下這種迫害的真相。」當然，石天河將整風的矛頭對準山莓，其實與他和山莓之間的個人關係有關。石天河也多次提到這件事，「當我去向常蘇民建議，把山莓調來接替我的時候，我還不知道，山莓的夫人，已經寫了一份 3000 多字的檢舉材料，把我和他們夫婦來往的一言一行，都向文聯作了檢舉，並明確表示他們夫婦已經堅決和我劃清了界限。」〔註196〕所以，此時石天河需要在整風座談會上的發言中批判山莓。同樣危險的是，石天河還直接批判了沙汀，「沙汀同志，是老作家，是文聯的主席，說『掛名』，是確實的，過去較少過問文聯內部工作。但我知道，這一次的事件，他是參加過某些會議的，當李累逼迫流沙河『檢舉』我的『罪過』的時候，沙汀同志是知道的。沙汀同志當時不曾贊成，也不曾反對，以致使得迫害成為了事實。今天，沙汀同志卻想把《草木篇》的批評，與對人的迫害，分開來，當作絕不相干的兩件事；把對人的迫害，說成是因為別的問題而採取的機關內部的『處分』。這是不合事實的，是掩蓋矛盾，掩飾錯誤的說法。如果丘原是因為『不上班』等問題而受『處分』，那麼，我這個為刊物辛勤勞動，一月內看幾千件稿子，為了按期發稿而熬夜到天亮的幹部，究竟犯了什麼『紀律』，要在一個星期內連續以『機關大會』形式進行迫害呢？沙汀同志比我知道得更清楚：作家要有良心！」〔註197〕石天河將矛頭對準沙汀，主要因為在 5 月 25 日「省文聯第五次整風座談會」上沙汀的發言。在沙汀的發言中，提到了石天河，「有的問題涉及到邱原、石天河、流沙河這些同志。他們既是業餘作者，又是文聯幹部；既有創作上的問題，也有工作上的問題。對這些問題，沒有明確劃分清楚，分別對待；對於這種矛盾的性質，認識上也可能有偏差（如對『草木篇』的批評）；這些都是事實。但是，發言中如果只說結論，不談過程，不談條件，眉毛鬍子一把抓。那就會嚇人聽聞（流沙河沒有大談清楚，邱原的發言更是含含糊糊）。」〔註198〕但我們看到，在沙汀的發言中，實際上並沒有專門針對石天河，而且

〔註196〕 石天河：《逝川憶語──〈星星〉詩禍親歷記》，香港：天馬出版有限公司，
　　　　　2010 年，第 33～34 頁。
〔註197〕 石天河：《讓良心發言──作為參加座談會的補充發言》，《四川文藝界右派
　　　　　集團反動材料》（會議參考文件之九），四川文聯編印，1957 年 11 月 10 日，
　　　　　第 87～88 頁。
〔註198〕《省文聯舉行作家、詩人、批評家座談會 對「草木篇」問題的討論逐漸深
　　　　　入》，《四川日報》，1957 年 5 月 26 日。

沙汀與石天河之間也沒有什麼個人衝突。儘管這樣，此時石天河還是將他批判的矛頭對準了沙汀。總之，石天河的《讓良心發言——作為參加座談會的補充發言》，又給他自己製造了更多的敵人，也進一步把自己推向火坑。

　　此時的石天河其實也有一定的冷靜。在《五月二十七日　石天河給流沙河的信》中，石天河雖然「怒火中燒」「別的顧不得了」的姿態，要求他的書面發言和補充發言要全文發表務必在會上選讀，但此時的他也還是有一點的反思和思考。這封信中，石天河就稍微冷靜了一點，對他的發言稿提出了三種處理方式，「一、兩個發言一起讀。（在許多人企圖『轉移視線』、『力挽狂瀾』時，必須如此。）二、只讀第一個，不讀補充發言。（以免觸犯人太多。）三、兩個都不讀，留下最後發言權。（請聲明一下。）」在第二種方式中，他就專門提到了「以免觸犯人太多」，這表明石天河對他文章「傷人太多」還是非常清醒的。另外，石天河也還提出了「兩個都不讀」的第三種方式。並且在後面的補充內容中，石天河也提到，「個別地方，字句可作小修改，如『李累的爪牙……』『爪牙』可改為『隨從』。」〔註199〕這也讓我們看到了，此時的石天河完全明白這兩份發言稿將帶來怎樣的後果。所以很快，石天河也就更加理性一點，曾一度給常蘇民去信，要求不發表「書面發言」，「我前次寫的書面意見，是寄給流沙河的，並囑他在宣讀前，交您看一看。那個書面意見，都是我這一年多來如骨梗在喉，想一吐為快的話，平日雖然也向你談過一些，但談的不深，又因為往往情緒激動，道理沒有談清楚，所以決定寫成書面意見寄回，裏面所談的，我覺得都是黨在文藝工作中比較顯著的毛病。這個書面意見，我原來要求在報上發表，現在我覺得，不要發表了。」〔註200〕此時石天河要求撤回「萬言書」和「補充發言」的發言稿，為時已晚了。既然石天河也明白了這其中可能帶來的「危險」，他為什麼還要將這封信和「補充發言」寄給流沙河呢？應該說，此時的石天河完全被「整風運動」的大好形勢所感染，而似乎有點得意忘形。

　　更為要命的是，作為信件的兩份發言稿還沒有正式宣讀，石天河自己就已經將「書面意見」的事廣而告之了。在6月1日的兩封信中，他就將此事

〔註199〕　《五月二十七日　石天河給流沙河的信》，《四川文藝界右派集團反動材料》
　　　　　（會議參考文件之九），四川文聯編印，1957年11月10日，第21頁。
〔註200〕　《石天河給省文聯常蘇民付主席的信・5、六月二十日的信》，《四川文藝界
　　　　　右派集團反動材料》（會議參考文件之九），四川文聯編印，1957年11月10
　　　　　日，第68頁。

分別告訴了文聯黨組書記常蘇民和遠在南京的姚北樺。在給常蘇民的信中，石天河說，「機關整風及座談會消息，前些時曾在報紙上看到一些，我的意見，已經寫成了書面材料寄回。我覺得，似乎毋需回來了。……我在書面意見裏面，談了許多意見，希望能在報紙上公開發表。」〔註201〕在給姚北樺的信中，石天河也同樣提到，「今天，和接到您的信的同時，接到了文聯付主席常蘇民的信，叫我回去參加座談，『幫助黨整風』，我不信回去，寄了個『書面意見』去了。這個『書面意見』，我是赤裸裸地談問題，其中雖也有不少火氣（實際上是冤氣），但確實為黨的事業著想，並非只圖痛快，如果他們敢於在報紙上公開，你也可以看看。」〔註202〕可以說，此時的石天河，是非常希望這兩封發言稿能在整風運動中廣泛傳播的，他的整風積極性非常主動。由此，此後流沙河之所以交出「萬言書」，也與石天河自己的「宣傳」是分不開的，他自己有不可推卸的責任。

三、持續「整風」

當石天河把 25 日的書面發言「萬言書」和 27 日的補充發言寄給流沙河後，石天河就分別收到了常蘇民和白峽的來信。進而在與常蘇民的通信中，石天河依然是保持著高昂的「整風」的姿態。

石天河與白峽通信的具體情況不詳，但他與常蘇民的通信中，清楚地表明了自己此時的心態。此時的石天河雖然生病，但他並沒有因此停下整風的腳步，持續邁著整風的步伐。從石天河的回信來信，常蘇民來信的主要目的是請石天河回文聯參加整風座談會。而常蘇民此時請石天河回文聯參加整風座談，應該與石天河的「書面發言」和「補充發言」無關。在 5 月 28 日，省文聯召開了一次「省文聯主席、常委會」。在會上，沙汀說，「算算時間，先找幾個人分別談。再開《草木篇》一個會。再由李累談問題，那就差不多了。」〔註203〕因此，讓石天河回文聯參加整風座談，應該就是根據沙汀的安排，石

〔註201〕《石天河給省文聯常蘇民付主席的信·4. 六月一日的信》，《四川文藝界右派集團反動材料》（會議參考文件之九），四川文聯編印，1957 年 11 月 10日，第 66 頁。

〔註202〕《石天河給南京姚北樺的信·4. 六月一日的信》，《四川文藝界右派集團反動材料》（會議參考文件之九），四川文聯編印，1957 年 11 月 10 日，第 74頁。

〔註203〕《省文聯主席、常委會 1957 年 5 月 28 日》，《文聯機關、常委文藝界大鳴大放座談會記錄》（1957 年），建川 127～237，四川省檔案館。

天河便是其中的一個人。此時的石天河雖然「突患重感冒，臥病數日」，但應該說還是處於「怒火中燒」情緒之中。因此，在給常蘇民回信中，石天河首先表明，自己的發言已經寫出書面材料寄回，說毋需回去。同時，石天河還又在信中批判了沙汀，「我對沙汀同志的總結性發言，非常失望，至今仍舊要說石天河是因為別的事情受了處分，這是問不過良心的，陳欣那樣的人，說這類昧天良的話，那不足怪，因為他本來就是沒有天良的人，但沙汀同志是黨員，是老作家，黨性和良心這些字眼，沙汀同志應該比我更明白它的涵義的吧？我也不想再多說什麼了。」通過對沙汀發言的批判，以及自己文章「天有頭乎」不能發表的事情，石天河表達了自己對文聯整風的失望，所以不願回成都參加整風。與此同時，在《石天河給省文聯常蘇民付主席的信‧4. 六月一日的信》這一封信中，石天河又增加了一個批判對象——陳欣。「我覺得，文聯內部，除了嚴重宗派主義『化友為敵』的做法外，也同時存在著另一極端，即統戰工作上的『認賊作父』。陳欣這樣的人，……代表他的老婆，也還可以。文聯黨組說他的好幹部，這是瞎了眼，昏了頭才說出來的瞶夢話，這種人，他今天要靠共產黨吃飯，甚至還想靠共產黨陞官發財，他當然會滿口奉承。百般獻媚，把黨的錯誤也說成功德；但萬一明天蔣介石復辟，（這當然是不會有的事，只是作個比方），我可以斷言，第一個起來殺共產黨的人，便是他！」實際上，石天河與陳欣之間的矛盾由來已久。在 2 月底對石天河的「機關大會」上，陳欣就曾對石天河展開過攻擊，「因為傅仇的發言著重攻擊我在『男女關係』上的錯誤，陳欣的發言，著重攻擊了我的『歷史問題』。」〔註204〕在 5 月 21 日省文聯「第四次整風座談會」上，陳欣的發言以及邱原對他的反駁中可以看出，他們之間的矛盾已經進一步加深，「省文聯邱原接著發言。他說，陳欣的這個解釋完全是不老實的，下去是李累親手布置的，李累布置下去主要是瞭解對『草木篇』的批評的牴觸情況，陳欣一貫是文聯內部宗派集團的爪牙。在鬥爭石天河的會上，陳欣就說石天河是特務分子，陳欣下去後每週必給李累寫個書面彙報，你既然這樣，下去後人家當然不給你說真心話，全是假象」。〔註205〕所以，在石天河 5 月 25 日的「書面發言」中，

〔註204〕石天河：《逝川憶語——〈星星〉詩禍親歷記》，香港：天馬出版有限公司，2010 年，第 22 頁。

〔註205〕《省文聯邀請部分文藝工作者繼續座談 對教條主義和宗派主義進行尖銳批評》，《四川日報》，1957 年 5 月 21 日。

就已經將陳欣看作是李累宗派主義小集團的核心成員，「但李累和他的爪牙席向、傅仇、陳欣等人，是進行過許多罪惡活動的，他們到處造謠誣衊，破壞我的名譽，破壞我和一些文學界朋友的友誼，幾乎凡是和我有過一面之緣的人，都成了他們偵探的對象。」〔註206〕因此，在給常蘇民的信中，石天河對陳欣展開了非常激烈的批判。而石天河的這封信，也完全可以說與此前的「書面發言」、「補充發言」相提並論的「再補充發言」。並且在 6 月 8 日給流沙河的信中，他也始終沒有忘記陳欣，稱之為「老賊陳欣」。在這裡，不管此時石天河積極整風的主觀原因是什麼，他其實又為自己製造了一個敵人。最後，石天河繼續為自己的一些「觀點」辯護，「是的，你們把我看作敵人，因為我發牢騷時說過：『你們會要逼得我拿起刀來殺人』！這話只有我才說，那些人絕對不會說，我說這話是什麼意思呢？這還不是反黨反革命麼？不是現成罪證麼？只有看多水滸傳上，李逵拿著板斧去砍宋江的人，他才懂得這是什麼意義。」「我聲明一句：我從前出於氣憤，曾經說過要求組織清查文聯內部有沒有『貝利亞集團』的話，這個要求，我現在認為可以取消；政治暗害的行為，雖然是千真萬確的了，但我覺得，現在，可以作為內部矛盾解決。」〔註207〕但是我們看到，此時，石天河的辯護不但沒有為自己起到辯解作用，反而使自己的問題越描越黑。

就在 6 月 1 日的同一天，石天河除了給常蘇民的信之外，還分別給南京姚北樺與羅棟生寫信。一方面是為自己另尋出路，另一方面又在信中大談特談整風運動。這天他給羅棟生中一句話，可以表明他此時「獲勝」的激動之情，「因為『草木篇』，我和教條主義、宗派主義分子進行了一場堅決的鬥爭，現在是我勝利了。」〔註208〕在 5 月 25 日，省文聯的第五次整風座談會之後，到了 6 月 3 日、4 日第六次、第七次整風座談繼續召開，而風向卻已經開始轉了。但由於石天河還沉浸在「勝利」之中，在 6 月 3 日石天河給徐航的信中

〔註206〕石天河：《讓良心發言——作為參加座談會的補充發言》，《四川文藝界右派集團反動材料》（會議參考文件之九），四川文聯編印，1957 年 11 月 10 日，第 80 頁。

〔註207〕《石天河給省文聯常蘇民付主席的信．4. 六月一日的信》，《四川文藝界右派集團反動材料》（會議參考文件之九），四川文聯編印，1957 年 11 月 10 日，第 66～67 頁。

〔註208〕《石天河給南京羅棟生（右派分子）的信．2. 六月一日的信》，《四川文藝界右派集團反動材料》（會議參考文件之九），四川文聯編印，1957 年 11 月 10 日，第 76 頁。

就瀟灑地寫道，「到峨眉後，因一直在雲遊中，並未住定，且有立即回成都參加座談會的可能，故未給你回信。現在，算是住定了，名山古剎，清馨紅魚，『此簡樂不思蜀也』，『回成都參加座談會』云云，已經誠惶誠恐地予以謝絕了。」當然，此時的石天河也並沒有忘記政治鬥爭的危險，他在這封信中，也專門提到了政治的危險性，「這裡，只叮囑你一點：在信裏面，絕不應該囉哩囉嗦地說那些『胡話』！現在，在『鳴放』空氣中，有話是應該說的，甚至牢騷話都沒有多大關係，但話必須像話，話而至於『胡』，就為危險了！別人見你說胡話，會把你關進瘋人院的。這要務必小心。」〔註209〕在這份材料中，「胡話」的注釋「指胡風的話」。這表明，石天河是有著非常敏銳的政治警惕性的。不過，當面對自身問題的時候，當石天河寫信的時候，石天河卻又並沒有這麼清醒。與此相反，身處文聯的流沙河就已經感受到了政治形勢的變化，要清醒得多，在《六月四日流沙河給石天河的信》〔註210〕中，流沙河敏銳地感覺到了這一點。他說，「發言稿及補充發言稿收到好久了，直到今日，我仍遲遲不予宣讀。其中原因複雜。你遠在白雲深處，太不瞭解凡塵間的氣候。」流沙河寫於6月4日半夜11點45分的這封信，主要是談到為什麼遲遲不宣讀石天河的「書面發言」和「補充發言」的事情。從5月25日省文聯第五次整風座談會之後，6月3日、6月4日又分別召開了第六次、第七次整風座談。如果流沙河要宣讀石天河的「兩個發言」的話，是完全可以在這兩次整風座談會上宣讀的。但此時的流沙河，完全感受到形勢、風向的轉變，堅決不予宣讀石天河的書面發言。「如果你要交給別人宣讀，我是絕不給他的。如果你要罵我，我亦絕不給你宣讀。你想一點吧：我是為了你，戰友！」流沙河說，他不宣讀的理由有五：第一，已聽說文聯有收手、總結之意；第二，流沙河重點談到了石天河的「書面發言」的嚴重性，「你那一顆震天地的炸彈，如果爆了，會產生什麼樣的結果？——自然，官們將會嚇怕，三魂去二。你呢？你逼住他們背水一戰，他們會以比打丘原更猛三倍的棍子打你。因為你那顆炸彈比他的原子彈更有威力，是氫彈。」第三，流沙河以邱原為例表明，認為發言更容易被人抓辮子，不發言則會被同情。第四，曾被認為

〔註209〕　《六月三日　石天河給徐航的信》，《四川文藝界右派集團反動材料》（會議參考文件之九），四川文聯編印，1957年11月10日，第27頁。
〔註210〕　《六月四日　流沙河給石天河的信》，《四川文藝界右派集團反動材料》（會議參考文件之九），四川文聯編印，1957年11月10日，第21～23頁。

是犯有宗派主義作風的李累此時回到了文聯，流沙河認為這是時代風向轉變的一個信號。第五，權威刊物《人民日報》和《中國青年報》上所發表的文章，流沙河認為風向已經明顯轉向了。所以，流沙河堅決不同意在整風座談會上宣讀石天河的「書面發言」和「補充發言」。在這一過程中，流沙河還專門提到他回絕了常蘇民要看書面發言的事情，「今天常主任來找我，要我宣讀你的發言。這是出於『善意』的嗎？是真正『歡迎』批評嗎？見鬼！信不得！我立刻拒絕了。我說：『石天河叫我決定處理他的發言。我看現在氣候仍壞，不願意他又挨一頓，故擅自決定不發。等以後看情況再說！』常主任想看看，我拒絕了。」可見，此時的流沙河行為，完全一種自保。因為在信的最後，流沙河感歎到，「人生幾何？你的冤枉打已經挨得夠多了，還想挨一頓？寫、寫、寫、寫東西吧！別的不要管！……我從明天起又決定不出席座談會了！啊，蒼天！」可以說，此時流沙河的內心也是非常絕望的。那麼，流沙河又是在怎樣的機緣之下作出了「風向將轉」的判斷呢？我們不得而知。就在 6 月4 日當天的「省文聯第七次整風座談會」上，流沙河雖也發表了一系列的意見，卻顯得相當溫和〔註 211〕。總之，此時的流沙河以守為攻，完全是處於防守姿態。

但此時「身在山中」的石天河，並不瞭解整個時代的變化，一直抱定堅持鬥爭的決心。在《六月八日 石天河給流沙河的信》〔註 212〕中，石天河還是沒有明白流沙河的苦心，當然更沒有看清整個風向的改變。此時的石天河，可以說完全與時代隔離。雖然在信前他對流沙河說，「你的處境，我當然可以想見；你對鳴放形勢的估計，也是相當精確的。」但這只不過是石天河的客套話而已，只是藉此說流沙河「對鬥爭的能動性，估計不足」，最終目的是指向「四川三大主義勢力橫行」、「只能相信鬥爭的力量」。在信中，石天河對整個四川「三大主義」形勢作了分析和批判，「目前，以沙汀為主帥，以李累作中軍，以山莓、王吾、蕭崇素、李伍丁輩偽正人君子為過河卒，打夥串演的假鳴放，其基本情緒，自然仍是一種反整風、反民主的情緒，外放內收、陽放陰收、小放大收，以及你所說的那種待機反撲，都是必然的事。三大主義，決不

〔註211〕 《省文聯邀請作家、教授、批評家繼續座談》，《四川日報》，1957 年 6 月 5 日。

〔註212〕 《六月八日 石天河給流沙河的信》，《四川文藝界右派集團反動材料》（會議參考文件之九），四川文聯編印，1957 年 11 月 10 日，第 23～25 頁。

會自動退出舞臺。這一點，必須認識清楚。此時此際，為鳴放而挨打，是正常的：不挨打，是僥倖和幻想！所以，我們不能怕挨打，不能因『氣候不佳』而放棄鬥爭；相反地，要『知其不可而為之』，（流沙河注：因為我在信上說氣候不好，並說我已決定退出漩渦。）要『假戲真做』，要『甘當傻子』，要『冒險犯難』。」此外，關於「冤枉打」是否挨夠了的問題，石天河說，「只要三大主義還存在著，我是隨時都準備挨打的。」另外，關於流沙河寄來的中國青年報的「記者通信」，石天河也只是認為，「不必過分重視它，那些『意見』，也無非是三大主義的變種，不要由它來支配我們的頭腦，只能把它當作鬥爭的對象。」〔註213〕總之，石天河並沒有真正感受流沙河「相當精確的鳴放形勢的估計」，所以在信的最後提到，「那個書面發言，仍希望你代為在大座談會上宣讀。」此時，石天河的心態，正如他在回憶錄中對這封信的「注釋」所言，「而我寫這信的六月八日，是『反右』運動才正式展開的日子，我當時完全沒有想到毛澤東公開號召的『幫助黨整風』會突變為『反右』運動。所以，我發現流沙河有畏縮退避情緒時，還想以堅持真理與正氣的立場，鼓起他的勇氣。」〔註214〕實際上，就在這一天，石天河給武漢龍用九的信中，卻沒有如此的自信和勇氣。石天河一面對四川三大主義的猖狂表達了自己的憤怒，另外一方面，也對「整風運動」的前景表示擔憂，「四川這地方，三大主義特別猖狂，這一次，幾乎弄死了一大批人，目前仍是在外放內收，陽放陰收，小放大收，民主空氣被壓抑著，使人透不過氣。有時候，一想起來我們從前拼死拼活，爭取新社會的實現，而今天卻在三個怪物的壓抑下過著廢人的日子，真不禁淚如泉湧。但願整風運動能解決一些問題才好，否則，我真擔心，怕中國會出現人類歷史上最大的悲劇。」〔註215〕應該說，流沙河的來信讓石天河有繼續鬥爭的決心，雖然他也有一定的反思，但沒有真正冷靜下來。

還有一點值得注意的是，在這封信中石天河繼續批判沙汀，並將沙汀作為四川「三大主義的主帥」。然而石天河卻要流沙河放棄宣讀「以批判沙汀為主」的「補充發言」。也就是說，為什麼石天河要在信中批判沙汀等人的「三

〔註213〕《六月八日　石天河給流沙河的信》，《四川文藝界右派集團反動材料》（會議參考文件之九），四川文聯編印，1957年11月10日，第23～25頁。

〔註214〕石天河：《逝川憶語——〈星星〉詩禍親歷記》，香港：天馬出版有限公司，2010年，第99頁。

〔註215〕《石天河給武漢龍用九的信》，《四川文藝界右派集團反動材料》（會議參考文件之九），四川文聯編印，1957年11月10日，第76～77頁。

大主義」作風，卻又不公開宣讀呢？這應該是石天河略微冷靜思考的結果。另外，關於「書面發言」的宣讀人的問題，石天河又有了新的考慮，在《五月二十五日 石天河給流沙河的信》中，他提到「萬一你朗誦怕人說閒話，也可交丘原、白堤，或白峽、方赫等同志朗誦。」同時，石天河還希望請段可情副主席來讀，並且還附上了一封給段可情的信。讓段可情宣讀，主要是因為老作家段可情在 6 月 3 日四川省文聯第六次整風座談會上題為《段可情說，省文聯的黨員幹部存在嚴重的宗派主義情緒》的發言，內容直指「三大主義」〔註216〕。所以，由作為文聯副主席的段可情來宣讀，是石天河在尋求更多人的支持，也試圖尋找省文聯更高領導的支持。

四、轉向反右

上峨眉山之後的石天河，在「書面發言」中寫出了自己的怒火，同時有著出走南京的幻影。但隨之而來的整個社會形勢的變化，使得石天河也不得不重回到現實，必須做出新選擇。因為整個事態的現實發展，完全按照了流沙河「相當精確的鳴放形勢的估計」的方向發展。就在 6 月 8 日石天河給流沙河寫信的同一天，中共中央發出《關於組織力量準備反擊右派分子進攻的指示》之後，6 月 9 日《四川日報》全文轉載《這是為什麼？》，整個四川文藝界的馬上發生轉變，開始了反擊右派的「反右」時期。6 月 10 日孫文石重提「草木篇」問題，「我覺得把『草木篇』再來討論一下，在大家提高認識的基礎上，再來討論一下，比新起爐灶，討論其他新問題，教育意義要大得多」。〔註217〕由此，面對《四川日報》上的這些文章，石天河終於清醒了，不得不重新思考所有的問題了，重新面對新的形勢。在 6 月 12 日《六月十二日石天河給流沙河的信》信中，石天河說，「我因忙於趕寫一首兩千行左右的長詩，好幾天沒有看報，今天把這幾天的報翻了翻，覺得你所說的『氣候不佳』，是有道理的。」然後在分析了四川日報上的反宗派主義和反官僚主義問題之後，石天河著重談到了如何處理自己「萬言書」的問題，「看來，我的發言由你宣讀，也確實不甚妥當，所以，你再考慮一下，如果確實不能宣讀，就把發言稿退給我，（流沙河注：我未退，因為怕以後領導上追。）我全部改寫一遍，

〔註216〕《省文聯邀請作家、教授、文藝批評家繼續座談 就黨對文藝工作的領導等問題提出意見》，《四川日報》，1957 年 6 月 4 日。
〔註217〕孫文石：《把各種不同意見發表出來》，《四川日報》，1957 年 6 月 10 日。

著重談事實，提建設性意見，把尖刻、火氣的詞句去掉，按照報上的『要求』，說明『真相』——真正的真相，你看如何？」〔註218〕在《四川文藝界右派集團反動材料》中的這封信前面，還附有四川省文聯的「編者按」，「人民日報 6 月 8 日，6 月 9 日，發表社論：『這是為什麼？』『要有積極的批評，也要有正確的反批評』之後，石天河開始指揮右派集團退卻，轉入『以守為攻』了。）」〔註219〕我們看到，此前石天河所有的「怒火」，到此時已經完全平息了。在信中，石天河繼續談到了自己為何不瞭解形勢的原因，然後認為整個形勢是對「反社會主義的反右言論」的反擊。而四川文藝界則不然，是在「反整風」。由此，石天河得出結論，這不是「風向逆轉」的問題。當然，我們看到石天河的分析是相當乏力的，整個形勢已經轉向了「反右」，這已經是不可避免的事實。只不過，在這裡由於社會對「何為右派」還沒有一個準確的認識和理解，所以此時的石天河可以自由闡釋。其實，石天河在被流沙河這封信中對整個社會形勢的分析，只是他「退守」一個的鋪墊而已。石天河寫這一封信，只有一個目的，就是希望流沙河退回「書面發言」和「補充發言」的發言稿。儘管在信末，石天河要保持樂觀，「我只是覺得，放棄鬥爭等待氣候轉變，是消極的。報上如果繼續有對你反撲的文字，也希望你保持樂觀，繼續鳴放，實事求是地多談事實。詞句可以婉和一些，不要完全採取『退出』的態度。」而實際上，從「希望退信」來看，此時的石天河真正瞭解到形勢的「逆轉」。他非常清楚他自己的「書面發言」和「補充發言」，將會有怎樣的嚴重影響，所以他必須將發言稿要回。雖然石天河在信中偷換了「反右」的概念，以及表明自己將繼續鬥爭，但這也僅僅是他的一個託詞而已。

但是，石天河「退信」的要求，流沙河不但沒有退回，而且連信都沒有回。流沙河沒有回信，主要是因此他已經再次成為批判的重心，完全無法自保了。我們知道，整個形勢是「一邊倒」的批判：在 6 月 11 日《四川日報》刊登了《工人、農民、知識分子來信參加爭鳴 對張默生等人的發言提出不同意見》〔註220〕，6 月 12 日召開「省文聯第八次座談會」；6 月 13 日召開四川

〔註218〕 《六月十二日 石天河給流沙河的信》，《四川文藝界右派集團反動材料》（會議參考文件之九），四川文聯編印，1957 年 11 月 10 日，第 26 頁。

〔註219〕 《四川文藝界右派集團反動材料》（會議參考文件之九），四川文聯編印，1957 年 11 月 10 日，第 26 頁。

〔註220〕 《工人、農民、知識分子來信參加爭鳴 對張默生等人的發言提出不同意見》，《四川日報》，1957 年 6 月 11 日。

省文聯舉行的第九次座談會，李累談「政治陷害」的真相；此後的《文匯報》、《中國青年報》均予以了報導，引起了全國文藝界的廣泛關注。此時，流沙河已經完全陷入「四面楚歌」的境地。面對整個反右鬥爭的形勢，流沙河無法再次「澄清真相」，在 6 月 13 日他拒絕參加四川省文聯舉行的第九次座談會，只能選擇了逃離，並到西安避難去了。當然也就完全不適合再進一步與石天河通信了。石天河卻認為，「這封信，就是我在峨眉山期間，寫給流沙河的最後一封信，流沙河此時已經在考慮他的『金蟬蛻殼』之計，沒有再回信。」可以說，石天河也並沒有瞭解流沙河的處境。

在此期間，在省文聯的整風座談會的報導中，由於石天河的問題也時時被提起，於是遠在峨眉山的石天河也不得不主動「反右」，並明確舉起了「反右」的大旗。在 6 月 13 日的「第九次」座談會上，李伍丁就說，「有的人認為文聯領導上追回石天河給出版社寫的信」的事實，並質問「石天河曾經說過他要殺人，難道別人不能說要向他進行專政？」〔註 221〕對此，石天河便不得不為自己辯護了。於是，在石天河與徐航的多次通信中，就開始談論「右傾」、「右派」，反擊右傾、反擊右派，這些也成為了他們通信的主題。如在《六月十一日 徐航給石天河的信》中，徐航說，「在文藝戰線上我堅決主張兩條戰線的鬥爭，一方面要抨擊教條和宗派，一方面也要防這些徹底反動的東西抬頭。」〔註 222〕因此，在《六月十五日 石天河給徐航的信》中，石天河就專門談「右派分子」的問題，以表明自己的「反右」立場。「右派分子反動言行和反社會主義活動的出現，不僅對鳴放起阻礙作用，而且，有可能是的內部矛盾急速上升，轉化為嚴重的階級鬥爭，對這些，你的立場是對的：必須堅決反擊！決不可和他們混在一起！如果右派分子猖獗，那就寧可暫時放棄對三大主義的鬥爭，必須把這一股反動的黑色逆流，打擊下去。在這一點上，不可以有絲毫的搖擺、觀望，要明確，要堅決。」在這裡，石天河明確地舉起了「反右大旗」，堅決反對右派分子。進而石天河認為「右派分子」有四大特徵，「1. 根本反對社會主義；2. 要求共產黨退出領導地位；3. 要求延續資本主義的殘餘生命，等待復辟；4. 破壞整風鳴放。」在這個對「右派」的界定

〔註 221〕 《省文聯昨日召開座談會弄清真相判明是非》，《四川日報》，1957 年 6 月 14 日。

〔註 222〕 《六月十一日 徐航給石天河的信》，《四川文藝界右派集團反動材料》（會議參考文件之九），四川文聯編印，1957 年 11 月 10 日，第 23 頁。

中觀點，其實也體現出了石天河一以貫之的思路，那就是把「右派分子」等同於「反對整風」的「三大主義分子」，「由於反擊右派分子，可能使鳴放收到阻礙，三大主義分子可能趁機反撲，把並非右派的正直的人，也拖出來打。這一點，最為麻煩，也最為可怕，需要以實事求是的態度，和三大主義分子的反撲，進行說理鬥爭。也必須把三大主義分子，和真正忠心耿耿的共產黨員、水平不高的共產黨員，分別清楚。」在他看來，如何區分右派分子和三大主義分子，是一個矛盾的問題。他積極的介入「反右鬥爭」，甚至也大呼「反擊右派分子」，與他一心想要推進的「整風」又是相違背的。所以，石天河在這裡便是想要調和「整風」與「反右」之間的縫隙。當然，此時的石天河內心也是複雜的，他最終認為，「反右」最後的目的就是「整風」，「應該信任共產黨中央對右派分子的反擊是正確的。照我看，這個反擊並不是『大收』，（但四川這裡的人們如何體會，這還是一個問題。）反擊以後，還是會繼續鳴放的。這一點，也要體諒一下當政者的苦心。」進而，在石天河這封信中，「反右」已經成為了他堅定的主張，他向徐航提出，「要旗幟鮮明地反對右傾分子！」〔註223〕這封信雖然是給徐航的信，但實際上也完全是此時石天河對整個「反右」的認識和理解。

然而，石天河「主動反右」的這種姿態，並不奏效，在此後的批判過程中卻被認為是「在扮演賊喊捉賊的醜劇」。在如在《六月十七日　徐航給石天河的信》下的「注一」所認為，「石天河看見反擊右派鬥爭開始，很擔憂徐航反動經驗不足，露出馬腳；所以，立即指示徐『反擊右派』，扮演『賊喊捉賊』的醜劇。7月4日，石天河給徐航寫了封『情書』。暗中特別囑咐留下這封信，以便日後作證：我們早就在反擊右派，自己並非右派也。」〔註224〕同樣，在6月17日徐航給石天河的信中，也有文聯所作的「注」，「經過石天河精心布置之後，徐航寫了這封信。石天河把這封信交給組織時，果然寫道：他『同意我堅決反擊右派』的意見，『這學生是個好人』來欺騙組織了。」〔註225〕就專門提到了石天河的「反右」實際上只是石天河的「精心布置」的騙局。此後

〔註223〕　《六月十五日　石天河給徐航的信》，《四川文藝界右派集團反動材料》（會議參考文件之九），四川文聯編印，1957年11月10日，第29～30頁。

〔註224〕　《六月十五日　石天河給徐航的信》，《四川文藝界右派集團反動材料》（會議參考文件之九），四川文聯編印，1957年11月10日，第30頁。

〔註225〕　《六月十七日　徐航給石天河的信》，《四川文藝界右派集團反動材料》（會議參考文件之九），四川文聯編印，1957年11月10日，第31頁。

徐航的交代材料中，也提到了石天河的「反右」是「欺人之談」，「在這封『愛情信』之前，他寫了一信教我『在學校裏如何旗幟鮮明地反對右派』的信（已交出）。我覺得它既反對『三大』又反對『右派』。是『真正的馬克思主義者』。他說，有人一定會借『反右派』為名，把正直的人們拖出來打。我曉得這是指他自己。由此，我對於『反右派的鬥爭』抱著極大的顧慮。正如他所指示的，我準備，如遇上述情況，必須與之進行說理鬥爭。現在，問題十分明顯。如同他以前『教誨』我的一樣，『反教條主義同時應反修正主義』『反右派同時反三大』，這些調調兒都是欺人之談。他不過想藉此說明他不是右派。」〔註226〕正如徐航的交代所言，此時的石天河大張旗鼓地「反右」，僅僅是為了證明自己不是「右派」而已。石天河的「反右」沒有被認可，不僅在於石天河沒有認識到「反右」與「整風」根本不是一回事的問題，關鍵還在於他的「萬言書」。

　　由於石天河沒有收到流沙河的回信，石天河更感到了問題的嚴重性，於是在 6 月 20 日他不得不再次給常蘇民寫信示好。信中，石天河先談到了他對「反右」的看法，並表明他非常支持反右鬥爭。同時石天河也表達了一些模糊的觀點，認為「反右」應該與「反三大主義」區分開來，「反擊右派分子，應只限於右派分子，不應該擴大，不應該把一些意見尖銳、情緒偏激或略有錯誤觀點的人，都當成了右派分子。」當然，石天河他之所這樣區別，正是在為自己「書面發言」中的「反三大主義」辯護，表明自己是在「反三大主義分子」，而不是「右派分子」。另外，這封信的主要內容、也是更為重要的內容是，由於流沙河遲遲沒有退回「書面發言」，石天河在信中就「書面發言」向常蘇民做了詳細說明，「我前次寫的書面意見，是寄給流沙河的，並囑他在宣讀前，交您看一看。那個書面意見，都是我這一年多來如骨梗在喉，想一吐為快的話，平日雖然也向你談過一些，但談的不深，又因為往往情緒激動，道理沒有談清楚，所以決定寫成書面意見寄回，裏面所談的，我覺得都是黨在文藝工作中比較顯著的毛病。這個書面意見，我原來要求在報上發表，現在我覺得，不要發表了；一則，在鳴放中右派分子誇大了黨工作中的許多缺點，我要再提一些缺點，未免助長右派聲勢；二則，我的意見書面寫得很早，並未預料會有右派言論出現，所以個別地方，詞句也很尖銳；目前正在反擊

〔註226〕《徐航交代石天河的材料》，《四川文藝界右派集團反動材料》（會議參考文件之九），四川文聯編印，1957 年 11 月 10 日，第 56 頁。

右派，我也不願讓別人鑽空子抓住個別詞句便於右派混為一談。所以，我早兩天，已經寫信給流沙河，叫他把原稿退我，不宜宣讀了。但他沒有給我回信。如果你已看到這發言稿，就作為我在內部提的意見，交給黨組織研究好了；如果明後天流沙河將發言稿退給我了，那麼，將來，我修改後再寄回。總之，目前形勢，我不能不避免一些『嫌疑』，必須把我的意見，與右派嚴格劃分清楚。（實際上，我那些意見的基本精神，即使不修改，也是與右派完全不同的。）」〔註227〕可見，由於流沙河未將發言稿「萬言書」退給他，所以石天河也不得不另想辦法來彌補。問題還在與，此前常蘇民要求石天河回文聯參加整風座談的時候，他就以通過流沙河寄回了「書面發言」為由而拒絕回去參加座談，也一度得罪了常蘇民。因此，石天河寄回了「書面發言」的事情，也早已為常蘇民所瞭解。但由於流沙河不退回發言稿，石天河便不得不出此下策，提前向常蘇民說清楚自己寫作「書面發言」背景，並表明自己此時堅決執行「反右」鬥爭的態度。不過，一方面，石天河兩次向常蘇民提到「書面發言」，無形中也將「書面發言」凸顯了出來。另一方面，在時代大風大浪之中，即使是常蘇民非常瞭解石天河的困境，也非常願意幫助他，但也已經完全無能為力了。

五、「以石天河為首」

　　此時轟轟烈烈「反右」鬥爭已經全面鋪開，石天河等人的「反右轉向」和相關的解釋，在這個時候都已經完全無用了。全國的反右形勢加劇，而且四川文藝界的反右鬥爭還被推向了全國。6月21日，《人民日報》發表《什麼話》一文，重刊流沙河的《草木篇》，「編者按」認為「按本質說來，『草木篇』是反社會主義的作品」。〔註228〕6月28日《四川日報》刊登了《流沙河為什麼仇恨新社會？請看金堂縣繡水鄉十一個農業社員的來信》之後，《草木篇》問題就完全成為了政治問題。所有曾經參與《草木篇》批判的人，均無法置身事外。更何況本來就是「草木篇事件」的主要參與者之一的石天河，首當其衝被批判。

　　在系列整風座談會上，石天河的問題被一一揭發出來。在6月28的省文

〔註227〕《石天河給省文聯常蘇民付主席的信·六月二十日的信》，《四川文藝界右派集團反動材料》（會議參考文件之九），四川文聯編印，1957年11月10日，第67～68頁。

〔註228〕《什麼話》，《人民日報》，1957年6月21日。

聯第十次座談會，也是四川文聯第一次「反右鬥爭大會」上，儘管此時遠在峨眉山，但石天河在《吻》批判中的「要殺人」的過激行為和問題，被重點提及。帥士熙說，「石天河還公然揚言要喊人打報社，要殺人」〔註229〕。在6月29日省文聯「第十一次整風座談會」上，石天河已經與流沙河一起，成為了批判的中心。會議報導為《文藝工作者在省文聯座談會上激發右派分子的反動言行 流沙河敵視新社會的面目露出原形 與會者對石天河、儲一天等人的一些反動言行也作了揭發和批判 認為他們的立場站立在右派方面》，其中第一部分《蕭然揭露流沙河仇恨共產黨的本質》中，就有《石天河謾罵文藝報卑鄙無恥，他的恣意謾罵使每一個有正義感的人不能容忍》，還提到了石天河信中的「罵人問題」，「我的一篇論文『為了蓓蕾的命運』，從去年一月到現在，被文藝報壓制了一年，幾次來信說要發要發，到最近突然來信說只發第一部分『世界觀與思想性』，就賡即去信反對，要他們把原稿退回（我曾在八月、十一月兩次要他們退回，他們不退），據今人民日報上所登目錄來看，已經發了。我非常氣憤。這是文藝報的一種卑鄙無恥的手段，他們害怕真理（不僅違反『百家爭鳴』方針，而且庇護著反馬克思主義的錯誤理論。）摘錄了這篇文章。（文章第一部分是批評林希翎、李希凡、藍翎的，第二部分是批評陳湧，陳湧是文藝報編委，我一直就意識到他們莫名其妙地不許碰到陳湧；第三部分是泛論教條主義，並批評了葉換。）我很不甘心這篇文章遭到了宰割，痛恨教條主義猖獗到了無理的程度，我準備把第三部分改成另外一篇文章。這第二部分，原已改寫成一篇獨立文章，現在稍作刪改，是可以單獨發表的，為了給教條主義一個回擊，我希望『草地』能夠發表它。如不能用，則請速退我。」〔註230〕也就在這次整風座談會上，在《陳欣揭露流沙河、石天河等互相勾結向黨進攻的事實》中，石天河正式成為「小圈子」的首領，成為《草木篇》事件的主角。陳欣的發言分為幾個部分，在《省文聯內早就有反對黨的領導反對社會主義的暗流。今年，以石天河為首形成一個小圈子，反動氣焰囂張》中，又提到石天河的「要殺人」、「罵人」等問題，「石天河也竟然說：『把老子惹惱了，老子就要殺人！』對於一切接近黨的同志，他們經常罵的

〔註229〕《省文聯繼續舉行作家、詩人、批評家座談會 駁斥張默生流沙河等的錯誤言行 傅仇對文匯報歪曲報導有關「草木篇」問題提出抗議》，《四川日報》，1957年6月29日。
〔註230〕《作家、詩人、批評家等在省文聯座談會上 揭露流沙河、石天河等的反動面目》，《成都日報》，1957年6月30日。

詩『小人』、『走狗』、『軟骨頭』、『應聲蟲』、『宗派主義集團的爪牙』等等」。由此，在《石天河、流沙河等向省文聯和省委宣傳部的領導進攻，其實質是反對黨的領導，他們的立場站在右派方面》中，在談流沙河的「政治陷害」與「剝奪人身自由」等問題時，最後卻將矛頭指向石天河。另外，在《「草木篇」討論展開以後，石天河、流沙河就在唱雙簧戲；石天河坐地使法，深藏不露；流沙河出面喊冤叫屈，造謠，誣衊；邱原、儲一天搖旗吶喊，虛張聲勢》中，則又談到了石天河的「責難領導」「拒交發言稿」等等問題，「領導上幾次去信勸促石天河回來，他不幹，他寫了一萬多字的發言稿寄與流沙河全權處理，一面又寫信責難領導上為何不讓它發表？可是實際是流沙河又堅決不交出來，也不知其中鬧的是什麼把戲。自從『草木篇』的討論展開以後，石天河與流沙河就在唱雙簧戲：石天河坐地使法，深藏不露。」由此，在陳欣發言的最後部分《石天河、流沙河等人的問題已經超出了一般思想問題的範圍，這是「大是大非」，不能不爭取》中提到，「今後是否願意真誠地站在無產階級的立場，來批判過去或多或少散佈了反對黨的領導和反社會主義的言行，我以為這是『大是大非』，不能不爭。」〔註231〕總之，由於石天河的「種種問題」，在陳欣的發言中，不僅將石天河與流沙河並稱，而且石天河還排在流沙河之前。而且從陳欣的發言可以看到，此時問題最嚴重的不是流沙河，而是石天河，進而被四川省文聯確定為「以石天河為首的小圈子」。

那麼，在 6 月 28 日挖「流沙河老根」之後，6 月 29 日的四川文藝界的反右鬥爭，為何卻將重點從流沙河轉向了石天河，確定石天河為「小圈子」的首領呢？僅僅是因為以上所列舉的「種種問題」嗎？在蕭然的發言中可以看出一些端倪。應該說，是蕭然交出了石天河給《草地》編輯部的「罵人的信」之後，才把石天河的問題慢慢推出來的。當然，在這次發言中，蕭然也交出了流沙河給《草地》的三封信。我們看到，一方面，在進入反右鬥爭之後，四川文聯已經全面開始收集相關的材料了。另一方面，陳欣的發言從年初的「草木篇討論」一直談到李累的發言，可以四川文聯又在全面梳理「草木篇事件」的整個歷史。那麼，當我們回到整個事件的發展過程，就會發現：首先

〔註231〕　《文藝工作者在省文聯座談會上激發右派分子的反動言行　流沙河敵視新社
　　　　　會的面目露出原形　與會者對石天河、儲一天等人的一些反動言行也作了揭
　　　　　發和批判　認為他們的立場站立在右派方面》，《四川日報》，1957 年 6 月 30
　　　　　日。

站出來對《吻》批判文章展開反批判的，並且要自費出版反批判文章的是石天河。在第一階段因批判而「要殺人」並唯一受到了懲罰的，也是石天河。所以在追述整個批判歷史的時候，雖然這段歷史是由於流沙河的作品《草木篇》而引起，但實際上把事件鬧大的是石天河。所以，當整個反右鬥爭全面展開的時候，必然會將目光聚焦到石天河。這其中，還有一個非常值得注意的問題是，陳欣的發言中提到了石天河所寫的一萬多字的發言稿。可以說，石天河兩次給常蘇民談到「書面發言」的問題，也就完全把自己的徹底暴露出來。由此四川省文聯才將「石天河、流沙河」並稱，確定為「以石天河為首的小圈子」。從 6 月 30 日起，因為石天河的「萬言書」，他的問題最為嚴重，最終成為了「小圈子」的首領，成為了四川文聯「反右鬥爭」的一個核心問題。石天河的《萬言書》這個「氫彈」一旦引爆，其威力是令人非常震驚的，後果也不堪設想。

六、「最後一策」

在最後的兩次整風座談上，重心是進一步揭發石天河的問題。在 6 月 28 日、29 日分別召開了「省文聯第十次整風座談」和「省文聯第十一次整風座談」〔註232〕，其中，《草地》編輯楊樹青在題為《他說，石天河到處造謠、謾罵共產黨》的發言繼續揭發石天河，「文聯內部批評石天河與『草木篇』完全無關。去年 11 月以前，石天河和流沙河一樣到處造謠、謾罵共產黨，從黨中央的領導到省委的領導（文聯黨的領導當然不在話下）；從普通的共產黨員到每一個正直的革命幹部，他都罵遍了。如他罵：『現在的共產黨員個個做官，人人嬌妻美妾，有一天天下大亂，那些狐群狗黨一下子就倒過去了！』不僅如此，他還在文聯行政大會上叫罵靠近黨的同志是『小人』，是『軟骨頭』等。甚至在去年冬天打和他意見不一致的同志。楊樹青說，作為一個革命幹部，發生以上言行，難道不應該批評嗎？然而卻引起了川大張默生教授的不滿，川大一位華釧先生也認為『石天河受了委屈』，並建議『把石天河找回來，讓他發言』，楊樹青說，我在此附帶說明一下，據我所知，文聯黨組織和行政負責人，一再寫信請石天河回來發言，他不回來，並來信說：他已寫了一件一萬多字的意見書在流沙河那裡，並要求文聯領導把他的意見交報社發表。但是當文聯領導同志拿著石天河的信去找流沙河要石天河的意見書時，流沙

〔註232〕《李友欣等在省文聯座談會上的發言》，《四川日報》，1957 年 7 月 4 日。

河看見當時氣象不對，拒絕交出，並說：『石天河說過，由我全權處理』。」
〔註233〕不過我們看到，即使到了7月4日，石天河的問題，還並沒有質的變化，依然是此時所揭發的「罵人」和「打人」的問題。此時不斷揭發石天河的問題，應該是文聯在為最終公開「萬言書」做鋪墊。

　　儘管只有「罵人」和「打人」等不痛不癢的問題，但此時的石天河，在整個反右鬥爭形勢之下，也不得不主動出擊，儘量彌補。所以，在7月9日回文聯之前，石天河給徐航寫了一份信〔註234〕，就是一封以「秘密方式」呈現的特殊的「情書」。這是一封帶有隱秘涵義的「情書」，在信的開頭石天河說，「從今天起，我不得不在你的名字上，加上『親愛的』二個字」，你不曾拒絕吧？是實在的，我愛你，從我和你見面的那一天起，我的青春的熱情，就被你那火熱般的真摯燃燒起來了，我時常想念著的人，現在，沒有別人只有你，時時刻刻地在我心裏，在我的血裏。」然後，石天河信中用了大量的篇幅來表達了自己的「情感」，表示了對徐航的關心。「20號和3號的兩封信，都收到了，非常安慰，也非常為你的身體健康擔心，你那裡的天氣那樣熱，又流行著各種傳染病，希望你要特別注意保重，勿食生冷，早晚要適應氣候勤換衣服，萬一得了流行性感冒，就吃幾片A、B、C，小病，發散一下，就會好的。你身體一向不好，以後要經常鍛鍊，從鍛鍊中，使身體健康和結實起來。」「親愛的，一切放心吧！我會好的，但你以後千萬不要再問起這病，我，即使死掉，我也不願意連累你受痛苦！相信我吧！我愛你勝於愛我自己。」在信中，石天河非常擔心徐航的「身體健康」，甚至說「我愛您勝於愛自己」。那為什麼在信中，石天河要以「情書」的方式？要用熱戀中的「情人」來表達自己對徐航的感情呢？這正是石天河此時陷入「四面楚歌」般絕境的心情體現。由於石天河已經成為了《四川日報》批判的中心人物，他生怕徐航也從背後「反戈一擊」，所以此時的他只能不斷地向徐航「示好」，儘量爭取到徐航的理解與支持。因此，石天河在信中說，「我現在非常矛盾，我非常希望接到你的信，但接到後心裏非常難過，我們從認識以後，就彼此分離，連好好談一談話的機會都沒有，什麼時候，我們才能重聚呢？……還有幾句話要說，我最不放心的，就是你和小何那丫頭的關係，這不是我吃醋，我怕她會在別人

〔註233〕 《李友欣等在省文聯座談會上的發言》，《四川日報》，1957年7月4日。
〔註234〕 《七月四日 石天河給徐航的信》，《四川文藝界右派集團反動材料》（會議參考文件之九），四川文聯編印，1957年11月10日，第31～33頁。

面前，亂說我介紹你和她認識如何如何，我想，她這回大概不會，不過，要防萬一。所以，我為了回家，表面避免閒人口舌，把你的信夠燒了，你大概也是這樣的吧？如果沒有，可以留下我上次給你的那一封（注八），要藏好，連信封一起，萬一不幸，家裏真把我送上法庭，說我違反婚姻法，你可以拿出那封信來，證明我們本來是純潔的友情。」可以看到，此時由於流沙河不退回他的「書面發言」，所以他石天河對流沙河有了戒備之心，進而，也對徐航有了高度的警惕。所以，在信的最後石天河再次委婉地表達了自己的觀點，「親愛的！請相信我！我愛你甚於愛我自己！……還有什麼話說呢？唉，我和你通信，意想不到地竟要採取這樣的秘密方式，天啊！此心耿耿，惟有天知！」可見，在急劇變化的形勢之下，此時的石天河已有「草木皆兵」之感了。這封獨特的「情書」，完全體現了此時石天河的複雜心態。不過，在四川省文聯看來，這封信卻是石天河在訂立「攻守同盟」。如《編者按》所說，「石天河在上一封給徐航的『情書』內，和徐訂立攻守同盟，指示徐用兩個信封，用化名，用黑話，通過萬家駿傳遞消息之後，便於 7 月 9 日，從峨眉山回到四川文聯。」〔註235〕在《四川文藝界右派集團反動材料》中，這已是石天河與徐航的最後一次通信。而徐航給石天河的回信，在材料中並沒有完整收錄。我們可以從徐航的交代中瞭解到這封信的內容：「現在是『有雲遮住』，但『風吹散，天又發晴』，你的病一定會迅速痊癒，不要傷心，我說你現在躺在床上（照他的原信上說，他因牙痛，躺在床上不能說話）受苦受難，猶如耶穌基督被訂在十字架上，猶如普羅米修士被神鷹啄食肝臟。你為祖國的文學命運受難，你是光榮的！只要你時時刻刻想著祖國，你就會愛護自己，因而忘記在十字架上被訂的痛苦。我說，你不能說『你愛我，甚至愛你自己』。假如不愛你自己，你愛我又有什麼用？你不愛您自己，把身體拖垮了（注：按時石天河不要交代，以免把事情搞『搞壞』），我也不能愛你。」〔註236〕雖然有徐航這樣的支持，但是此後事態的發展，已經完全不能由個人掌控了。

　　同時，為了能團結徐航，石天河還向徐航引見了萬家駿。此後的徐航給石天河僅有過一次回信，而更多的是與萬一（萬家駿）保持通信聯繫。然而

〔註235〕《七月四日　石天河給徐航的信》，《四川文藝界右派集團反動材料》（會議參考文件之九），四川文聯編印，1957 年 11 月 10 日，第 31～33 頁。

〔註236〕《七月×日　徐航給石天河的信》，《四川文藝界右派集團反動材料》（會議參考文件之九），四川文聯編印，1957 年 11 月 10 日，第 34 頁。

但在徐航的交代中卻說，石天河讓他與萬一聯繫，是石天河負隅頑抗的「最後一策」：「石天河寫了『愛情信』後，還不放心，怕我動搖。他叫我以後寫信交『樂山專區磷肥廠技校萬家駿』收。在我的記憶裏，萬家駿似曾相識，是一個右派分子。果然我給石天河的最後一封信交給萬家駿後，不久收到萬的回信。……我現在後悔也遲了。石天河叫歇斯底里的萬家駿來拴住我，使我不容易拔出泥淖，險些遭到毀滅！石天河就是這樣殘忍的。」〔註237〕然而，徐航所交代的石天河的「最後一策」，僅僅是石天河在峨眉山處於危機時期為了加強徐航信任感的一種策略而已。但是，徐航的交代，又將萬家駿也拉進火坑之中。關於徐航對石天河的這份揭發材料本身，其實也比較複雜。此後徐航與流沙河、萬一、王志傑等都寫出的「揭發石天河」的交代材料，一同編入《石天河的反動材料·（二）右派分子交代石天河的材料》中。但另一方面，石天河卻在回憶中說，「其他的揭發材料，萬家駿、徐航、王志傑，是我事先叮囑，叫他們寫的。」〔註238〕因此可以看到，石天河一直都將徐航等看做了自己的「戀人」。然而這些揭發材料即使是石天河叮囑寫的，對石天河自身帶來的嚴重後果，也並非石天河所能預料得到的。

第四節　自貢文藝界與石天河

在峨眉山，石天河還有一個「問題」就是與自貢文藝界的交往。在《四川文藝界大鳴大放大爭集》中，《第五編 揭露以石天河為首的右派小集團》共有三輯，其中為《第三輯 右派分子石天河和自貢市以張宇高為首的右派集團互相勾結的陰謀揭穿了》，其目錄如下：

　　1. 李中璞揭露右派分子石天河在峨眉山進行的反共活動

　　　爭取人、聯絡人，反對黨對文藝事業的領導。右派分子萬家駿就是他的一個嘍囉

　　　石天河散佈反共言論。他說，現在工人學生已鬧起來了。他甚至說，北京醫學院扔炸彈的事件並不是反革命搞的

　　　石天河在峨眉山上處心積慮地培植毒草

〔註237〕《徐航交代石天河的材料》，《四川文藝界右派集團反動材料》（會議參考文件之九），四川文聯編印，1957年11月10日，第52～56頁。

〔註238〕石天河：《幾點簡注》，《逝川憶語——〈星星〉詩禍親歷記》，香港：天馬出版有限公司，2010年，第202頁。

2. 在自貢市委第一書記邀集的座談會上，首先發言，認為自貢市黨的領導方面有「阻礙鳴放」

春寒未退

業餘作者的哀愁

3. 自貢市宣傳會議上王志傑為他的作品受到批評呼「冤」，張宇高、李加建為他撐腰

4. 自貢市文藝界嚴正駁斥右派言行張宇高篡奪文藝領導權的陰謀被揭露

他向《文匯報》記者的談話，是一篇污蔑、煽動性的談話

猖狂向黨進攻，要取消黨對文藝工作領導

到處點火，到處挑撥、造謠

張宇高與省文聯小集團首腦石天河有密切聯繫，但他拒不交代

5. 自貢市文藝界反右派鬥爭逐步走向深入，張宇高的陰謀活動更加暴露。

石天河、張宇高二者之間的奇怪的聯繫。

張宇高到自流井川劇團點火，並且到處散播黨不能領導文藝的謬論。

張宇高到處拉攏人、聯絡人，煽動群眾反對共產黨。

張宇高散播「什麼事都要一個黨員負責」的讕言，他和儲安平的論調異曲同工。

6. 新自貢報等單位工作人員揭發王志傑反黨言行。〔註239〕

在峨眉上，石天河不僅與自貢市文聯副主席張宇高有過通信，而且還與自貢詩人王志傑等人有過短暫的見面，由此牽連出石天河與整個自貢文藝界「小集團問題」。我們這裡簡單梳理一下「自貢有一幫」的相關歷史。

一、范琰的訪談

在談石天河與自貢文藝界交往歷史，須從范琰的訪談說起。5 月 11 日，《文匯報》發表了范琰採訪自貢市文聯副主席張宇高的一篇訪談《爭鳴光芒尚未射到自貢市　文聯副主席張宇高對市領導三怕四懼提出批評》，對自貢市

〔註239〕《四川省文藝界大鳴大放大爭集》（會議參考文件之八），四川省文聯編印，1957 年 11 月 10 日，第 222～269 頁。

領導提出批評，並為自貢市青年作家李遠弟、李加建鳴不平。報導第一部分是《沈寂和怕？》，指出，「過去有許多具體事例教會人們不能不謹慎發言，免得『挨整』。這裡有一位青年詩人李加建曾寫過一篇談抒情詩的文章。發表在今年 3 月份出版的市文聯內部刊物『釜溪』第四期（也就是最後一期）上。在這篇文章中，他曾經提到抒情詩的特點應該是抒發詩人自己的感情，需要有作者的真實感受。只要有真實的感情，那就可以根據自己的所見所聞寫出好的詩篇。結果，他受到了很大的責難，晝夜不安。另外還有一位機關幹部在批判『草木篇』的時候，寫了一篇反批評的文章。結果被他所屬的單位知道了，馬上把他當做批判的重點。」然後在報導第二部分《問題在哪裏？》中，「張宇高說：『我感到在我們那裡好像有些道理講不清楚似的。沒有共同語言。』……領導怕放出了亂子，再加上對業務不熟悉，這就不能不使群眾感到『秀才遇到兵，有理說不清』、怕『挨整』，『多放不如少放，少放不如不放』了。」訪談最後是提出解決問題辦法的《怎麼辦？》，「張宇高的意見是：『首先必須打通地方領導的思想和群眾怕挨整的想法。』其實，這是二而一，一而二的問題。如果領導敢放手大膽去做，群眾也就自然不怕放了會出毛病、出問題。要解決這個問題必須市委第一書記親自動手，負責同志要學會對文藝工作的領導，認真貫徹『百花齊放、百家爭鳴』的政策。另外，他還建議『要通過以往的事實教育群眾明辨是非』。明辨是非的最好辦法就是採用論爭的方式，把過去一些曾經在群眾思想上造成混亂的問題，攤開來談。對的、錯的弄個清楚明白。要做到這一點，領導必須下決心，把政策精神貫徹到具體工作中去，不要只停留在口頭上。」〔註 240〕這篇訪談是自貢反右鬥爭一個重要線索，其中提到的李加建問題，張宇高的建議等，成為了此後自貢文藝界反右鬥爭的主要內容。該訪談此後還收入中華全國新聞工作者協會研究部，中國人民大學新聞系合編的《批判文匯報的參考資料（二）》中。〔註 241〕正是這篇報導，將自貢文藝界的整風問題，推向了全國，也引發了此後自貢文藝界的「小集團問題」。

那麼上海《文匯報》記者范琰，怎麼與自貢文聯主席張宇高聯繫上呢？

〔註 240〕《爭鳴光芒尚未射到自貢市 文聯副主席張宇高對市領導三怕四懼提出批評》，《文匯報》，1957 年 5 月 11 日。

〔註 241〕見《批判文匯報的參考資料（二）》，中華全國新聞工作者協會研究部，中國人民大學新聞系合編，解放軍報社印，1957 年，第 238～240 頁。

范琰是《文匯報》駐四川站記者，他與自貢之間產生聯繫，與當時《文匯報》的辦刊方針以及范琰的採訪思路有關。根據《文匯報記者范琰在四川幹了些什麼》一文，我們看到：「范琰一到成都，就提出『不走官方路線，要走絕門』，『要依靠民盟組織』的採訪路線。……根據目前的材料，范琰特別熱衷於和形形色色的右派分子接觸，其中有臭名遠揚的『草木篇』的作者流沙河；民盟成都市委組織部副部長、右派分子蔣文欽、四川師範學院的張澤厚（民盟）、四川財經學院的李伯瓊（民盟）、成都體育學院的盧君雄（民盟）；在重慶的有四川人民藝術學院右派分子王克；在自貢的有文藝界敗類、右派分子張宇高等多人。」〔註242〕從這裡看到，范琰所堅持的「要走絕門」和「依靠民盟」兩個原則，剛好與自貢文藝界的問題及張宇高民盟成員的身份符合。在《自貢政協志》中，張宇高是自貢政協的第一屆、第二屆常務委員。所以，他們之間正好就有了共同交流的平臺。關於他們交流的具體過程，在自貢文藝界的相關揭發中也提到，「張宇高從成都回來後，就洋洋自得地向我吹噓，說他對文匯報記者的談話，在文匯報記者范琰看來，自貢市的情況在中小城市有典型意義，把自貢市文藝工作情況說得一團糟，就能夠代表一般中等城市狀況。很明顯的，張宇高想借助於文匯報（或幫助文匯報）在中等城市裏向黨爭奪領導權。」〔註243〕這裡提到，「張宇高從成都回來」，此時的張宇高應該是去參加四川省委召開的宣傳工作會議。據記載，「4月18日至30日 四川省委召開宣傳工作會議，有黨內黨內外幹部600人參加，會議學習了毛澤東在國務會議和全國宣傳工作會議上的講話。22日，四川省委發出組織幹部學習講話的通知。」〔註244〕因此，在這次會議上，作為民盟成員的范琰與張宇高，就有了進一步交流聯繫的可能。當然，范琰與張宇高交往的具體細節，我們不得而知。不過很快范琰就發表訪談，將自貢文藝界的「三風」問題給揭露出來了。在《自貢市文藝界嚴正駁斥右派言行 張宇高篡奪文藝領導權的陰謀被揭穿》中，就回顧了這次訪談的一些背景，「根據許多人的揭發，已經查出文匯報5月11日二版刊登的『爭鳴光芒尚未射到自貢市』一文，是張宇高向文匯報記者的談話。這篇文章從標題到內容都是帶有污蔑、煽動性的，

〔註242〕 《文匯報記者范琰在四川幹了些什麼》，《四川日報》，1957年7月22日。
〔註243〕 《自貢市文藝界嚴正駁斥右派言行 張宇高篡奪文藝領導權的陰謀被揭穿》，《四川日報》，1957年7月11日。
〔註244〕 《中國共產黨四川大事記(1950～1978)》，中共四川省委黨史研究室，成都：四川人民出版社，2000年，第145頁。

許多事實純係捏造。張宇高在這篇『談話』中提到：有一位機關幹部在批判『草木篇』時，寫了一篇反批評文章，結果被所屬單位當重點批判。他所說的這位機關幹部，和流沙河、邱原等在省文聯座談會上說的：『自貢市李遠弟也遭鬥爭』是一個人，就是自貢市幹部文化學校教師李遠弟。根據該校許多非黨人士聯名在『新自貢報』揭發，李遠弟一貫工作消極，反對黨，辱罵黨，在這次整風中，也猖狂向黨進攻；他過去在所在單位受到批評，根本與『草木篇』無關。張宇高在『談話』中還說市文聯刊物『釜溪』停辦，是因為登了一篇業餘詩作者李加建文章的關係，他還把這位詩作者稱為青年詩人。這兩天反右派鬥爭會上，詩作者李加建作了發言，他不同意張宇高把他稱青年詩人，他還表示張宇高想拉攏他是辦不到的。『釜溪』停刊，係因紙張一時供應困難等原因，根本與刊登這首詩無關。張宇高在『談話』中還說：在自貢市是『秀才遇到兵，有理說不清』，把自貢市描繪成『一團漆黑』。他這篇談話的目的，是企圖用歪曲和捏造的事實，煽動廣大文藝工作者對黨不滿，同時是配合文匯報到處點火，達到把「鳴放」鬧到基層的目的。」〔註245〕因此，正是5月11日《文匯報》上范琰的訪談張宇高的《爭鳴光芒尚未射到自貢市》文章，將自貢文藝界的問題凸顯出來，才引起了廣泛的關注。

二、石天河的來信

　　而《文匯報》所報導出來的自貢文藝界的問題，卻又與石天河有關。自貢自古出才子，在建國初自貢市文藝界也是非常活躍的。1951年5月召開了自貢市第一次文學藝術工作者代表大會，成立了自貢市文學藝術界聯合會籌備委員會。1953年5月召開自貢市第二次文學藝術工作者代表大會，成立了自貢市文學藝術工作者聯合會。〔註246〕1954年出版兩期《大眾文藝》和《文藝宣傳資料》。1955年油印月刊《文藝習作》，1956年4月創辦綜合性文藝刊物《釜溪》，5月成立詩歌組輔導業餘作者詩歌創作互動。〔註247〕而回到范琰的這篇報導，我們發現，張宇高所揭露的青年詩人的問題，都與石天河有關。

〔註245〕《自貢市文藝界嚴正駁斥右派言行　張宇高篡奪文藝領導權的陰謀被揭穿》，《四川日報》，1957年7月11日。

〔註246〕《自貢市志》，自貢市地方志編纂委員會，北京：方志出版社，1997年，第101頁。

〔註247〕《自貢市志》，自貢市地方志編纂委員會，北京：方志出版社，1997年，第1213頁。

第一，關於李遠弟的問題。自貢市幹部文化學校教師李遠弟由於寫了「草木篇」反批評文章，結果被自己單位批判。對此，陳洪府曾提到，「27 歲的李遠弟寫了篇《是香花還是毒草》的短文，投寄《四川日報》。文章說：流沙河『《草木篇》諷刺的現象，現實生活中確實存在，是切中時弊的好詩，不是毒草。』」〔註 248〕關於李遠弟的文章《是香花還是毒草》，我們暫時還沒有找到相關的材料。但他這篇文章的名字，後來卻成為了四川省文聯「會議參考文件之十」的總名，可見文章在當時的影響。問題是，為什麼遠在自貢的李遠弟，也介入到了成都對流沙河《草木篇》的批判中呢？這正源於石天河給孫靜齡的來信，「今年一月，四川日報開始對『吻』和『草木篇』提出批評時，石天河給孫靜令寫了一封信，並注明叫孫把此信給李加建看（孫給李看了）。此信的內容大體是：報紙對『吻』和『草木篇』的批評是教條主義的，是粗暴的。這次批評完全是一手製造出來的，所謂『春生』，就是省委宣傳部的負責同志。現在我正在四處組織稿件來打垮教條主義，希望你們寫稿來，希望你們支持。李加建看後，給石寫了回信，但沒有發表。不久，石天河又給李加建寫來一封信，內部有石寫的一篇反對對『吻』的批評的文章，信上叫李把信和文章給孫靜令看，並在信末注明：看後把信燒掉，把文章好好保存起來。」〔註 249〕從這份交代我們看到，整個自貢文藝界介入到「草木篇」，與石天河給孫靜齡的信，或者說「約稿信」中所說的「要多為草木篇申冤」有關。也正是在這一封信中，石天河不僅告訴了四川文聯對《草木篇》展開批判的內幕，而且也正在組織文章展開反批判。此時，不僅李加建、李遠弟寫了反批判文章，少年魏明倫也在關注著《草木篇》。周祿正說，「1957 年早春二月號召大鳴大放，四川省的《星星》詩刊創刊號上發表了青年詩人流沙河的《草木篇》。魏明倫認真閱讀後經過反覆的『獨立思考』，得出了與眾不同的結論。在給一位自貢詩友的信中寫道：『《草木篇》一事大快人心，我輩聞之，應三呼烏拉！』」〔註 250〕當然，「草木篇事件」是四川省文聯的一件大事，孫靜齡、李加建、李遠弟、魏明倫等介入其中，也並不一定就是受石天河的直接指示。但正如王

〔註 248〕陳洪府：《風雨相依的日子：憶自貢市文聯首屆副主席張宇高》，《自貢日報》，2005 年 11 月 7 日。

〔註 249〕《王志傑等交代石天河的材料》，《四川文藝界右派集團反動材料》（會議參考文件之九），四川文聯編印，1957 年 11 月 10 日，第 61 頁。

〔註 250〕周祿正：《巴蜀鬼才：我所知道的魏明倫》，北京：作家出版社，2006 年，第 67 頁。

志傑的交代所說,「張宇高的活動是一種有組織有計劃的政治活動,而且有背景,關鍵是在和石天河的關係上。」〔註251〕較多人的介入到《草木篇》事件,在一定程度上就與石天河的這封來信,以及文聯主席張宇高的支持有關。

　　第二是李加建的問題。張宇高認為,文聯內部刊物《釜溪》因為發表了李加建的詩歌,使得李加建受到批判。對於此事陳洪俯有記載說,「張宇高向文匯報記者反映最多的是李加建,張宇高說:『我市有位青年詩人李加建,寫過一篇談抒情詩的文章,發表在文聯內部刊物《釜溪》1956年第4期上,這篇文章就抒情詩的特點應該是抒發詩人自己的感情,需要作者有真實感受。只要有真實感情,就可以根據自己的所見所聞寫出好詩米。結果他受到很大責難,使他晝夜不安。』」〔註252〕在這裡,陳洪俯的回憶有誤,李加建的文章並非發表在1956年第4期《釜溪》上。《釜溪》是自貢文聯出版的內部刊物,創刊時間是1956年10月5日,11月出版了第二期,因此1956年共出刊兩期。而《釜溪》的負責人便是李加建。李加建出生於四川富順縣,曾用筆名玉笛。在1956年,不到20歲到自貢市文聯,負責編輯文學刊物《釜溪》,並擔任文學輔導工作。在《釜溪》創刊號上,也有李加建的詩歌《致一個21歲的埃及青年士兵》。而李加建談抒情詩的文章《試談抒情詩的幾個問題》,發表在1957年2月出版的《釜溪》總第3期上。文章分為《抒人民之情的問題》、《題材問題》、《愛情詩的問題》三個部分,雖然是在為抒情詩辯護,但實際上李加建是批判了詩歌《吻》的。李加建之所以受到批判,主要問題是在文章的第一和第二部分。在文章的第一部分《抒人民之情的問題》中,李加建認為,「有的同志評價一首詩歌是否抒了人民之情,喜歡從字面上去找,看有沒有『奔向社會主義的明天』啦,『鮮紅的旗幟指引我們向前』啦,『建設的歌聲響四方』啦等等。沒有這些,據說就是沒有思想性;這是對於『人民之情』作了過於狹隘的理解。照這樣去要求抒情詩,其結果必然是造成抒情詩中感情的貧乏化。」並提出,「凡是想把人民之情和藝術家的個性割裂開來,並片面地強調任何一方的說法,都是狹隘的,因而也是錯誤的。」進而在《題材問題》中,李加建認為,「生活是多方方面的,因而在我們文學作品中所反映的

〔註251〕《自貢市文藝界反右派鬥爭逐步走向深入　張宇高的陰謀活動更加暴露》,
　　　　《四川日報》,1957年7月17日。
〔註252〕陳洪俯:《風雨相依的日子:憶自貢市文聯首屆副主席張宇高》,《自貢日報》,
　　　　2005年11月7日。

題材，也應該是多方面的。」並以 1976 年 12 月《人民文學》，蔡其矯寫福州的第二首、第四首絕句為例，認為「詩人並沒有空洞地叫喊幸福的愛情呀，祖國的可愛呀。他選取的題材，也並不是『機器轟隆隆』的工地，和『滾動著金黃色麥浪』的農村。但它告訴人民的，不必那些表面地寫工廠和農村的蹩腳詩好得多嗎？」不過，非常值得注意的是，在文章的最後一部分《愛情詩的問題》中，李加建卻批判了詩歌《吻》，「從這首詩中，可以看到作者是把『吻』單純當作一種低級的感官上的享受。這種感情是不健康的，毫無詩意的。」儘管作者在文末批判了《吻》，但李加建卻完全肯定了「愛情詩」的，「我們不反對寫愛情詩。因為，我們的文學是反映現實生活的；愛情是現實生活中的一部分，甚至是很重要的一部分，為什麼我們的詩人不能表現它，不應該表現它呢？」〔註253〕李加建要談「抒情詩」，與他曾介入到「草木篇」批判有關。當石天河給孫遐齡來信「要多為草木篇申冤」的時候，李加建就寫出了「草木篇」反批判文章。而他在《釜溪》上談抒情詩，儘管批判了《吻》，而實際上也在主動地為《星星》詩刊辯護。我們知道，《星星》詩刊創辦時，其重要的特色就是多發諷刺詩和抒情詩。因此，李加建在為流沙河的《草木篇》這一諷刺詩辯護後，又為「抒情詩」辯護，就引起了關注。

不過，自貢《釜溪》停刊則與石天河無關了。張宇高在「談話」中說市文聯刊物「釜溪」停辦，其依據正是李加建的這篇文章。從一個方面來看，張宇高的說法是正確的。正是因為李加建為抒情詩辯護的文章，引起了自貢市文藝界對他的批判，進而停辦《釜溪》。但從另外一方面來看，張宇高的說法又是不正確的，因為《釜溪》本來就是內部刊物，在創刊號的版權頁上標注的是「暫不定期刊」，在第二期標注的是「非賣品 暫不定期刊」。《釜溪》在 1957年 2 月出版了 1957 年的第一期後，只能說是還沒有連續出刊而已。到了 1957年 8 月，《釜溪》繼續出刊，並標注為「文藝月刊 內部發行」。當然，此後的《釜溪》到底發行了多少期，我們也難以瞭解了。只不過到了 1958 年 12 月，《釜溪》仍在出刊，且在版權頁上標注為「內部期刊 暫不定期」。而且在 1957年的 8 月、9 月的《釜溪》上，都專門設置了「反右派專輯」欄目。另外，據《自貢市志》記載，「1956 年 8 月，市文聯又創辦綜合性文藝刊物《釜溪》。《釜溪》為不定期期刊，32 開本，每期約 4 萬字。1959 年後，因經費困難停

〔註253〕李加建：《試談抒情詩的幾個問題》，《釜溪》，自貢市文聯編，1957 年，第 6～11 頁。

辦。」〔註254〕因此，《釜溪》停刊，並非與石天河、李加建有關。

　　總之，從李遠弟問題和李加建的問題我們可以看到，自貢文藝界的整風，最初的源頭確實是與石天河的來信，或者說與《星星》詩刊有一定的關聯。

三、王志傑的詩歌

　　而自貢市文藝界積極展開整風，除了李遠弟和李加建的問題之外，還有一個直接原因就是王志傑的詩歌《給沉浸在回憶裏的人們》。王志傑的問題，特別是王志傑的「反動詩」，是自貢市文藝整風的一個關鍵。石天河就專門記錄整個事件的過程，「自貢市文聯的問題，實際上，是由王志傑的一首詩引發的。王志傑的這首詩，是受馬雅可夫斯基的《開會迷》一詩影響而寫的，又與當時的現實生活，有比較切近的聯繫。題目叫《給沉浸在會議裏的人們》，全文如下：『一包香煙，一杯濃茶／一盆爐火，一串哈哈……／啊，可怕，可怕／你們滿口廢話／在會議室裏虛度年華／／工人將優質產品獻給了祖國／農民獻給祖國又一個金色的豐收／可你們獻給祖國的是什麼／一連串廢話，一地的煙頭／／如果生命是珍珠／會議便是大海／它正洶湧著無情的波濤／將那閃爍的歲月／深深掩埋／／沉浸在會議裏的人們／瞧，你們的嘴唇已結上繭巴／會議是一個吝嗇的窮鬼／它什麼也不會給你留下／它絕不會給你社會主義大廈／給你的／頂多是一頭白髮』。王志傑當時才二十歲，他是解放前就參加進步學生運動的共青團員，寫這首詩的時候，是在《新自貢報》任文藝編輯。當時，機關上的『會風』，確實使青年人看不慣，據王志傑後來在《葉色青青》一書的《後記》中說，他是懷著對那種『老是『扯一扯，扯一扯』結果什麼也未『扯』出，白白『扯』去許多青春歲月』的『無準備、無內容的會議』之極度不滿，才寫了這首詩。他說，當時『那些在會上學著老幹部，將帽子扣在後腦勺，大衣披在肩頭，一開會便脫去鞋襪，邊『扯』邊搖腳趾丫的年輕女同志發言時的形象，至今回想起來仍想發嘔。』——這就是刺激他寫詩的情況。詩寫成後，他拿去交給編輯主任於光（女）。不料，詩沒有發表，卻被當成『毒草』，由市委辦公室與其他『毒草』一起彙編印成『資料』，發給各級黨委，意在提供『批判』。但在毛主席的報告傳達以後，有關領導主動檢查了官僚主義、教條主義作風，並承認對王志傑這首詩的處理是錯誤的，當即

〔註254〕《自貢市志》，自貢市地方志編纂委員會，北京：方志出版社，1997年，第
　　　　1340頁。

向王志傑道歉，表示要『恢復名譽，挽回影響』。『整風』開始以後，市文聯副主任張宇高，在自貢市委第一書記邀集的座談會上，首先發言，認為自貢市黨的領導方面有『阻礙鳴放』的表現。」〔註255〕

此時的王志傑，是自貢市文聯的一顆文藝新星。1949年，15歲的王志傑正在蜀光讀初中，不僅擔任了全校學生會主席，還擔任了全市學聯主席。由此，不等高中學業結束，就調到團市委工作；此後，王志傑又調到《新自貢報》編輯部擔任文藝編輯。在1956年「百花齊放」期間，他寫出了《給沉浸在會議室裏的人們》這樣一首引起爭議的詩歌。王志傑這首詩歌本身，在內容和主題上，都是非常出色的。但圍繞這個詩歌，卻引出了一系列的事件。按照石天河的記載，此詩首先是交給了《自貢日報》編輯部主任於光，然後又被轉到了市委辦公室，最後彙編成「資料」。作為《自貢日報》編輯部主任的於光，為何要將這首詩交出去，我們也難以瞭解到其中的過程。不過，此後1959年的反右傾中，她也成為了右傾分子。「當時自貢的反『右傾』運動中，共批鬥了20幾個『右傾機會主義分子』，其中定了兩個『反黨集團』，一個是市委宣傳部，……另一個是《自貢日報》社，以總編輯費少康為首，編輯部主任於光、編委鄒武成、《自貢日報》『首席記者』盧從義。鄒武成定成『嚴重右傾』，另3人被戴上『右傾機會主義分子』帽子。編委會也是一鍋端。」〔註256〕更為複雜的，王志傑的這首詩被編入了相關的「資料」，但是卻又不讓當事人王志傑知道，事件本身變成了一種秘密行為。於是，隨著事態的進一步發展，王志傑的「反動詩」進一步又牽扯到了四川日報記者、建華鹽廠黨委秘書以及市委宣傳部副部長等人，成為自貢文藝界的一件大事。據記載，「詩稿送到編輯室，並沒有變成鉛字，出現在報端。它異乎尋常地拐了個彎，徑直跑到了市委辦公室主任的案頭上。隨之，它又被作為毒草，放進一期簡報，秘密發送到全市縣級以上機關廠礦企事業共達120個重點單位，作為當前社會『階級鬥爭新動向』進行通報。」〔註257〕「再厚實的牆也會透風，王

〔註255〕石天河：《逝川憶語——〈星星〉詩禍親歷記》，香港：天馬出版有限公司，2010年，第254～256頁。

〔註256〕李汝高：《矢志不移的憂國憂民情懷——記楊傑勳》，《蜀光人物 第2集 建校八十五週年暨張伯苓 喻傳鑒銅像揭幕紀念文集》，盧從義主編，成都：四川人民出版社，2009年，第282頁。

〔註257〕周云：《詩人王志傑冤屈清貧的一生》，《燦爛星空：自貢當代作家評傳》，銀川：寧夏人民出版社，2014年，第82頁。

志傑有了耳聞。他一級級往上追問，人人都守口如瓶：直追到市委領導，照樣拍胸脯，矢口否認。至此，王志傑沒有靠得住的把柄，事情本來可以遮掩過去了。不料，當年四川日報駐自貢記者站的記者艾風，憑著一個黨報記者的黨性原則和良知，想方設法，從建華鹽廠黨委秘書口中得知確有這份材料。艾風把簡報的文號和內容原原本本抄了回來，碰巧又讓王志傑知道了。當時市委和政協正聯合召開著宣傳學習整風文件、鼓勵大鳴大放的工作會議。王志傑直奔會場，一股腦兒把事情抖落出來，搞得說謊者一點退路都沒有，只好由市委宣傳部一位副部長把全部責任承擔起來，在這樣隆重而盛大的整風會議上出面向作者道歉，『恢復名譽，挽回影響』。」〔註258〕對於秘密油印資料被公開的這個過程，我們無法瞭解到具體細節，但我們看到這一過程的關鍵人物是四川日報記者艾風。艾風是誰呢？他又如何能瞭解到這份秘密「簡報」呢？「1933 年 3 月生於江蘇省無錫市。現任《四川日報》社『民主與法制』專欄主編、主任記者，係中國作家協會四川分會會員。早在中學時代，艾風就參加了中國共產黨的地下組織。1949 年，他告別煙雨江南鄉村那一頂破陋的茅屋，跟隨中國人民解放軍二野部隊來到四川。幾經試筆，他被中共自貢市委調去編《自貢通報》，創辦了《新自貢報》，不久就調到《四川日報》社當了記者。新聞之路走了 40 載，艾風當了 22 年『右派』還在『十年動亂』中成為被管制的『現行反革命。」〔註259〕從這裡可以看到，艾風之所能夠抄錄這份簡報，就與他在自貢的工作經歷有關。當然，艾風將這份簡報公布後，也就給自己帶來了厄運。9 月 13 日，《人民日報》刊登《反對黨對報紙的領導　惡意攻擊新社會　艾風是右派分子反黨的內應》，報導成都新聞出版界揭露艾風的反黨面目，揭發他充當與省文聯的右派頭目石天河有密切聯繫的自貢市右派集團的急先鋒。〔註260〕而王志傑的這首詩歌，如何從於光送到市委宣傳部，成為秘密材料，這其間有怎樣的原因，我們也就難以知曉了。

〔註258〕龔和忠：《志存高遠的詩人王志傑》，《蜀光人物（第 2 集）建校八十五週年暨張伯苓 喻傳鑒銅像揭幕紀念文集》，盧從義主編，成都：四川人民出版社，2009 年，第 412～413 頁

〔註259〕《中國當代著名編輯記者傳集 第 2 部》，胡小宣主編，成都：成都科技大學出版社，1994 年，第 106 頁。

〔註260〕《反對黨對報紙的領導　惡意攻擊新社會　艾風是右派分子反黨的內應》，《人民日報》，1957 年 9 月 13 日。

四、張宇高的發言

由於自貢文藝界對李遠弟、以及李加建的批判，再加上王志傑的「秘密資料」事件，讓自貢市文聯副主席張宇高等人極度不滿。張宇高在 5 月 11 日的《文匯報》上的《爭鳴光芒尚未射到自貢市》中談到了自貢文藝界的問題之後，繼續「整風」，「5 月 14 日下午，在自貢市委宣傳工作會議（與市政協會議合併召開）進行的第七天，市委第一書記李唐基和書記馮金璋，邀請市文藝界、新聞界、文化界座談，傾聽大家對這次會議的意見及對各方面的要求。這次會議由於領導虛心、誠懇，大家都大膽敞開思想，各抒己見，紛紛談出內心裏積存已久的話。」張宇高再次針對自貢文藝界的「三風」問題，繼續展開了全面的整風。這次「自貢市宣傳工作會議」是與自貢市政協會議一同召開的，從 5 月 8 號開始召開。而且在這次會議之前，還召開了 4 天的文藝小組討論會。這次會議在《自貢政協志》中也有記載，「第二屆政協委員會 第一次會議，於 1957 年 5 月 8 日至 19 日在市工人文化宮舉行。此次會議委員 145 人。大會由上一屆常委會主席、副主席主持會議。大會秘書長國書麟，副秘書長徐平、蔡信孚。市政協副主席國書麟在會上傳達《毛主席在最高國務會議上的講話》，政協委員、市委宣傳部長馮金璋傳達《毛主席在全國宣傳工作會議上的講話》，副主席顏心舍傳達全國政協第二屆第三次全體會議精神及周恩來總理的報告。副主席侯策名作市政協第一屆委員會常務委員會工作報告，副主席羅根基傳達省政協第一屆第三次會議精神，常務委員粟純熙做《關於加強知識分子政治思想工作的報告》。全體到會委員圍繞上述內容進行了座談討論和大會發言。在小組討論和大會發言中，委員們本著『知無不言，言無不盡』的精神，就貫徹『百花齊放、百家爭鳴』的方針，黨和知識分子的關係，合營企業公私共事關係，中小學畢業就業問題，工農業增產節約，中西醫之間團結合作等等問題，進行了大膽的『鳴放』。有的委員對官僚主義、教條主義進行了批評。」〔註 261〕結合兩個材料來看，可以得出，與自貢市政協第二屆第一次會議合開的「自貢市宣傳工作會議」是一次典型的整風動員會。同樣在《自貢市志》也有記載，「1957 年 5 月，宣傳中共中央《關於整風運動的指示》，號召黨外人士消除顧慮，大膽提批評

〔註 261〕《自貢市政協志》，自貢市政協辦公廳編纂，成都：四川科學技術出版社，
　　　　　1993 年，第 125 頁。

意見，幫助黨整風。」〔註262〕「1957年5月，市委根據中共中央《關於整風運動的指示》，領導全市黨組織開展以正確處理人民內部矛盾為主題，以反對官僚主義、宗派主義和主管主義為內容的整風運動，市委成立整風領導小組。整風運動為三步：學習文件，消除顧慮；檢查工作和思想作風，分析矛盾，分清是非；總結經驗，改進工作，建立制度。整風運動分三批：市級機關；區級機關及市級企事業單位；居民委員會。市委歡迎非黨群眾在自願的基礎上幫組黨整風，先後召開市政協會、各界人士座談會，聽取批評和意見。這是發揚上社會主義民主的真的正常步驟。」〔註263〕因此，在這次會議的小組討論會上，貫徹「百花齊放、百家爭鳴」方針、以及黨和知識分子的關係、對官僚主義、教條主義的批判，均成為了會議的中心。

　　正是在自貢市宣傳部和自貢市政協的大力推動之下，張宇高等人展開了大膽的「鳴放。」張宇高等人的此次發言，此後都全部刊登在5月18日的《四川日報》上。其中最重要的是第一部分《春寒未退》，全部是張宇高的發言，「從文藝小組的四天討論中，我看到文藝工作中存在的問題，看到市裏的教條主義、宗派主義、官僚主義對文藝工作的束縛。……我們在毛主席講話的精神感召下，是鳴起來了，放出來了，會是一天比一天開得好，思想上的束縛是逐漸擺脫了，而且有了一些共同語言，並且有同志提出了一些積極的建議，這種發展情況是好的，但是存在的問題還很多，有的同志還有憂慮，有『春寒未退』的感覺。」〔註264〕從張宇高的發言來看，他先回顧了前4天的文藝小組討論會，「在市委召開的文藝座談會上，張宇高曾經說，我一直不敢看報，因為一看報就瞭解了中央政策，就要喚起自己的良心，就要提意見。提意見就會受到周圍的『迫害』、『打擊』。」〔註265〕然後展開了對自貢市文藝界，乃至整個自貢市的工作作風問題做了批判。「張宇高把市委對文藝工作的領導，惡毒地形容成『虐待、排擠、歧視、打擊』八個字。

〔註262〕《自貢市志》，自貢市地方志編纂委員會，北京：方志出版社，1997年，第809頁。

〔註263〕《自貢市志》，自貢市地方志編纂委員會，北京：方志出版社，1997年，第824～825頁。

〔註264〕《在自貢市委第一書記邀集的座談會上　文藝新聞界人士打開窗子說亮話》，《四川日報》，1957年5月18日。

〔註265〕《自貢市文藝界嚴正駁斥右派言行　張宇高篡奪文藝領導權的陰謀被揭穿》，《四川日報》，1957年7月11日。

張宇高在市委宣傳工作會議上，誇大工作中的缺點，大聲疾呼地說『三大主義』以外還有所謂『害人主義』，誣衊黨對文藝工作者進行『政治迫害』。」〔註266〕陳洪府談到了此時的張宇高非常激動，「張宇高在市政協二屆一次會議上，為王志傑寫的《沉浸在會議的人們》一詩被內定為『反動詩』鳴不平，他一時失去理智，拍桌子說要追究主謀，大聲疾呼官僚主義是害人主義。」〔註267〕由此可見，張宇高當時對反官僚主義的心情是非常激動的。在這篇報導中，也提到了王志傑、李加建和張宇高的發言。不過，相比而言，在《四川文藝界右派集團反動材料（會議參考文件之九）》中以《自貢市宣傳會議上王志傑為他的作品受到批評呼「冤」，張宇高、李加建為他撐腰》為題的記錄，對王志傑、李加建發言的記錄更完整，更能體現當時的情形。文章提到，「王志傑在會議上激動地說：這首詩是完全符合中央整風指示精神的，但有些領導同志非但不支持、不歡迎、不讓發表，卻是一棍子打死，對我進行政治上的打擊。我心裏非常痛苦和憤怒，一個革命者還有什麼比政治上受到侮辱更痛苦呢？少數人利用職權對如此重大問題輕率作出結論，既沒有和我進行公開和私人之間的討論，又不讓我知道，這是什麼思想、什麼作風害得我這樣？這次會上，領導同志又不承認錯誤，還說沒有這回事，這不是明顯的欺騙嗎？……詩作者李加建在大會上，……我要用自己的筆，參加反官僚主義、教條主義、宗派主義的鬥爭，使社會主義文學事業健康地向前發展。」〔註268〕李加建他首先從政治上、藝術上分析了王志傑的詩歌《給沉浸在會議室裏的人們》，認為這不是反動詩。接著再談到了此後王志傑的處境，由此也展開了對官僚主義、教條主義、宗派主義的批判。王發慶、吳立衡也提到，「李加建極力為這首詩辯護，作了題為《警告教條主義者，不准便槍動棍》的發言。他認為：『從階級分析來看，這首詩肯定了工人階級創造物質財富的價值，肯定了工人階級的正面形象，為什麼把它說成是反革命的？工人階級絕對不會這樣評判。因為它的矛頭對準了官僚主義，只有官僚主義才

〔註266〕《自貢市文藝界嚴正駁斥右派言行　張宇高篡奪文藝領導權的陰謀被揭穿》，《四川日報》，1957年7月11日。

〔註267〕陳洪府：《風雨相依的日子：憶自貢市文聯首屆副主席張宇高》，《自貢日報》，2005年11月7日。

〔註268〕《自貢市宣傳會議上王志傑為他的作品受到批評　呼「冤」，張宇高、李加建為他撐腰》，《四川文藝界右派集團反動材料》（會議參考文件之九），四川文聯編印，1957年11月10日，第260～261頁。

會對它刻骨痛恨！』」〔註269〕李加建之所以如此積極地為王志傑辯護，有著他自身的原因。前面我們看到，他因一篇談抒情的文章而受到打擊，並且還導致《釜溪》停刊，所以他對「三大主義」問題是非常痛恨的。在《四川日報》的記錄中，李加建不僅談到了王志傑的諷刺詩問題，也談到了「搞業餘創作是落後分子」、「業餘作者贊成草木篇」、「二中教師寫五反小說」等問題。因此，對於李加建來說，處於自貢市整風運動風口浪尖上的王志傑，正是他反三大主義最有力的著力點。作為自貢宣傳會議討論主角的王志傑，在《四川日報》的報導中並沒有他的發言。而這個記錄中，不僅有完整的記錄，而且王志傑也全面表達了自己的態度：第一他的詩歌不是反動詩；第二他因這首詩受到了打擊；第三請組織上進行檢查。換句話說，這裡是王志傑現身說法，從自身的經歷來直接批判自貢市的「官僚主義」。

　　這次宣傳工作會議，將自貢文藝界的整風運動推向了高峰。然而張宇高、王志傑、李加建等，並不由此停止「整風」腳步，而繼續展開了一系列猛烈的批判活動。「在宣傳會議結束後，他們進行了一連串的罪惡活動。由李加建組織右派分子寫稿件，王志傑在報社內組織版面，催促登報，並且把來稿情況，那些論點，編輯部抱什麼態度？向張宇高彙報，再由張立即打電話到編輯部，質問編輯部為什麼不登他們的文章。這夥右派分子企圖把報紙變為向黨進攻的橋頭陣地。他們的這一陰謀被阻止後，又盜用自貢市文聯詩歌組的名義召集座談會，糾合李遠弟等，重彈『黨對王志傑進行政治陷害』的濫調，並將座談發言連夜整理好要新自貢報發表。王志傑還在共青團員的座談會上點火，煽動少數團員向黨進攻。並且密謀邀請張宇高以政協委員身份『視察』新自貢報，搜集反共的材料。」〔註270〕從組織稿件到召開詩歌座談會，張宇高他們都在就行開展整風，並不斷地尋求更多人的支持。

五、拜訪石天河

　　在這一時期，石天河也進一步加強了與自貢的聯繫，把問題變得更為複雜。如我們前面看到，李加建、李遠弟等著文支持《草木篇》，是由石天河的

〔註269〕王發慶、吳立衡：《永遠是軍旗下的戰士》，《漫漫征途》，二野軍大四川省校史研究會編，成都：四川人民出版社，1991年，第471頁。

〔註270〕《與石天河張宇高等狼狽為奸　王志傑是右派在新自貢報的坐探》，《日報》，1957年8月17日。

來信而起。而且，石天河本人也與自貢有著密切的關係。石天河回憶說，他1954年就到自貢鹽場「體驗鹽工生活」準備寫一部小說。1954年9月25日自貢市文聯編印的《文藝宣傳材料・五四年國慶節專輯》中，就刊登了石天河的朗誦詩《戰鬥著前進——獻給自貢市特等勞動模範、筒內汲滷器改造者徐大興》〔註271〕。而且在1956年四川省召開的青年創作會議，李加建、王志傑都應邀參加了大會，他們應該就與石天河有了進一步的交流。在《星星》創刊之初，石天河也曾向李加建、王志傑約過稿。在1957年《星星》第2期，也就是石天河執行編輯的時候，就發表了李加建、王志傑的詩歌。在這一期的《祖國進行曲》欄目中，就有李加建的《內昆鐵路散詩（2首）》、王志傑的《鹽廠短歌（2首）》。所以，石天河與自貢作家的關係是非常密切的。

作為自貢市文聯副主席的張宇高，也是在成都參加省委宣傳會時，與石天河有了進一步的聯繫。張宇高與石天河的密切關係，才使得四川文藝界的反右鬥爭，波及到了自貢。在7月11日《自貢市文藝界嚴正駁斥右派言行 張宇高篡奪文藝領導權的陰謀被揭穿》一文中，《張宇高與省文聯小集團首腦石天河有密切聯繫，但他拒不交代》專門談了這段歷史，「據三誠、李仁古、李加建、王志傑等揭發，張宇高的陰謀活動，與省文聯的右派分子石天河有聯繫。張宇高在省委宣傳工作會議期間，每天一開完會就不知去向，大家要他交代去接觸了那些人？接受了些什麼指示？當張宇高向文匯報記者的談話登出來後，當張宇高在市委宣傳工作會議上向黨大舉進攻的時候，石天河就寫信給張宇高，稱讚張宇高的勇敢行為，並鼓勵他繼續這樣做。張宇高也把『新自貢報』及自貢市文藝界內部情況，寫信寄給遠在峨眉山上的石天河。石天河並在別人面前說：『看不出，張宇高還有兩下子呀，還能做些事呀。』」〔註272〕雖然這份揭發材料中，並沒有提供出石天河與張宇高之間到底有著怎樣的交往過程，但我們看到，張宇高與石天河最早交往，是在省委宣傳工作會期間。應該說，也正是在這個時候，張宇高與范琰、石天河建立了聯繫。王志傑、李加建對張宇高的揭發文章以《石天河、張宇高二者之間的奇怪的聯繫》為題，也從側面呈現了石天河與張宇高之間的交往，「王志傑揭發，張宇高的活動是

〔註271〕 石天河：《戰鬥者前進（朗誦詩）》，《文藝宣傳材料》，自貢市文聯編印，1954年9月25日。

〔註272〕 本報駐自貢記者：《自貢市文藝界嚴正駁斥右派言行 張宇高篡奪文藝領導權的陰謀被揭穿》，《四川日報》，1957年7月11日。

一種有組織有計劃的政治活動，而且有背景，關鍵是在和石天河的關係上。石天河在峨嵋山與王志傑談話時，對自貢市情況很熟悉，對一些負責同志如市委負責同志，新自貢報和文教局負責同志，都加以評論，可見張宇高和石天河有密切的聯繫。石天河在王志傑面前，還讚譽張宇高有才能有本事。……李加建還揭發了張宇高和石天河『遙相呼應』，像石天河一樣使用『坐地使法』、『深藏不露』的戰術，支使別人向黨進攻。」〔註273〕綜合前面的整個歷史，可以推測，張宇高在省委宣傳會的時候，通過文聯繫統與石天河有了聯繫，從而瞭解到四川文聯內部對《草木篇》的批判，開始了他對「三大主義」的批判。另外，張宇高又通過民盟與范琰取得聯繫，在《文匯報》上揭露了自貢文藝界的「三大主義」問題。面對自貢文藝界的三大主義，此時的張宇高就非常希望能得到石天河的支持。因此，在 5 月 14 日的這次宣傳工作會後，張宇高就給石天河去信。信的具體內容不得而知，但張宇高將報導了這次會議的《新自貢報》以及「書單」，也一併郵寄給了石天河。收到張宇高的來信之後，石天河在 5 月 19 日回了信，「我在峨眉山上耍了七天，下得山來，一看四川日報，才知道『山中凡七日，世上幾千年』，原來天下已經大變。同時，還發現胖子老兄，居然變成了一位舌戰群『愚』的怪傑，幸甚之至！」〔註274〕在省文聯的注釋中，便著重提到了張宇高的「發言」：「注一：胖子，即張宇高。張宇高是自貢市文藝界右派集團頭子。今年四月，張來成都，接受了石天河的指示，五月，張率領自貢一般右派人馬，向黨大舉進攻，並將他們進攻的發言（載新自貢報）寄給住在峨眉山的石天河，向石彙報。」「注二：指張宇高在自貢市委宣傳工作會議上攻擊黨的發言。」〔註275〕由此，我們看到，張宇高給石天河寄這份《新自貢報》，一方面是向石天河彙報自貢文藝界整風進展，另外一方面他在主動爭取石天河的支持。儘管此時石天河已經撤銷了處分，但在張宇高看來，石天河完全可以成為他們最有利的支持者。

　　6 月 19 日，王志傑上峨眉拜訪石天河，這可以說是自貢文藝界的又一件大事。根據王志傑的交代，張宇高將石天河的信，轉給多人看過，由此引出

〔註273〕《自貢市文藝界反右派鬥爭逐步走向深入　張宇高的陰謀活動更加暴露》，《四川日報》，1957 年 7 月 17 日。

〔註274〕《五月十九日　石天河給張宇高的信》，《四川文藝界右派集團反動材料》（會議參考文件之九），四川文聯編印，1957 年 11 月 10 日，第 45～46 頁。

〔註275〕《五月十九日　石天河給張宇高的信》，《四川文藝界右派集團反動材料》（會議參考文件之九），四川文聯編印，1957 年 11 月 10 日，第 45～46 頁。

了 6 月 19 日王志傑、李松濤去峨眉山拜訪石天河的事件。「6 月 15 日王志傑
（新自貢報編輯）和李松濤（自貢文教局付科長）二人就未經請假，私行離
開了自貢。王志傑帶了三張『新自貢報』（刊有王志傑等在市宣傳會議上的發
言，李遠弟在市委召開的文藝座談會上的發言）。19 日，到峨眉與石天河見面
會談。」〔註 276〕王志傑和李松濤為什麼要去拜訪石天河，他們是否受到張宇
高的指使？我們也難以瞭解到其中的背景。但正是因為有了王志傑拜訪石天
河的事件，使得自貢文藝界的反右鬥爭升級。但石天河的回憶，「自貢市的青
年詩人王志傑，到峨眉來旅遊。他知道我在峨眉，便到金頂來會我。……便
鼓勵他繼續堅持對『三大主義』的鬥爭。王志傑只是和我短短地交談了一會
兒，便匆匆地下山回自貢去了。也許我當時那種對『整風』盲目樂觀的態度，
確實在無意中影響了他。他回自貢後，可能與其他人談了我對整風的看法。
後來，在『反右』運動中，他這次峨眉之行，竟被看作是受自貢市文聯以張宇
高為首的『反黨集團』指使、和我進行聯繫的『反黨活動』。」〔註 277〕關於王
志傑的「峨眉山之行」，在石天河的回憶中是：第一，石天河完全沒有提到李
松濤。在王志傑的交代材料中，雖然提到了他與李松濤二人私自離開了自貢，
但李松濤是否也與王志傑一起上了峨眉山？這裡並沒有交代。而且在石天河
的回憶中，這次交談也似乎只有他們倆人，並沒有李松濤。第二，石天河說
王志傑到峨眉是「旅遊」，不是專門來拜訪石天河的。第三，按照石天河的看
法，王志傑來拜訪他，主要是「對未來禍福的顧慮」，似乎是希望能得到石天
河指點。第四，他們之間的交談只是「短短地交談了一會兒」，並沒有展開長
時間的交流。但在《王志傑等交代石天河的材料》中，王志傑則提供了一個
與石天河完全不同的「拜訪石天河事件」的版本。其中就重點交代了石天河
的各種有著嚴重問題的言論，如「章乃器的問題」、「斯大林時代」、「人民日
報社論『工人說話了』」、「葛佩琦的發言」、「學生問題」、「詩歌《吻》問題」、
「《草木篇》問題」等等。我們這裡重點關注，他們所談到了自貢文藝界的問
題，「張宇高有才幹，不是沒有本事的人。市文聯主任應該由張宇高來擔任才
恰當，不知道市委為什麼把李仁古派去了。李仁古憑什麼當主任！李仁古不

〔註 276〕《王志傑等交代石天河的材料》，《四川文藝界右派集團反動材料》（會議參
　　　　考文件之九），四川文聯編印，1957 年 11 月 10 日，第 59 頁。
〔註 277〕石天河：《逝川藝語──〈星星〉詩禍親歷記》，香港：天馬出版有限公司，
　　　　2010 年，第 81～82 頁。

要以為讀了兩本巴人『文學論稿』就成為了文藝批評家了。」另外，對於王志傑與李加建等五人準備自費辦詩刊「紅色的豎琴」一事，「石天河支持他們，並同意王志傑他們已邀約的編委。」最後，他們還專門交代了在《草木篇》批判初期中石天河的「指示」，「現在我正在四處組織稿件來打垮教條主義，希望你們寫稿來，希望你們支持。……又說，自貢的教條主義薄弱，你們在自貢要多為草木篇申冤。」〔註278〕這個交代材料主要是以王志傑的交代為主，但卻無頭無尾，也沒有具體的時間和地點。另外，在第一二自然段交代了他們見面的背景，在最後一段講石天河給孫遐齡來信「要多為草木篇申冤」之外，這個材料的其他部分，均是對石天河反動言論的揭發。對於王志傑的這份交代，值得注意的是：第一，在這份交代中，他們在峨眉山上的交流，並非只有石天河與流沙河二人，除此之外，還有萬家駿、張正榜、李松濤三人，共五人。第二，他們的交談，也並不是只有一次，還有「另一次」。但到底「這一次」和「另一次」的具體情況是怎樣，在這份交代並沒有說清楚。因為這份材料是「根據自貢市文聯右派分子王志傑等的交代材料整理」而成，因此這份交代本身就是一個綜合材料，所以內容上的真實性以及邏輯上的嚴密性就存在著極大的問題。換言之，這份「事後」的材料，是為了體現「王志傑上峨眉山訪石天河」的嚴重性而「整理」出來的，這裡所有的交代，很多就有「整理」的因素在裏面。在這份「經過整理」的交代材料中，涉及到石天河思想方方面面的問題，完全將石天河的對全國、對省文聯、對自貢文聯三個方面的反動思想和盤托出、徹底暴露。如對全國性問題的態度，包括對章乃器、羅隆基、葛佩琦等問題，石天河都一一談到了自己的態度，並表示支持。甚至對「斯大林時代」以及《人民日報》「工人說話了」的社論，也都表示了的強烈不滿。在交代材料中，石天河還從《吻》、流沙河的《草木篇》和曉楓的小說等方面，全面批判了四川省委宣傳部、四川日報的教條主義。同樣，材料中石天河也全面闡釋了他對自貢市文藝界的看法，對王誠、費少康、李仁古等都予以批判，唯獨信任張宇高。從這裡看到，在王志傑等人的這份交代中，石天河對王志傑可以說是完全的推心置腹，毫無保留地縱論、批判天下大事。

〔註278〕《王志傑等交代石天河的材料》，《四川文藝界右派集團反動材料》（會議參考文件之九），四川文聯編印，1957年11月10日，第59～61頁。

但在 6 月 19 日這天，石天河真的會如此毫無顧忌地在王志傑等人面前指點江山嗎？從事實來看，這是太不可能的。王志傑的交代中提到的《人民日報》發表社論《工人說話了》是在 6 月 10 日，而此前就已經發生了影響全國的「匿名信事件」，為此 6 月 8 日的《人民日報》就發表了《這是為什麼》予以批判。而且就在 6 月 8 日當天，中共中央發出《關於組織力量準備反擊右派分子進攻的指示》，指示要求各省市級機關、高等學校和各級黨報都要積極準備反擊右派分子的進攻。6 月 13 日四川省文聯舉行的「第九次整風座談會」上，李累等人談真相，就已經全面展開了對流沙河、石天河的批判。在 6 月 19 日，全國全面展開了「反右鬥爭」，這些情況王志傑等人都是非常清楚的，石天河當然也更是瞭如指掌。所以，王志傑來拜訪石天河，是不可能是來聽石天河的激進言論的。實際上，此時王志傑他們自己感受到了「危機」，有著「對未來禍福的顧慮」，所以藉此峨眉山旅遊之際，來聽聽石天河的意見而已。同樣，石天河雖然遠在峨眉山，也認為「氣候不佳」，開始在為自己尋找退路，也完全不可能在他們面前大放厥詞的。雖然在 5 月 27 日寫出了如一顆氫彈的「書面發言」，並且在 6 月 8 日給流沙河的信中也說，「六月四日的信收到。你的處境，我當然可以想見；你對鳴放形勢的估計，也是相當精確的。但你對我的心情似乎還欠缺理解；對鬥爭的能動性，似乎也估計不足。」〔註279〕但是石天河的這種心態馬上就隨著形勢的變化而轉變了。在 6 月 12 日給流沙河的信中就承認，「我因忙於趕寫一首兩千行左右的長詩，好幾天沒有看報，今天把這幾天的報翻了翻，覺得你所說的『氣候不佳』，是有道理的。」〔註280〕在 6 月 15 日給徐航的信中也便開始了積極的反右，「如果右派分子猖獗，那就寧可暫時放棄對三大主義的鬥爭，必須把這一股反動的黑色逆流，打擊下去。在這一點上，不可以有絲毫的搖擺、觀望，要明確，要堅決。」〔註281〕更為重要的是，就在王志傑等人拜訪石天河之後的第二天即 6 月 20 日，石天河，就專門談到他對「反右鬥爭」顧慮，「反擊右派分子，應只限於右派分子，不應該擴大，不應該把一些意見尖銳、情緒偏激或略有錯

〔註279〕 《六月八日 石天河給流沙河的信》，《四川文藝界右派集團反動材料》（會議參考文件之九），四川文聯編印，1957 年 11 月 10 日，第 23 頁。

〔註280〕 《六月十二日 石天河給流沙河的信》，《四川文藝界右派集團反動材料》（會議參考文件之九），四川文聯編印，1957 年 11 月 10 日，第 26 頁。

〔註281〕 《六月十五日 石天河給徐航的信》，《四川文藝界右派集團反動材料》（會議參考文件之九），四川文聯編印，1957 年 11 月 10 日，第 29 頁。

誤觀點的人，都當成了右派分子。」〔註282〕由此我們看到，王志傑上峨眉山後，石天河應該也是非常小心的，絕對不會縱論天下大事，更多的應該是有著兔死狐悲之感。在筆者對李加建訪談時，李加建也曾提到：「此時王志傑因害肺病，醫院讓他休假兩個星期。也正是在休假期間，他單獨上峨眉山見了石天河。」因此，王志傑的這份交代，除了王志傑上峨眉山拜訪石天河的事件是真實之外，其他的內容，都不可能是真的。

與此同時，交代中雖然只是簡單地提到了張宇高、王志傑，但石天河對他倆的「正面評價」是非常引人注目的，也進一步引發對他們的批判。「在王志傑來到峨眉山後，石天河在他面前讚賞自貢市右派分子張宇高有『才能』，密謀要把自貢市文聯的黨員主任整垮。他還打算在自貢市青年中建立據點，要王志傑給他介紹幾個人。他還對一些黨的領導幹部都加以惡毒詆謗，說黨不能領導文藝。」〔註283〕因此，在石天河受到批判之後，張宇高、王志傑也必然面臨被批判的命運。我們知道，自貢文藝界的整風運動，一個重要的導火線就是王志傑的詩歌《給沉浸在會議裏的人們》，而且此後王志傑又到峨眉上拜訪過石天河。由於反右鬥爭的高壓態勢，以及石天河問題越來越嚴重的情況之下，對王志傑的全面批判也必然展開。8月17日對王志傑揭發和批判，「新自貢報編輯部、自貢廣播站全體工作人員，在7月下旬連續舉行會議，揭發和批判新自貢報文藝編輯、共青團內的右派分子王志傑（筆名止戈）的反動言行。」然後列舉了王志傑的系列「反動言行」，「王志傑一貫仇恨共產黨、仇恨社會主義制度。他污蔑肅反運動是一股風，搞錯了許多人。他認為社會主義制度就會產生官僚主義制度的說法是有根據的。他對統購統銷不滿。他認為思想改造是共產黨故意製造出來的。在儲安平發表了『黨天下』的反共言論後，他公開說有『可取之處』，基層就有『黨天下』。他對『成績是主要的，缺點錯誤是次要的』很反感，認為是老一套。」然後談到了王志傑在反右期間的問題，「在大鳴大放期間，王志傑更勾結右派分子石天河、張宇高、李加建等，陰謀篡改新自貢報的政治方向。」在此過程中，還重點談到了王志傑的「反動詩」問題，「在5月中旬舉行的自貢市宣傳工作會議一開始時，王

〔註282〕《石天河給省文聯常蘇民付主席的信·六月二十日的信》，《四川文藝界右派集團反動材料》（會議參考文件之九），四川文聯編印，1957年11月10日，第68頁。

〔註283〕李中璞：《右派分子石天河在峨眉山進行的反共活動》，《四川日報》，1957年7月22日。

志傑和張宇高、李加建抓住市委辦公室的一個同志誤把他寫的一首詩歸納在反動詩內的缺點，作為他們向市委進攻的炮彈。這個情況是他從四川日報記者艾風那裡得知的。他們分工發言，誣衊市委對王志傑進行政治陷害，說市委除了犯『三大主義』外，還要加上一條『害人主義』。王志傑的這種說法純係造謠，事實上是市委的一個幹部認為王志傑寫的一首詩是反動詩，就這首詩而論，這個批評是不夠準確的，市委已經作了糾正。但王志傑卻藉此大鑽其空子。在市委書記接見文藝新聞界人士座談以前，王志傑又與張宇高密謀在這個會議上點火，大叫『春寒未退』。為著配合文藝界右派分子流沙河等取消黨對文藝的領導的陰謀，他們散播自貢市文藝界為教條主義宗派主義統治，並說『這股風是市委吹下來的』，把反共的鋒芒指向市委。在宣傳會議結束後，他們進行了一連串的罪惡活動。」在報導的最後，還追查了王志傑的個人歷史，「王志傑反共的言行由來已久，他出身於剝削階級家庭，他的反動父親曾被工人鬥爭後逮捕。他在 1949 年底混入革命陣營後在 1950 年初開過小差，在富順沿灘區工作時寫過反動的標語，以後一貫抗拒思想改造，對黨不滿。」〔註284〕由此，自貢文藝界完成了對王志傑的批判。

六、張宇高批判

與國內形勢同步，自貢文藝界也全面展開了反擊右派的鬥爭。《自貢市志》記載，「7 月 3 日，市委發出《關於打擊、孤立資產階級右派分子的指示》，反擊右派的鬥爭在全市展開，在民主黨派、文教衛生和機關幹部中進行分類排隊，劃分和鬥爭右派分子。反右派鬥爭被嚴重擴大化，把一批知識分子、愛國任職和黨內幹部錯劃為右派分子，受到長期的委屈和錯誤處理。」〔註285〕支持過流沙河《草木篇》，而且還在《文匯報》上發表過訪談的張宇高，便成為了自貢文藝界右派的「核心人物」，也是自貢文藝界反右鬥爭的焦點人物。

7 月 11 日的《四川日報》以《自貢市文藝界嚴正駁斥右派言行 張宇高篡奪文藝領導權的陰謀被揭穿》，記錄了整個批判大會的情況，「自貢市文聯連日來召開擴大會議，揭露了自貢市文聯副主任張宇高（民盟盟員）反對黨的領導、反對社會主義的陰謀活動的大量事實。」在該報導中，第一部分《他向

〔註284〕 《與石天河張宇高等狼狽為奸 王志傑是右派在新自貢報的坐探》，《四川日報》，1957 年 8 月 17 日。

〔註285〕 《自貢市志》，自貢市地方志編纂委員會，北京：方志出版社，1997 年，第830 頁。

文匯報記者的談話，是一篇污蔑、煽動性的談話》，主要批判張宇高在《文匯報》上的訪談發言，「根據許多人的揭發，已經查出文匯報 5 月 11 日二版刊登的『爭鳴光芒尚未射到自貢市』一文，是張宇高向文匯報記者的談話。這篇文章從標題到內容都是帶有污蔑、煽動性的，許多事實純係捏造。……這兩天反右派鬥爭會上，詩作者李加建作了發言，他不同意張宇高把他稱青年詩人，他還表示張宇高想拉攏他是辦不到的。『釜溪』停刊，係因紙張一時供應困難等原因，根本與刊登這首詩無關。張宇高在『談話』中還說：在自貢市是『秀才遇到兵，有理說不清』，把自貢市描繪成『一團漆黑』。他這篇談話的目的，是企圖用歪曲和捏造的事實，煽動廣大文藝工作者對黨不滿，同時是配合文匯報到處點火，達到把『鳴放』鬧到基層的目的。」報導的第二部分，是《猖狂向黨進攻，要取消黨對文藝工作的領導》，則揭露張宇高的反黨行動，「張宇高向黨猖狂進攻的最高峰，要算是向市委機關報——新自貢報的進攻了。根據王誠、張天紀等揭發，張宇高在 6 月初竟要以政協委員身份去視察市委機關報——新自貢報，事先並拉攏報社內部對黨有不滿情緒的人，要他們準備好意見，並通過這些人去瞭解報社上至編委、下至編輯、記者每個人的政治情況、對領導的意見、對鳴放的態度等等，想從中進行陰謀活動。並向報社部分同志再三推薦文匯報，到處宣揚說儲安平的反黨文章『安逸得很』。」報導的第三部分，是《到處點火，到處挑撥、造謠》，「張宇高不僅向黨的領導機關和黨的報紙進行猖狂進攻，還到新華書店、川劇團、電影院等文化部門及公安司法部門點火煽動。他的慣技是以合法的名義——如視察等等，來達到其不可告人的目的。」報導的第四部分，是《張宇高與省文聯小集團首腦石天河有密切聯繫，但他拒不交代》，「據三誠、李仁古、李加建、王志傑等揭發，張宇高的陰謀活動，與省文聯的右派分子石天河有聯繫。」〔註286〕在這次批判之後，張宇高在自貢文聯就成為了一隻死老虎，人人喊打，人人可打。這篇報導從文匯報、黨委領導、文化部門以及省文聯這幾方面全面展開了，全面完成了對張宇高的揭發和批判。而值得注意的是：第一，文末的「更正」中，指出將張宇高「民盟盟員」四字應予刪去。可見，在反右鬥爭中，張宇高的民盟身份是非常引人注意的。第二，文中提到，「這兩天的反右鬥爭會」，應該與報導中所提到的這次「市文聯擴大會議」的一次具體會議。

〔註286〕本報駐自貢記者：《自貢市文藝界嚴正駁斥右派言行　張宇高篡奪文藝領導權的陰謀被揭穿》，《四川日報》，1957 年 7 月 11 日。

而「反右鬥爭會」可能是小範圍的揭發會，而「市文聯擴大會議」便是更大範圍內的揭發會，可見張宇高受到多次批判。第三，報導多次提到了李加建、王志傑對張宇高的揭發，可以說此時的張宇高已經完全被徹底孤立。由此，在進入反右鬥爭之後，自貢市文聯所有的人，都不得不批判張宇高，或者向張宇高倒戈。

由此，隨著反右鬥爭的深入，對張宇高的揭發也在持續發酵、升溫。7 月 17 日的《四川日報》以《自貢市文藝界反右派鬥爭逐步走向深入 張宇高的陰謀活動更加暴露》，再次報導了自貢市各界對張宇高的揭發。在《石天河、張宇高二者之間的奇怪的聯繫》這一部分中，就重點是補充了王志傑和李加建對張宇高的揭發。王志傑揭發說，「張宇高的活動是一種有組織有計劃的政治活動，而且有背景，關鍵是在和石天河的關係上。」李加建的揭發說，「張宇高和石天河『遙相呼應』，像石天河一樣使用『坐地使法』、『深藏不露』的戰術，支使別人向黨進攻。」此外，還有自流井川劇團全體演職員、新華書店業餘作者陳洪府、新自貢報社記者張天紀等對張宇高的揭發。〔註287〕7 月 17 日《四川日報》的報導，是對 7 月 11 日揭發的補充。從內容和範圍來看，這兩次報導並沒有多少的差異，只不過第二次的內容更為豐富。值得注意的是，也 7 月 22 日，《文匯報》發表了何青批判張宇高的文章《文匯報向中小城市放火的一個惡劣例子 張宇高向文匯報記者范琰的談話用意惡毒》，將對張宇高的批判推向了一個高峰。在文章中，何青說自己是自貢市文聯的執行文員，他主要的內容是對《爭鳴光芒尚未射到自貢市。文聯副主席張宇高對市領導三怕四懼提出批評》一文展開批判，「這一談話，不是什麼批評，這是對中共自貢市委的進攻，這是對中等城市點的一把火，這一報導，不是事實，也不是一般的整風，而是惡意的污衊。我對此堅決抗議；並進行揭發，讓人們根據事實來作結論。」針對此前《文匯報》上張宇高訪談的三個小標題：「沈寂和怕？」、「問題在哪裏？」、「怎麼辦？」，該文也分為《「沈寂和怕」的真相》、《問題在於黨的領導》、《誰主張這樣辦》三個部分，對張宇高訪談中的問題一一予以反駁和澄清。第一部分，在《「沈寂和怕」的真相》中針對「怕放」這一問題，何青提出，「張宇高省委宣傳工作會議、市委宣傳工作會議、文藝座談會上都大放其反黨言論，這難道還能說是「怕放」嗎？恐怕只有共產黨

〔註287〕《自貢市文藝界反右派鬥爭逐步走向深入 張宇高的陰謀活動更加暴露》，《四川日報》，1957 年 7 月 17 日。

領導，才能實行如此廣泛而充分的民主吧！」針對「謹慎發言，免得挨整」問題，他提到，「用李加建本人的話說：我根本沒有受過什麼『很大責難』，也無從說起什麼『晝夜不安』，晚上睡不著到是事實，但那時失眠的老毛病。可為什麼把我形容得處在四面楚歌，水深火熱之中？我表示抗議。」在第二部分《問題在於黨的領導》中，作者則提出，「問題在哪裏？問題就在於黨的領導，要解決問題就要取消共產黨的領導。」在第三部分《誰主張這樣辦？》中，何青分析「提出的意見又如何呢？」，並指出，「『希望市委把整風貫徹到基層，不然光搞上不搞下不解決問題』。這不是和章羅聯盟散佈的言論和王造時的主張異口同聲嗎？」文章最後得出結論，「根據上面所說的事實，足夠說明這一道道全是對中共自貢市委的誣衊和攻擊，是對全國中小城市黨組織進攻所燃起的一把罪惡之火！」〔註288〕我們知道，張宇高的問題，是由於《文匯報》的訪談報導而起，所以對張宇高的最後批判，也得由《文匯報》來做總結。而作者何青，《新自貢報》的創始人之一，此後還升任自貢市文聯副主任。在8月1日的內刊《釜溪》上，也繼續發表了何青《文匯報向中小城市放火的一個惡劣例子》一文，持續展開對《文匯報》的批判。由此可見，何青應該就是自貢市文聯代言人，而這篇文章不僅是自貢市文聯的聲音，也是批判《文匯報》的需要。

　　緊接著，8月1在自貢本土日出刊的《釜溪》上，也開設了「反右派專輯」，集中展開了對張宇高的批判。這一專輯上，與張宇高相關的批判文章有：編輯部《業餘作者應該在反右派鬥爭中鍛鍊自己》、何青《文匯報向中小城市放火的一個惡劣例子》、陳學名《羅筱元現形記（唱詞）》、鄒碧波《揭穿右派分子張宇高的陰謀（唱詞）》、鴻雁《圈套（唱詞）》、黃蘊愉《以退為進（畫）》、陳洪俯《剝筍》、《聽！我們的戰鼓聲（詩輯）》等。這個專輯，既有批判文章也有相關報導，既唱詞又有詩畫，可以說是內容豐富，而且形式多樣。具體來看，第一篇文章編輯部的《業餘作者應該在反右派鬥爭中鍛鍊自己》，清晰地梳理了張宇高在整個整風運動中的錯誤言論，「我市右派分子張宇高出席省委宣傳工作會起即在文匯報上危言聳聽地高喊『爭鳴的光芒尚未照到自貢市！』黨和群眾之間無『共同語言』，以後即開始了一系列的反黨反社會主義的言行。……以後更以市文聯付主任的名義四處點火：首先是散佈石天河（即

_____

〔註288〕何青：《文匯報向中小城市放火的一個惡劣例子　張宇高向文匯報記者范琰的談話用意惡毒》，《文匯報》，1957年7月22日。

周天哲）的反動言論，組織和拉攏青年業餘作者化名寫稿向黨進攻，其次又親自出馬借政協委員的招牌去各個文化機關挑撥黨群關係，拉攏新自貢報社編輯王志傑瞭解報社內部情況，『要他準備好材料』，作為達到改變報社的政治方向的資本。」〔註289〕這可以說是自貢文聯對「張宇高問題」的一個全面總結。另外，在這個專輯中，除了全文刊發《文匯報》上何青的文章之外，還有鄒碧波的《揭穿右派分子張宇高的陰謀（唱詞）》，也非常有意思，用唱詞的形式，既刻畫了張宇高的形象，又全面總結了張宇高的問題：

> 右派分子張宇高，
> 胖胖的臉墩桿桶似的腰，
> 說話時盧起眼睛嘴巴又直翹，
> 面子上笑嘻嘻心頭藏有道。
> 五一年市文聯就是他領導，
> 工作上無計劃搞得一團糟，
> 文藝活動展不開他不去領導，
> 坐茶館吹牛皮逍逍遙遙。
> 做工作不請示又彙報，
> 把黨對文藝的領導有意取消，
> 他審查川劇本一直亂搞。
> 優良的傳統節目被他一筆勾掉，
> 氣得來演員們把劇本燒了，
> 是劇團沒戲演營業蕭條，
> 愛國劇「黃繼光」被他禁掉，
> 把劇團弄得來風雨飄搖。
> 人民寫給志願軍的信他拿去燒了，
> 到今天人民的怒氣還未消。
> 黨派李仁古同志到文聯去作領導，
> 是為了把文藝水平提高，
> 張宇高把李仁古恨透心了，
> 表面上裝無事心裏在摔跤。

〔註289〕編輯部《業餘作者應該在反右派鬥爭中鍛鍊自己》，《釜溪》，自貢市文聯編，1957 年 8 月，第 1～3 頁。

要與黨算總帳暗把算盤敲。
張宇高像瘋狗四處點火八方把眼挑：
他誣衊政協選舉有人操縱票，
說什麼他的票少裏面有蹊蹺。
他啥都弄李加建向黨開砲，
又鼓吹其他人多把黨的缺點挑。
他還有為反黨行為的李遠弟把「冤」叫，
自稱是打抱不平的好漢一條。
他說黨把王志傑一棍子打死了，
要叫黨向王志傑賠罪求饒。
他「抗議」黨把文藝界的成績「強調高了」，
他認為應該是糟！糟！糟！
他誣衊黨不能把文藝工作領導，
罵黨員全是些老教條和小教條。
他還把儲安平的反動言論四處介紹，
好點起反黨反人民的罪惡火苗。
他栽誣「什麼事都要有個黨員」來領導，
他顛倒黑白把是非來混淆。
新華書店的成績他一筆抹掉，
又說是弄得來很糟很糟。
大安區川劇團本來很好，
他跑去放爛藥使人心動搖，
同志間突然地鬧起來了，
說小話貼標語團結不牢，
有的人請長假準備不幹了，
有的人又在鬧薪水不高，
差一點川劇團就鬧垮了，
這就是張宇高的放的毒藥包。
他無力要求「視察」黨報，
好從中放毒箭加上毒刀。
他誣衊共產黨要把黨外人士排擠掉，

來煽動群眾的反黨浪濤。

他還同右派分子石天河互通密報，

一個在成都一個在自貢兩邊造謠。

又拉攏「自己人」去收集材料，

找矛盾找缺點裝進包包，

組織起小集團向黨開砲，

其目的很明顯只有一條：

他要把社會主義制度來推倒，

他要把共產黨的領導來取消。

張宇高你不要裝瘋迷竅，

老百姓不准你胡亂造謠，

如果你不認罪來作檢討，

全市人民絕不會把你恕饒！〔註290〕

對於其中的相關歷史問題，我們就不在一一考證和論述了。此後，自貢文聯 1957 年 9 月的《釜溪》，也還繼續出版「反右派專輯」，繼續展開批判。而在《四川日報》、《文匯報》、《釜溪》等報刊相繼開展對張宇高的批判之後，四川文聯也在《草地》刊登了英佳的文章《釜溪河上的一股反黨逆流——自貢市文藝界揭發以張宇高為首的反黨集團》，對整個事件予以總結。作者說，「五月，以自貢市文聯副主席張宇高為首，以文聯幹部李加建、新自貢報文藝編輯王志傑為核心的一小撮右派分子在釜溪河上掀起了一股反黨反社會主義的逆流。兩個月來，自貢市文藝界在黨的領導下，經過激烈的揭發、辯論，終於戰勝了這股逆流，並拖出了與他們密切聯繫的省文聯反黨小集團主要成員石天河。」由此，文章主要梳理了張宇高的背景：借助民盟聶無放、范琰的關係，把自貢市的文藝工作形容得無比荒涼恐怖；聯合省文聯石天河，企圖以「痛懲教條主義」為藉口，攪黨下臺；夥同李加建、王志傑哼哈二將，擴大了他們反黨的聲勢，向黨猖狂進攻。進而，對張宇高的一系列反黨事實予以了駁斥。最後文章提出，「自貢市文藝界揭發和清算了以張宇高為首的反黨小集團的罪行。他們的出路只有一條——徹底向黨和人民認罪投降。而石天河

〔註290〕鄒碧波：《揭穿右派分子張宇高的陰謀（唱詞）》，《釜溪》，自貢市文聯編，1957 年 8 月。

除了老實向黨和人民低頭認罪外，也不會有第二條出路的。」〔註291〕至此，對張宇高的批判，就基本完成。

七、「自貢有一幫」

　　經過了《文匯報》、《四川日報》、四川文聯、以及自貢文聯的多次批判，張宇高等自貢文聯的右派問題，以及石天河的同盟關係，就完全成為了事實。最後張宇高、李加建、王志傑、李遠弟、孫遐齡等人，全部劃為了「四川文藝界右派集團」的主要成員，「常蘇民代表和段可情代表在會上揭露和批判了臭名遠揚、人所周知的以石天河、流沙河為首的文藝界右派陰謀集團的惡毒面貌和狂妄的政治野心。這個包括陳謙、丘原、白航、遙攀、儲一天、白堤、曉楓、沈鎮、楊干廷、華劍、羅有年、徐航、張宇高、李加建、王志傑、李遠弟、孫遐齡、萬家駿、張望等右派分子的反黨陰謀集團。」〔註292〕這份報導中，提到了自貢文聯的「張宇高、李加建、王志傑、李遠弟、孫遐齡」等「五大右派」。而這五人，也就是在同日的報導中《常蘇民代表發言摘要》，所提到了「自貢有一幫派」這五人：「文藝界這個反共、反人民、反社會主義右派集團，除了眾所周知的首領人物石天河、流沙河外，……。除成都外，由石天河直接掌握的人馬，自貢市有一幫，有張宇高、李加建、王志傑、李遠弟、孫遐齡；樂山的萬家駿、金堂的張望，也是石天河的走卒。」〔註293〕此後，這五人也就在《四川省文藝界反革命小集團的決議》中，按照《決議》所排列的順序是：石天河、流沙河、儲一天、陳謙、遙攀、萬家駿、徐航、曉楓、丘原、白航、白堤、沈鎮、楊干廷、華劍、羅有年、張宇高、李加建、王志傑、李遠弟、孫遐齡、張望、許君權、李明雋、楊光裕。〔註294〕由此，自貢文聯的「五大右派」成為了「五大反革命分子」。

　　在這自貢文聯「五大右派」右派中，有較大影響的是張宇高、李加建、王志傑這「三大右派」。9 月 5 日由中共四川省委宣傳部辦公室編的《四川省

〔註291〕英佳：《釜溪河上的一股反黨逆流——自貢市文藝界揭發以張宇高為首的反黨集團》，《草地》，1957 年，第 10 期。

〔註292〕《大是駁倒了大非　真理戰勝了謬誤　人民代表反右派鬥爭取得偉大勝利》，《四川日報》，1957 年 8 月 31 日。

〔註293〕《石天河、流沙河、白航等右派分子把持「星星」的罪惡活動》，《四川日報》，1957 年 8 月 31 日。

〔註294〕石天河：《逝川憶語——〈星星〉詩禍親歷記》，香港：天馬出版有限公司，2010 年，第 173 頁。

右派言論選輯（10）》中，自貢地區就選有張宇高、王志傑、李加建 3 人的言論，而未收錄李遠弟、孫遐齡言論。李遠弟和孫遐齡則資料相對較少，作品也不多，僅在五六十年代自貢市文聯內部刊物《釜溪》上收錄了他們一些的作品。儘管這樣，他們也一樣受到了迫害，「李遠弟的情況，我不很瞭解，只知道他平反後，陷於貧病之中，大約只過了兩三年，便去世了。孫遐齡是自貢有名望的老文化人、老教師，早年曾與毛一波等人辦過進步的《川中晨報》，後來《川中晨報》被國民黨查封，他便在著名的蜀光中學教書。平反後回到原來的學校，因已經年老，隨即退休。退休後仍然在報刊上發表過一些散文，晚年患老年癡呆症，2005 年以 87 歲高齡去世。」〔註295〕此外，在《蜀光校史》中也還提到過孫遐齡，「如因與省裏石天河流沙河『反黨集團』關係密切加之『態度惡劣』而被錯整為『極右分子』的語文教師孫遐齡，解放前曾任川中晨報的主編，文筆清新，從而今他為蜀光中學『趣園』內所擬藏頭格楹聯『園毓春秋露，趣存桃李蹊』中可窺見其詩才。」〔註296〕實際上，在談到自貢文聯右派問題的時候，更多的是談到詩人王志傑與李加建。如在批判四川青年報的劉冰的時候，就提到了他們倆，「就是在反右派鬥爭開始過後，劉冰還寫了一篇反右派鬥爭的通訊，把自貢市右派分子王志傑、李加建寫成是被右派欺騙了的青年，為右派分子抹粉。這篇文章對自貢市反右派鬥爭起了破壞作用。」〔註297〕另外在十一月份召開的文代會中，也提到了他們倆的問題：「自貢市的工農業餘作者很多，但有關方面的支持和培養就很不夠，而像右派分子李加建，王志傑等，當他們一開始在報刊上發表了幾首詩，文藝領導部門就十分重視，並且說要給他們出版詩集。有的代表問道，文藝領導部門在培養工農作者上為什麼那樣冷漠，而對李加建、王志傑等人又這樣積極和熱情呢？」〔註298〕總之，從這裡可以看到，在自貢文藝界的「五大右派」中，張宇高主要是作為民盟成員而受到批判，但文學作品並不多；同樣李遠弟、孫遐齡也沒有專門的文章。所以，自貢文聯的右派作家中，備受關注的就是

〔註295〕石天河：《逝川憶語──〈星星〉詩禍親歷記》，香港：天馬出版有限公司，2010 年，第 268 頁。

〔註296〕高希白等：《蜀光校史》，蜀光中學校編，成都：四川人民出版社，2004 年，第 125 頁。

〔註297〕《妄圖從新聞和文藝兩條戰線上打開缺口 四川青年報劉冰是反黨的急先鋒》，《四川日報》，1957 年 9 月 18 日。

〔註298〕石倫：《必須嚴格按照共產主義的方向培養青年文藝工作者──省文代會側記之一》，《四川日報》，1957 年 11 月 14 日。

王志傑、李加建了。

　　作為「自貢有一幫」的右派，他們的悲劇命運就不可避免了。石天河說，「把張宇高、王志傑、李加建、孫遐齡等與石天河的聯繫，說成是『右派集團』的聯繫，使得『《星星》詩禍』的冤案，在自貢市又擴大了一圈。自貢市受冤屈的張宇高、王志傑、李加建、孫遐齡、李遠弟，後來都受到了被送勞教或在學校監督勞動的處分，但在 1979 年後，都得到了平反。可他們的悲慘遭遇是令人心酸、也令人髮指的。」〔註299〕關於張宇高，石天河回憶說，「張宇高在勞教期滿回家時，市裏面不給他任何工作，使他陷於生活無著的境地；他一氣之下，便故意在自貢市的通衢大道上擺一個『測字攤』，給過往行人『測字』。他這樣作，自然是一種變相的抗議。自貢市認識張宇高，知道他是文聯主任的人很多，於是議論蜂起。市委迫於輿論才給他安排在一個閥門廠當保管，直到平反。在他平反之初，我在自貢和他見面時，他的夫人已經在苦難生活的折磨中去世。我離開自貢後不久，他就因腸梗阻開刀，死在手術臺上。」〔註300〕不過，對於自貢市文聯的這位首屆副主席，自貢也並沒有忘記他。陳洪府詳細地記錄過張宇高的生平：「自貢市文聯首屆副主席張宇高 1913 年 3 月 5 日出生在四川巴縣，畢業於四川大學政治經濟系。1950 年 6 月，在自貢旭川中學任教導主任。1951 年 3 月，調自貢市文聯籌備委員會任主席。1951 年 5 月 15 日，在自貢市首屆文藝工作者代表大會上，市委宣傳部部長馬惠民選為文聯主席、張宇高選為文聯副主席。張宇高負責全面工作……1957 年 5 月 11 日，《文匯報》發表了記者范琰採訪自貢市文聯副主席張宇高的報導，全是為我市文學青年李加建和李遠弟鳴不平的。1957 年 5 月 16 日，張宇高在市政協二屆一次會議上，為王志傑寫的《沉浸在會議的人們》一詩被內定為『反動詩』鳴不平，他一時失去理智，拍桌子說要追究主謀，大聲疾呼官僚主義是害人害己。……1958 年 6 月，張宇高被送往馬邊勞教三年，他的老伴因此氣病去世。所幸兩個兒子分別畢業於重慶大學和四川大學，所受株連較少。1961 年底，張宇高勞教期滿回到自貢，除川劇院的弟弟張實賓資助外，別無生活來源，不得不在三聖橋松愉茶館門口，借茶館一張方桌，掛起『下

〔註299〕石天河：《逝川憶語——〈星星〉詩禍親歷記》，香港：天馬出版有限公司，2010 年，第 268 頁。
〔註300〕石天河：《逝川憶語——〈星星〉詩禍親歷記》，香港：天馬出版有限公司，2010 年，第 268 頁。

里巴人代書處』的紙標，代人寫書信和寫檢討為生。副市長焦政同情張宇高的處境，說：『堂堂文聯副主席擺寫字攤，太不雅觀了。』隨即把他安排在輕工局錦旗門市部作勤雜工，有時錦旗門市缺人寫字，張宇高就幫著寫，時間一長，別人對『右派』寫錦旗有意見，最後只得調往蘆廠壩閥門廠去當倉庫保管員。1979 年 5 月，張宇高得到平反，恢復政治名譽，作為文聯退休幹部處理，享受局級待遇。」〔註301〕在這「自貢五大右派」中，王志傑的命運是最為悲慘。石天河回憶說，「他勞教後，想回到城市，但沒有地方落腳。一位神經病醫院的教授，把女兒嫁給他，讓他在成都落戶。他結婚後便和岳父母住在一起。他的夫人，外表是很漂亮的，但有潛在的遺傳性神經病基因，在『文革』期間，因王志傑被當『牛鬼蛇神』對待，使他夫人的病因受刺激而突然發作，以後，王志傑便一直陪伴著時常發神經病的夫人。平反後，通過白航推薦，他落實在《星星》詩刊作編輯。總算得到了一個能發揮自己才能的工作崗位，寫了許多好詩，出版了《荒原的風》、《深秋的石榴花》兩個詩集和長詩《高原》，詩論集《走向你的詩神》，還編著了輔導青年人寫詩的詩評集《葉色青青》。此外，還把他為詩歌而受難的經歷，寫成了回憶文章《十字架下》和《沉重的代價——我的詩歌創作生活歷程》。在因『《星星》詩禍』而蒙難的「小集團」成員中，他算最有成就的一個。但他不幸的婚姻，使他背上了沉重的家庭負擔，他的夫人不能工作，生下的一個兒子，到十幾歲後又發神經病，也不能工作，兒子結婚後不久便離婚，兩個孿生的孫女，也成了王志傑的負擔。王志傑一家五口的生活，包括兩個神經病人的醫藥費，全靠他微薄的工資和稿費支撐。……終於，他支持不下去了。2002 年夏天一個陰暗的日子，我突然接到《星星》詩刊編輯部鄒家發同志打來的電話，告訴我：王志傑因心臟病猝發去世。一個才華未盡的詩人，猝然告別了詩壇。」〔註302〕相對而言，李加建的命運則要好些，「李加建在勞教期間，身體健康受損。但他平反後回到自貢市文聯，仍繼續寫了許多好詩，並獲得了《詩刊》評定的全國詩歌獎，被評為國家一級作家，曾被選為自貢市人民代表。」〔註303〕此後，

〔註301〕陳洪府：《風雨相依的日子：憶自貢市文聯首屆副主席張宇高》，《自貢日報》，2005 年 11 月 7 日。

〔註302〕石天河：《逝川憶語——〈星星〉詩禍親歷記》，香港：天馬出版有限公司，2010 年，第 269～270 頁。

〔註303〕石天河：《逝川憶語——〈星星〉詩禍親歷記》，香港：天馬出版有限公司，2010 年，第 268 頁。

李加建也不斷有新作品推出。現在，他已經成為了自貢詩歌界、文化界的一個重要標杆。

石天河與自貢的淵源，也並沒有因此而結束。在石天河平反之後，他拒絕回到四川省文聯工作，他的過渡之地便是自貢。「當我在成都的上訪正遭遇頑固阻撓的時候，接到了自貢市朱承義的來信。朱承義回到自貢，暫時在自貢大安鹽廠的子弟學校任教。他邀我到自貢去，說可以在他那裡住下來，再慢慢的打官司。我一則感到在成都生活無著，一則也很想到自貢去看看自貢的老朋友。於是，我立即離開成都，到了自貢。」〔註304〕石天河平反後，是自貢給了他一個暫時的安身之地。此後，石天河才來到江津師專落腳。

八、另與萬家駿的交往

從 5 月 9 日上峨眉山之後，石天河除了寫作、通信之外，另一個重要事情就是與青年詩人交往，其中就有萬家駿和徐航。在四川文藝界的反右鬥爭中，不屬於四川文聯人員的萬家駿，也受到了較為嚴重的影響。在「反革命小集團」中的，據《四川省文藝界反革命小集團的決議》的順序，萬家駿排列在石天河、流沙河、儲一天、陳謙、遙攀之後，名列第六。而前面五人均為省文聯幹部，萬家駿則是「小集團」中文聯人員之外的「第一人」。由此可見，萬家駿與石天河的交往，在四川文藝界反右鬥爭中是非常重要的一環。

石天河與萬家駿的交往，與他的「峨眉山休養」有關。石天河回憶，「峨眉山近邊，有一個樂山磷肥廠，青年作家萬家駿，就在那廠裏作工會工作。我到那廠裏和他見面以後，他說，他可以抽幾天時間給我作導遊。……萬家駿是抗美援朝戰爭後從部隊復員回來的，他家在宜賓。因為愛好文學，常向四川文聯主辦的《草地》月刊投稿，編輯部見他文思敏捷，頗有作為『文學新生力量』培養的意思。大概是 1953 年，有一次，我去川南農村搜集民歌，《草地》編輯部就託我順便去宜賓和萬家駿見面談談，鼓勵他積極從事文學創作。我和萬家駿，就是這樣認識的。後來，他調到樂山磷肥廠工作，也常和我通信。這次，在峨眉，實際上只是第二次會面。」〔註305〕從石天河的敘述來看，他們之間的交往，完全屬於文學創作上的往來。對此，萬家駿自己在《萬一

〔註304〕石天河：《逝川囈語──〈星星〉詩禍親歷記》，香港：天馬出版有限公司，2010 年，第 508 頁。

〔註305〕石天河：《逝川憶語──〈星星〉詩禍親歷記》，香港：天馬出版有限公司，2010 年，第 72～73 頁。

交代石天河的材料》中也有交代，「去年夏，石天河和我在宜賓認識，談過兩次。去年冬，在省文學創作會議期間，又見過兩面。他的『激論』，引起了我的興趣，我開始感到他對中國文學的未來非常關心，漸漸把他看成是反教條主義的一員『悍將』。……誰知這個偽裝成『俯首甘為孺子牛』的石天河，在省文聯確是一個別有心機的反黨分子！」〔註306〕當然，在萬家駿後來的交代中，就增加了石天河反黨、反無產階級專政的內容，但事實上從萬家駿的交代來看，他們交往的基礎其實也是文學。萬家駿的交代，重點交代了在《草木篇》事件中，石天河反教條、反黨、反無產階級專政專政等等思想對他的影響。萬家駿認為也正是石天河的這些思想，在一定程度上「麻醉」了自己，「右派分子的麻醉藥既然撒到我的杯裏了，我當然也就跟著『怨憤』起來，對文聯的李累、傅仇、李伍丁、李友欣等同志產生了不滿。同時對四川日報也不滿。認為四川日報是沒有立場的報紙，在春季及夏初自充教條主義的『橋頭堡和砲臺』。認為四川日報是沒有立場的報紙，對石天河等人未免顯得『相逢狹路間，道隘不容車』了。」〔註307〕總之，由於石天河思想的「麻醉」，特別是石天河上峨眉山後，石天河與萬家駿之間的交往也更加的密切。特別是在樂山磷肥廠工作的萬家駿，因地理之便，便有了與石天河進一步交往的機會。在石天河的回憶中，萬家駿就陪他上過金頂，而且對他的《少年石匠》能「一看就能上口成誦」。

除了他與石天河的密切交往之外，萬家駿被捲入四川文藝界右派集團，更與他自己 5 月 23 日所寫的「書面發言」，以及 6 月 17 日的「給文匯報的信和短文」有重要關係。我們先來看萬家駿的「書面發言」。萬家駿（即萬一）的「書面發言」是寄給流沙河的，收錄在《四川文藝界右派集團反動材料》中，題為《萬一的書面發言》。在這份材料中，萬一給流沙河的只有一行的信，「我的意見請你代我轉給座談會負責人（或四川日報），如覺不便，請白堤、邱原代轉」，之外就是他的「書面發言」《我對四川日報及省文聯的幾點意見》。萬家駿的這份意書包括兩個部分，《四川日報為什麼積壓稿件？》和《四川文聯領導為什麼沒有主見，看風使舵？為什麼產生嚴重的左傾主義，宗派主

〔註306〕《萬一揭發石天河的材料》，《四川文藝界右派集團反動材料》（會議參考文件之九），四川文聯編印，1957 年 11 月 10 日，第 56～57 頁。

〔註307〕《萬一揭發石天河的材料》，《四川文藝界右派集團反動材料》（會議參考文件之九），四川文聯編印，1957 年 11 月 10 日，第 57～58 頁。

義？》。在第一部分中，他回顧了四川文藝界對曰白和流沙河的批判，認為「一開始就使人覺察到這種潑罵是一種早已策劃成熟的、行政官威強大的、有組織派系的、毫無忌憚的攻勢，似乎是高高舉起了悶棒守在『星星』創刊號的門側，它一出頭，就狠狠打去，致之於死命！」進而萬家駿重點談到四川文聯對反批判文章的壓制，他質問說，「作為一個黨的文藝路線擁護者和四川日報讀者，我要求四川日報答覆：一、為什麼積壓反批評稿件？對不對？二、為什麼支持粗暴的批評？對不對？三、有沒有宗派主義，教條主義存在？其原因？四、在對『草木篇』的批評文章中，有一些從錯誤的觀點出發，耗費了不少的筆墨之後，又作出錯誤的結論；(『文藝學習』上有同志批判過了，不用我累累贅贅的說。) 又有一些文章，在批評時明顯地存在著蘇格蘭哈密爾頓的「自然實在論」影響，存在著以片面感覺去認識一篇藝術作品的唯覺論影響，而不是從美學入手分析作品的這些錯誤，四川日報在發表之前是否意識到了？又為什麼要用？在惡意的批判展開後，四川日報積壓地擔負起主要戰場的任務和發洩某些人個人怨懟的工具的任務，是受著誰們的唆使和領導？」而在第二部分，萬家駿則集中批判了李累，「李累給黨帶來了損失，起碼是增加了黨在團結改造知識分子的過程中的困難，推遲了百花在四川開放的節令，增添了知識分子的疑慮，損傷了文人的自尊，影響力團結。」〔註308〕我們看到，在萬家駿的「書面發言」中，談《四川日報》積壓稿件，並將批判的目光集中在「四川日報」，這完全是受到了石天河的影響。同樣，徐航所寫的《徐航給四川日報伍陵同志的匿名信》，也是如此。原因在於：第一，只有石天河最關注《四川日報》的問題。我們知道，在《星星》詩刊的批判初期，石天河認為正是由於伍陵為代表的《四川日報》的壓制，才使得他的反批評文章無法刊登。所以，石天河便將教條主義、官僚主義的批判矛頭指向了《四川日報》。特別是他們所提到的四川文聯內部所展開的有計劃、有組織的批判過程，以及星星詩刊的訂戶下降等問題，萬家駿和徐航也只能通過石天河才能瞭解到的。第二，石天河與李累之間的個人恩怨，特別是石天河對李累的不滿，也極大地影響了萬家駿的書面發言。而萬家駿與李累之間，根本就沒有交往，也根本與李累沒有衝突。所以，萬家駿在第二部分對李累的批判，

〔註308〕萬一：《我對四川日報及省文聯的幾點意見》，《四川文藝界右派集團反動材料（會議參考文件之九）》，四川省文聯編印，1957 年 11 月 10 日，第 89～91 頁。

可以說完全是依據石天河的言論而展開的，或者說受到石天河的影響而寫的。雖然說萬家駿的「書面發言」受到了石天河思想的影響，卻又並不是由石天河指示而寫的。石天河回憶說，「萬家駿在報上點了我的名以後，到報國寺來安慰我。直到這時，他才告訴我，他也寫過一個書面發言，寄給流沙河，請流沙河代轉給座談會主持人或轉給《四川日報》；同時，他還給上海《文匯報》寫過信，寄過一篇短文；並因為聽我談到過徐航，他和徐航也通過信。我聽到他說的這些，感到他必然會因此而受到牽累。我只好把我目前處境的危險告訴他，埋怨他不該插進來。」〔註309〕萬家駿的交代，是否由石天河指示已經不重要了。重要的是，萬家駿自身的發言和寫作，本身就有嚴重的問題，由此成為了右派言行的重要證據。

我們再來看萬家駿的相關文章。萬家駿寫於 6 月份的《微末篇》和《厚顏有忸怩》，對於他自己來說，也是非常嚴重的。與「書面發言」相比，這兩篇文章的寫作更有著萬家駿的個人特點。署名小萬的《微末篇》〔註310〕在寫作風格上，可以說在模仿流沙河。該文是對竹、螢火蟲、含羞草、晚香玉這四種植物的描寫，作品本身並無多大特色。如《竹》，「他不及黃角樹葉闊枝壯，但能薈萃成林；他不及楊柳樹風流秀媚，但不因寒霜愁白鬢髮；它不及逃離華妝豔飾，但不在人前賣弄風情；它更不及樟楠茁壯結實，但它卻敢於將自己無塵有節的赤裸身體，挺刺藍天而無所謂！」在內容上，萬家駿完全依照流沙河託物言志的方式，來呈現自己對美的歌頌和對醜的揭露。在形式上，這組詩也是以散文詩來呈現的。而且在格式上也是按照《草木篇》，將魯迅的名言「他只有自己，但拿著脫手一擲的投槍」作為題記放在作品前面。所以，萬家駿的《微末篇》，從創作意圖和作品來看，都是另外一組《草木篇》，是「《草木篇》翻版」，引起注意就是必然的。

萬家駿另外一篇文章《厚顏有忸怩》，則是在創作風格上有著個人化色彩的雜文，其批判問題也更為尖銳。在文章中，萬家駿著重對四川文藝界的「蝶式」人物批評者進行了批判，「可是蝶太太卻不是這樣。它嫌花的品種和顏色太多，使它眼花繚亂；玫瑰有刺，不及牡丹鮮豔；菊花雖美，但似乎傲骨儼

〔註309〕石天河：《逝川憶語──〈星星〉詩禍親歷記》，香港：天馬出版有限公司，2010 年，第 130 頁。

〔註310〕小萬（萬家駿）：《微末篇》，《是香花還是毒草？》（會議參考資料之十），四川省文聯編印，1957 年 11 月 10 日，第 9 頁。

然；這朵花不夠味，那朵也太刺眼……他一面批評，一面吮著花們的精髓。它咒罵太陽，唯願太陽降下苦雨；它咒罵月亮，唯願月亮撒下寒霜；而當苦雨降了，寒霜撒了，大地變的一片荒涼了，這個厚臉皮的蝶太太，又免不了要慚愧，要懊悔，要對黃葉落下幾滴『貓哭老鼠』的淚；也免不了要『嗚呼！余同某君』」。〔註311〕很明顯，萬家駿所謂的「蝶太太」就是四川文聯的領導。但實際上，萬家駿《厚顏有忸怩》中的批判，比起《我對四川日報及省文聯的幾點意見》中的批判要溫和得多。但值得注意的是，因為萬家駿的《厚顏有忸怩》背後還有一個「小事件」，才引起了四川文藝界的重點關注。在《是香花還是毒草？》中，不僅收錄了「萬家駿給《文匯報》的信」，還附上了「萬家駿寄給《文匯報》的蚊子（照片）」。在這封信中，萬家駿給《文匯報》不僅寄了文章，還寄了蚊子。萬家駿說，「夜間寫東西，蚊子圍攻，使人不禁抓耳撓腮。看見13、14、15、16的文匯報，又寫了這篇短文，拍打之間，蚊子的遺屍不少，今擇一隻『1號型6足大蚊』，附寄於此，當然，這不成體統，但它並不妨礙我對你們的敬意。——它是另一回事」。〔註312〕正如萬家駿自己所說，給文匯報的信封中裝了一隻死蚊子，這確實是「不成體統」，是對《文匯報》不滿的惡作劇。但正是萬家駿的這種「不成體統」，就激怒了《文匯報》，也激怒了四川省文聯。傅仇就在《這是一隻什麼「蚊子」？》一文中就專門談到過此事，「『文匯報』編輯部收到一隻死蚊子，一隻『1號型6足大蚊』。誰幹的惡作劇？萬家駿！化名『10001』，就是他的另一個中文化名『萬一』。他就是右派分子石天河（周天哲）最賞識的一個最有『才華』的丑角。」此外，傅仇還在詩歌《瞧，這是一隻什麼「蚊子」？》中，批判了萬家駿，「萬家駿為『吻』和『草木篇』幫腔鼓掌，／拍打了一隻蚊子作為『禮物』相送。／／萬家駿『消滅』了這隻蚊子，／為的是表明他的『傑作』，向右派邀功！／／萬家駿既然誠心送出了禮物，／就讓右派領情收下，卻之不恭。／／瞧這個丑角的形象，／像不像這隻蚊蟲！／／這隻蚊子倒是一個最好的標本，／可以陳列在反右派鬥爭的展覽會中。」〔註313〕從時間上來看，萬家駿6月17日給文

〔註311〕萬家駿：《厚顏有忸怩》，《是香花還是毒草？》（會議參考資料之十），四川省文聯編印，1957年11月10日，第144、145、148頁。
〔註312〕萬家駿：《萬家駿給文匯報的信》，《是香花還是毒草？》（會議參考資料之十），四川省文聯編印，1957年11月10日，第145頁。
〔註313〕傅仇：《這是一隻什麼「蚊子」？》，《種籽‧歌曲‧路》，上海：新文藝出版社，1958年，第13～15頁。

匯報去信，到 7 月 10 日，傅仇寫出了《這是一隻什麼「蚊子」？》和《瞧，這是一隻什麼「蚊子」？》這兩篇反駁的詩文。由此可見，《文匯報》在第一時間就將萬家駿「千里送蚊子」的惡作劇事件，轉到了四川文聯。根據傅仇的詩歌，四川省文聯認為這隻蚊子「來自天下聞名的峨眉山中」，他們首先想到的就是石天河的指使，也就必然將問題引向石天河。而萬家駿自己所導演的「蚊子事件」，也就引火上身。最終，由於「蚊子事件」使得《文匯報》將萬家駿的信及其身份全部公開出來，成為省文聯批判萬家駿的重要證據。此時，四川省文聯叫石天河「速回機關，以明是非」〔註 314〕，其中一個重要原因就應該與這次萬家駿的「千里送蚊子」事件相關。

　　此時的石天河與萬家駿，保持著非常密切的交往，「離開峨眉山之前的這些日子，萬家駿每隔一兩天，就來看我一次。總是那麼坦然無所謂的，照樣說笑，照樣邀我上山去轉。」而石天河與萬家駿之間交往，最後還影響到萬家駿妻子的命運。「把他的愛人抱著半歲孩子的相片拿給我看。他愛人叫龔自強，是宜賓第二醫院的醫生。他說：『以後你從文聯來信，可能有人注意，可以寄給我愛人轉。』──沒想到，他這個幼稚的想法，我竟然也糊裏糊塗地同意了。後來，就造成了他愛人受連累，被打成『石天河反革命集團宜賓通信站』的『負責人』。判了 5 年刑。」〔註 315〕石天河只有等到 7 月 9 日回到文聯後，他才意識到自己與萬家駿交往的嚴重性。於是，石天河馬上就給萬家駿寫信。「今天平安返蓉，一進機關大門，就看見各色各樣的標語漫畫，對我不僅加上了『右派分子』頭銜，而且說是『胡風的孝子賢孫』……空氣緊張得可怕。──不過，我倒還並沒有害怕，怕有什麼用呢？有些人，不到把我害死，是不會罷手的，我所怕的只有一樣，怕連累朋友無辜受害。」〔註 316〕在這封信中，石天河提到《文匯報》對他們的揭發，而且還表明此時的文聯已經將他們的交往作為「集團」來看待了，正是大量收集他們的材料。在石天河看來，萬家駿的「千里送蚊子」等事情雖然太幼稚了，但他終究與自己有關，所以石天河在信中說進入反右鬥爭後，要萬家駿實事求是地

〔註 314〕石天河：《逝川憶語──〈星星〉詩禍親歷記》，香港：天馬出版有限公司，2010 年，第 132 頁。

〔註 315〕石天河：《逝川憶語──〈星星〉詩禍親歷記》，香港：天馬出版有限公司，2010 年，第 137 頁。

〔註 316〕《七月九日 石天河給萬一的信》，《四川文藝界右派集團反動材料》（會議參考文件之九），四川文聯編印，1957 年 11 月 10 日，第 33～34 頁。

「交代」他。「希望你考慮一下這個問題，將來（大概就在最近幾天）你那裡反右派起來，這個問題，實事求是的交代：是受了我的影響，此外，每天必須留心看報。」當然，不可否認的，石天河主動要萬家駿交代他，也應該說是不得已而為之。從石天河自己的處境來看，他已經成為了事件的中心，沒有迴旋的餘地了，因為此時的萬家駿也必然會出來揭發他。與其被動地讓萬家駿揭發自己，還不如主動地讓萬家駿揭發自己，這樣才會更加「實事求是」。不過，石天河要求萬家駿「主動揭發」，也是非常危險，這既不能更好地保護萬家駿，也不能更好地保護他自己。

　　此時的石天河，還出現了一個「中轉站問題」。在 7 月 9 日《石天河給萬一的信》這封信中，石天河讓萬家駿作為朋友們之間通信的「中轉站」。後來形成了所謂的「中轉站」問題，成為了四川文藝界的一個大問題。值得注意的是，石天河讓萬家駿作通信的「中轉站」，但他首先告訴的是徐航，「大概，過去的，都還不要緊，現在，你最好不要來信；萬一要來信，有什麼要緊的事情相告，就請你用兩個信封，外面的信封寫『峨眉馬路橋郵政代辦所轉樂山專區磷肥廠技校萬家俊同志收』，裏面的信封寫『請轉交給何之子同志』，這樣，才比較妥當一些。我如果回去了，信也沒有關係。不過，你那信上面，不要說愛情方面的話，只告訴我，你身體是否健康就是了。如果你暑期回家，就請把通信地址順便告訴我。」〔註 317〕從這裡看到，「中轉站」僅僅是石天河要離開峨眉山時，與徐航通信的一個臨時安排。石天河說他作出這樣決定的原因，就是他當時還考慮不回文聯。為了能收到朋友們的信，所以就請萬一「代轉」。而石天河並沒有多麼在意「代轉」問題，他是直到 7 月 9 日後回到四川文聯時才告訴「代轉人」萬家駿的。石天河在 7 月 9 日給萬家駿的信中說，「還有一件事，是我走時忘了告訴你的：有些朋友，我曾寫上你的通信地址轉，這些朋友，都是好人，我是怕他們因我的緣故，而背上『右派』惡名，所以臨走前些時，曾發信，叫他們不要來信，萬一要來信，則由你轉交（這是因為我考慮到，怕文管所給我遺失）。當時，已接電報，我還在考慮走不走的問題，現在想來，這也是不應該的。如有來信，就給我轉到文聯來吧。」〔註 318〕石天河由於離開了峨眉山，所以萬家駿幫轉交信件，這本來是一個極

〔註 317〕《七月四日　石天河給徐航的信》，《四川文藝界右派集團反動材料》（會議參
　　　　考文件之九），四川文聯編印，1957 年 11 月 10 日，第 31～33 頁。
〔註 318〕《七月九日　石天河給萬一的信》，《四川文藝界右派集團反動材料》（會議參

為正常的，是一個偶然的小事件。但此時的石天河自身已經十分危險，讓萬家駿作為通信的中轉站「代轉信件」，就是非常嚴重的問題了，最後使得萬家駿這個「中轉站」變成了「集團中轉站」。麻煩的是，萬家駿確實為石天河代轉過信件，使得這個「中轉站」還無意之間又成為了一個事實上的「中轉站」。徐航就提到，「第五封信在 7 月初幾頭，在收到他的第四封信之後不久，依照他的囑咐，用兩個信封，外面的信寫『峨眉馬路橋郵代辦所轉樂山專區磷肥廠技校萬家駿收』，裏面的信封寫『請轉交何之子』結果信寄去就被萬家駿折了。萬一在 7 月 13 日就跟我另寫一封來。」〔註 319〕此後他們三人之間，就是以萬家駿為中心，展開了多次通信聯繫。根據《四川文藝界右派集團反動材料》中的記載，他們之間通信情況有：《七月十日 萬一給徐航的信》、《七月×日 徐航給萬一的信》、《七月十三日 石天河給萬一的信》、《七月十六日 萬一給徐航的信》、《七月×日 徐航給萬一的信》、《七月×日 萬一給徐航的信》、《七月二十三日 石天河給萬一的信》、《八月一日 徐航給萬一的信》、《八月二十日 萬一給徐航的信》、《八月三十一日 徐航給萬一的信》、《九月一日 徐航給萬一的信》共 11 封。

這個「代轉」不僅成為事實上的「中轉站」，最後又變成了「情報站」。7 月 10 日萬一給徐航寫信，該信前有 11 月 10 日的「編者按」便專門提到了「中轉站」問題，並稱之為「情報站」，「石天河指示徐航給他寫信，由『萬家駿轉』；指示萬家駿把他的信『轉到文聯』，之後，萬家駿作了石天河的『情報站』。徐航和萬家駿在石的指示下，也直接勾結起來了。」〔註 320〕這樣，萬家駿這個偶然的「中轉站」又一次變味、升級，變成了「情報站」。由此，在《七月十日 萬一給徐航的信》中他們所談到的文聯的事情，也就被文聯當作了是他們之間在傳輸「情報」。值得注意的是，在萬一給徐航的信中，他們以表哥、表弟相稱，是因為他們已經意識到了問題的嚴重性，才以這種形式通信。因此他們之間的通信交流和表達就變得比較隱晦，而且在稱呼上都是用了暗語。如舟元指徐航，之子指石天河，何兄也指石天河，駿即萬家駿，Ki 也是

考文件之九），四川文聯編印，1957 年 11 月 10 日，第 33～34 頁。

〔註 319〕 《七月×日 徐航給石天河的信》，《四川文藝界右派集團反動材料》（會議參考文件之九），四川文聯編印，1957 年 11 月 10 日，第 34 頁。

〔註 320〕 《七月十日 萬一給徐航的信》，《四川文藝界右派集團反動材料》（會議參考文件之九），四川文聯編印，1957 年 11 月 10 日，第 34 頁。

萬家駿,「青年詩人」指流沙河⋯⋯。〔註321〕所以他們的這些信,確實需要看「注」,才基本瞭解所談的內容。也正是由於這種隱秘性,使他們之間的通信在一定程度上又有了「情報站」的特點。實際上在信中,萬一隻談到了石天河的困境,肯定不是「情報」。如萬一所寫,「之子已於三天前返原處;據聞其家姒娌爭嬌鬥寵,在公婆面前乖就,在鄰里街坊罵街;公老婆佢,能執禮乎?故電報頻催,不容緩旅,讓精神猶能支撐。但望表弟暫勿往訪,恐為其家族不依,而使之子憂慮,此中道理,你該知曉,三思,不言而喻也。」〔註322〕由於萬一知道流沙河在自我檢討、在作交代,所以也特別提醒徐航要警惕流沙河。進而在複雜的背景之下,石天河、萬一、徐航他們三人之間的信件往來,本來是一些正常的交往,由於過度擔憂而才有暗語,反而又進一步坐實了「情報站」問題。進而,他們之間通信次數越多,交流的內容越多,「情報站」也就越豐富,作為「中轉站負責人」萬家駿的問題也就越嚴重。

　　種種因素,將萬家駿的問題凸顯出來。儘管在石天河的回憶中,萬家駿也是堅強的抗爭者,「就是這個李中璞,在我離開峨眉山以後,立即找萬家駿瞭解我的情況,要萬家駿寫檢舉揭發我的材料,萬家駿年輕氣盛,對他的呵哄嚇詐的一套不買帳,當面鬧起來,萬家駿拍了桌子,鬧僵了。」〔註323〕但實際上,就在此時,萬一與徐航他們已經無法再保持沉默了,他們也必須交代。在7月16日萬一給徐航的信中就談到,「最近,地方黨委書記、廠黨委、工會負責人,一齊下來親侯我矣;真是,『生了病,爹娘卻問吃了誰家的桃李』。我是偷吃桃子的人麼?我作為共青團支部書記,這算頭回碰破鼻子,冤哉!我現在準備做書面檢查。究竟要怎樣寫才好,還需徵求你和石天河的意見,總之,先下手為強,不能由我傳染芝。」〔註324〕當然,萬一準備寫交代材料,首先源於他現在自身的嚴重困境,他必須說清楚事實。其次他之所以寫「交代材料」的另一個重要的原因,也與石天河7月9日的信中「實事求是的交代」有關。儘管萬家駿在揭發石天河,他卻也是有所保留的。萬一寫

〔註321〕《七月十日　萬一給徐航的信》,《四川文藝界右派集團反動材料》(會議參考文件之九),四川文聯編印,1957年11月10日,第34~35頁。

〔註322〕《七月十日　萬一給徐航的信》,《四川文藝界右派集團反動材料》(會議參考文件之九),四川文聯編印,1957年11月10日,第34~35頁。

〔註323〕石天河:《逝川憶語——〈星星〉詩禍親歷記》,香港:天馬出版有限公司,2010年,第138頁。

〔註324〕《七月十六日　萬一給徐航的信》,《四川文藝界右派集團反動材料》(會議參考文件之九),四川文聯編印,1957年11月10日,第36頁。

交代材料的具體辦法，正如徐航交出信時的「按語」所說，「在這封信裏，萬一是告訴我『先下手為強』，早點做假檢討，以便蒙混過關；最要緊的是，不能因自己牽扯石天河。怎樣做假檢討呢？他沒有正面回答，卻從側面啟示：多多地用『偏激、片面』這些抽象的『原因』作擋箭牌。」也就是說，在交代過程中，第一是做假檢討蒙混過關；第二是以「偏激、片面」等抽象原因為由而避免涉及正面問題，並最後不牽涉石天河。但事實上，萬家駿、徐航這樣的操作，並不能減輕他們自己的問題，也不能讓石天河免於擔責。實際情況是，萬家駿的交代，讓他們已有的問題變得更加嚴重。

　　萬家駿的交代《萬一交代石天河的材料》，寫於 7 月 21 日，前半部分是談他在與石天河的交往過程，前面已引，這裡就不再重複。這裡主要是引出後半部分，即對石天河展開批判的內容。「石天河常把自己看成直如弦的無產階級詩人和文藝理論家。因此，他常罵別人『不懂文學』，罵批評『草木篇』的人是『教條主義』，是『妓院的老嫖客』，是『小人』，是把『教條主義奉為金科玉律的可憐蟲』。……他還透露出他很久以前就認得右派分子、章羅聯盟中充演重要角色的浦熙修，不但認識，而且還『跟她是老朋友』。」〔註325〕萬家駿的交代材料，對石天河來說，即使是按照他給徐航所提出的「假檢討」、「偏激、片面」等原則來看，其後果也是極其嚴重的。除了前一步已經交代出來的與石天河的早期交往過程之外，萬家駿這一部分的交代所呈現出來的問題，則進一步坐實了對石天河批判的正確性。如石天河與張宇高、浦熙修的關係，以及石天河對胡風、路翎的態度等，這對於反右鬥爭中的石天河來說，只能越描越黑，是非常致命的。儘管在《七月×日　萬一給徐航的信》中，萬一繼續他到自己的「書面檢討」的獨特「寫法」，「書面檢討，我是這樣寫的——多檢討自己，比如偏激啦、片面啦，全是我們自己原有的大缺點；凡是報上揭露了的，就多談點；談石天河，應從反面襯托出他的好處，雖然也要『批判』。尤其是你，剛與他結婚不久，所謂『影響』更談不上了。」〔註326〕此時，萬家駿對於自己已經寫出的「書面檢討」，依然堅持說「多談自己」，「多談報紙上所揭露的」，以及「多談石天河的好處」，並給徐航建議「怎樣

〔註325〕萬一《萬一揭發石天河的材料》，《四川文藝界右派集團反動材料》（會議參考文件之九），四川文聯編印，1957 年 11 月 10 日，第 58 頁。

〔註326〕《七月×日　萬一給徐航的信》，《四川文藝界右派集團反動材料》（會議參考文件之九），四川文聯編印，1957 年 11 月 10 日，第 38～39 頁。

交代才不會與石天河衝突」。正如徐航在交出這封信的時候的「按」所說,「這封來信,只要是指示我『怎樣交代才不會與石天河衝突。』他以他自己的『書面檢查』作榜樣,要我學習;於是,大事化小、小事化無。」〔註327〕而實際上,我們看到,萬家駿對石天河的交代,已經完全大大地超越了這些原則。而且,萬家駿的交代材料,給石天河帶來的只能是噩夢。同時,萬家駿這封信本身,不僅僅涉及到萬一的「書面檢討」的問題,同時也涉及到小集團的「中轉站」的問題,以及他們之間的經濟聯繫等問題,這更讓石天河為首的「小集團」具有了實質性的內涵。總之,對於石天河來說,大事並未化小,而是如雪球越滾越大。

在萬家駿交代石天河的同時,「中轉站」另外一位成員徐航,也開始交代石天河的問題。徐航說,「情勢步步逼近,非交代不可矣,我應怎樣談方與之無衝突呢?有了矛盾,怎樣折衷?」他向萬一表明,現在是「非交代不可」。但是,在信中,徐航也是在向萬一詢問,如何才能「與之無衝突」。我們看到,此時信中的徐航,還有著為真理而殉道的一股勇氣。「由於對真理的信仰,在我,一切犧牲都無可顧惜。從前,我老是羨那些為理想而奔赴絞架、斷頭臺的先輩,萬不料我現在也要親自實踐一次了。好吧,作真理的殉道者。」〔註328〕當然,從現實來看,這僅僅是徐航的一種激情表達而已罷。而在交代材料中,與萬家駿的「交代」相比,徐航所交代內容更為豐富。《徐航交代石天河的材料》共十個部分:包括《(一)我去尋訪石、流的意圖》、《(二)我怎樣為他們所俘虜(第一次見面經過)》、《(三)我給他的第四封信(5月×日)以及他的回信》、《(四)結識石天河後,我的思想突變情況》、《(五)我怎樣和黨對抗,怎樣「集中射擊」》、《(六)石天河怎樣唆使我幫他反批評》、《(七)關於「新的科學的文藝理論體系」》、《(八)他到峨眉後,給我的第三封信》、《(九)惡魔的危機到了,又怎樣欺騙我?》、《(十)右派分子石天河最後一策》。在徐航的這份交代中,主要展現了三個方面的問題:第一,徐航重點交代了石天河的思想,以及對自己的影響,如「在結識石天河之後,我對黨的不滿和懷疑開始轉變為公開和黨的對抗了。」第二,徐航儘管也談道他自己

〔註327〕《七月×日　萬一給徐航的信》,《四川文藝界右派集團反動材料》(會議參考文件之九),四川文聯編印,1957年11月10日,第38~39頁。
〔註328〕《七月×日　徐航給萬一的信》,《四川文藝界右派集團反動材料(會議參考文件之九)》,四川省文聯編印,1957年11月10日,第38頁。

如何「向黨進攻」的事實，但都將原因歸於石天河。「在魔鬼石天河的『攻大教條』的『指導思想』底下，我開始盤算怎樣『攻大教條』了。換言之，我在計劃怎樣向黨的文藝領導攻擊。」第三，交代了進入反右階段後，石天河對他的欺騙。「這使我非常頑固地抗拒改造，很久不願改變右派立場。在這封『愛情信』之前，他寫了一信教我『在學校裏如何旗幟鮮明地反對右派』的信（已交出）。」最後，徐航將他自己問題就全部推倒了石天河的省上，「我現在後悔也遲了。石天河叫歇斯底里的萬家駿來拴住我，使我不容易拔出泥淖，險些遭到毀滅！石天河就是這樣殘忍的。」〔註329〕從這裡可以看到，徐航的交代，可以說是非常完整和系統。他將自己與石天河的關係，從相識到每一次通信，都做了非常細緻的陳述。而且在陳述的過程中，徐航完全是激進的批判姿態，由此將石天河的小集團問題、右派問題，一一具體化、事實化。對於這篇「揭老底」的「交代材料」，徐航在《八月一日徐航給萬一的信》中，就專門談到了他寫「交代材料」的背景和具體過程，他用「隱語」為自己的「交代」作了辯護，「一切都是突然的！數周來，我得了重病，躺在床上，寸步難行。蚊子們又叮有『詐』，令我『嘔吐』不已。昏厥幾次。你知道，我活了十幾年，缺乏與疾病鬥爭的經驗，過去的事情就讓它過去罷。即使你罵我是『昏蛋』也沒有關係，好在心肝五臟是沒有完全吐出的。」徐航同時也表明了自己的困境，「我在前信似乎說過，我是受到監視的，所以你信遲至今夜方收。現在才知道你寫了回信，後悔已來不及。然現在的我，仍很窘迫，不能多和您談什麼；因為病得挺凶，此刻提筆也是心驚膽戰的呵。」從這封信可看出，徐航的問題已經發生了「實質性」的變化，從石天河給萬一的信中也可以看到。〔註330〕雖然在徐航給萬一的這封信中，較為真誠地介紹了自己的寫作「交代材料」的過程，也透露了自己的真實內心，他這些都不重要了。不管怎樣，他必須揭發石天河、萬家駿，必須與他們清界限。

除開徐航自己的交代揭發之外，此時四川省文聯對徐航等相關的調查，也有了「實質性」的進展。石天河在信中寫道，「我的問題，因為徐航的牽連，現在是愈鬧愈大了，徐航不僅有嚴重的胡風思想，而且，他是一個大特務頭

〔註329〕 《徐航交代石天河的材料》，《四川文藝界右派集團反動材料（會議參考文件之九）》，四川省文聯編印，1957 年 11 月 10 日，第 52～56 頁。

〔註330〕 《八月一日 徐航給萬一的信》，《四川文藝界右派集團反動材料》（會議參考文件之九），四川文聯編印，1957 年 11 月 10 日，第 39～40 頁。

子徐中齊的侄兒（這一點我過去一點也不知道），在大鳴大放的時候，他在學校裏非常活躍。」〔註331〕經過文聯的調查，發現一個問題，徐航是徐中齊的侄兒。那徐中齊何許人也？徐中齊，四川敘永人，黃埔軍校第四期學生。曾被派到奧地利專修警察專業，歸國後任國民黨中央警校教務處長。抗戰後，國民政府遷到重慶後，徐中齊出任重慶警察局局長、四川警察局局長。解放後，逃往臺灣。因此，在當時看來，徐中齊是不折不扣的「大特務」。這一歷史，對於確定徐航的右派身份，以及他們「情報站」問題的又一個人重要事實。另外，石天河曾提到要「辦反動刊物」的問題，也被調查出來。「有人還提到，說我要到上海去辦一個反動刊物，這一點，希望你實事求是地說明；還有人提到說我要到印度尼西亞去，事實是：有一回，印度尼西亞寄來了兩份華僑辦的雜誌，我看了說：『如果我現在到印度尼西亞去辦刊物，一定辦得比他們好些』。……現在狠多事情絞在一起，令我有口難分。」〔註332〕可見，此時的石天河只能聽天由命了。

　　經過這一系列的事件，萬一與徐航有了最後一個回合的通信。此時，萬家駿的《八月二十日　萬一給徐航的信》僅留下殘片，其中提到，「他有『性命之憂』，還說您的親屬是××，你太胡鬧了，怎麼竟有胡風思想？難道不知胡風是反革命麼？」〔註333〕此時，萬一較為嚴屬地責怪了徐航，特別對徐航有胡風思想的極度不滿。對此，在8月底反右已經進入總結的階段後，徐航還繼續給萬一寫了兩封信。一方面，相關問題已經無法說清楚了，他們倆都只能老實地向組織「交代」相關問題。另一方面，在8月31日《徐航給萬一的信》中，徐航以表弟「顏之後」的身份，向萬家駿介紹了自己的情況，「我於八月初即轉這兒（團市委）學習改造了。領導上對我關懷備至、因為我早已『基本交代完善』。環境甚優，唯紀律（這是必要的）反覆，行動無自由。」然後對萬家駿提出了自己三個解決問題的辦法：「一、務使向醫生申訴的病情與吾之『交代』符合，竭力做到求醫心真，心切。古人所謂，『醫者忌也』，『誠則靈』。二、吾前向大夫『交代』病情時，語言曖昧，可此可彼，似是而非，

〔註331〕《七月二十三日　石天河給萬一的信》，《四川文藝界右派集團反動材料》（會議參考文件之九），四川文聯編印，1957年11月10日，第40～41頁。

〔註332〕《七月二十三日　石天河給萬一的信》，《四川文藝界右派集團反動材料》（會議參考文件之九），四川文聯編印，1957年11月10日，第40～41頁。

〔註333〕《八月一日　徐航給萬一的信》，《四川文藝界右派集團反動材料》（會議參考文件之九），四川文聯編印，1957年11月10日，第41頁。

故重新議病，容許多種多樣的解釋，敬請靈活掌握。大夫總想別人病重，以便多敲竹槓；據實稟告，算是火上澆冷水。三、趕快向醫生說明，伊病大半從我所染。比如扯『瘋』（注四）全係我灌輸；忠告吾不止一次，然我未聽。最出見面，伊即知余偏激異常，亂來，缺乏廣闊的思辨精神。大夫豈不知余乳臭未乾哉！當然一見面就亂搞，常情中事矣，不足為奇。伊病或可酌減也。以上三點以『三』為主要關鍵，望細玩味，多推敲。應用得當，伊或轉危為安未可知。」〔註 334〕很快，徐航又再次給萬家駿寫信，在 9 月 1 日《徐航給萬一的信》中，此時徐航已經別無選擇，告訴了萬家駿自己的「交代」。〔註 335〕而對於徐航的這封來信，此時的萬家駿已經無法回覆了。據記載，樂山地區「10 月 28 日起，歷時 23 天，地委採取大集中的辦法，集中地、縣、區三級幹部 482 人進行整風反右，大鳴大放，大字報，揭發批判『右派』分子。」〔註 336〕萬家駿就應該是其中一個右派分子。另外，在《右派分子把持「星星」詩刊的罪惡活動》中也提到，「他們從來稿中物色對黨對新社會不滿的青年，加以重點『培養』，這些青年如成都的華劍，自貢的李加建（即玉笛），王志傑，峨眉的萬家駿，南充的魯青，舒占才，都得到他們的賞識。他們美其名曰『培養新生力量』，其實是招兵買馬，搜羅心腹，擴充右派勢力。」〔註 337〕萬家駿被看作是石天河重點培養的青年之一，由此最終成為了四川文藝界「反革命小集團」主要成員之一。石天河回憶說，「所謂『四川文藝界反革命右派集團』的 24 個人中，最初被判刑的，有我和儲一天、陳謙、萬家駿等四個人。」〔註 338〕「萬家駿在『文革』期間，在監獄裏，又遭誣陷，差一點被執行死刑。幸而『四人幫』被粉碎，他才得以幸免於難。1980 年平反後，回到原機關的第一天，他就請求改名『萬駿』，人事科長問他為什麼要改，他說：『我已經沒有家』了。』」〔註 339〕另外，謝瑞五也對萬家駿也有記錄，「另一位右派叫萬

〔註 334〕《八月三十一日 徐航給萬一的信》，《四川文藝界右派集團反動材料》（會議參考文件之九），四川文聯編印，1957 年 11 月 10 日，第 42～43 頁。

〔註 335〕《九月一日 徐航給萬一的信》，《四川文藝界右派集團反動材料》（會議參考文件之九），四川文聯編印，1957 年 11 月 10 日，第 43～44 頁。

〔註 336〕《樂山市志（上）》，樂山市地方志編纂委員會編纂，成都：巴蜀書社，2001 年，第 60 頁。

〔註 337〕《右派分子把持「星星」詩刊的罪惡活動》，《星星》，1957 年，第 9 期。

〔註 338〕石天河：《逝川憶語──〈星星〉詩禍親歷記》，香港：天馬出版有限公司，2010 年，第 376 頁。

〔註 339〕石天河：《逝川憶語──〈星星〉詩禍親歷記》，香港：天馬出版有限公司，

家駿，他好像是廠辦或是工會的幹事，是那個年代典型的『文藝青年』。年輕帥氣，打一手好乒乓球，特別是不時在全國性文藝期刊上發表作品，是我等中學生心目中的偶像。反右中他被『譽』為『磷肥廠的流沙河』而更引我等注目。現在我才知道，萬家駿無辜捲入『四川省文藝界右派反黨集團』，被判刑十五年，文革後期在獄中又遭誣陷加判至死刑，幸『四人幫』垮臺未被執行。他在宜賓醫院工作的妻子因替他中轉了另一右派石天河的信件而被打為『右派反黨集團的通信站』而獲刑五年。可憐他們才周歲的兒子就這樣失去了父母親，由奶奶將他撫養成人。1980 年妻離子散的萬家駿獲平反，重新上班的第一天他就到人事部門要求改名，將萬家駿改為萬駿，問何故？答曰：我已沒有家了……」〔註 340〕

　　面對繼續擴大的反右鬥爭，石天河無法置身事外，他必須回到文聯，參與到反右鬥爭之中。對於自己返回成都的過程，石天河有清楚的記載，「隨著《這是為什麼？》一文之後，《人民日報》上號召『反擊右派分子的猖狂進攻』的文章就接二連三地出現，『反右』運動一步步進入高潮。這時候，我朦朦朧朧地意識到：在這個運動中，我已經無法脫身了，我的厄運來了。……四川文聯常蘇民發來電報，叫我『速回機關，澄清是非。』」〔註 341〕面對這種情況，石天河只能回到文聯，參與反右，並澄清是非。雖然常蘇民對石天河說的是「速回機關，澄清是非」，但從石天河自己對返回文聯過程的回憶來看，此時石天河的問題是相當嚴重的。第一，派來請石天河回文聯的不是文聯幹部，而是保衛幹事，這顯示出石天河本人非常危險，「一個和我們點頭微笑，打了個招呼，並自我介紹，說他叫周為。『周為』這個名字，我模模糊糊的記得，是聽說過的，是一位文化人，後來大概是去公安保衛部門工作去了。我向他通名的時候，他悄悄說了聲：『我曉得。』因此，我猜，他大概是省裏面公安部門派來防止『右派分子』逃跑的。因為，當時，有一種傳言，說美國的國務卿杜勒斯曾經發表談話，表示『歡迎《星星》詩刊被批判的詩人到美國避難』，云云。現在，『反右運動』已經進入高潮，公安部門要防止『右派分

　　　　2010 年，第 146 頁。
〔註 340〕謝瑞五：《中國現代磷肥「第一廠」——我的父親謝仁宏與「國營樂山磷肥廠」》，http://www.cdsouth.com/?action=show&id=230
〔註 341〕石天河：《逝川憶語——〈星星〉詩禍親歷記》，香港：天馬出版有限公司，2010 年，第 129 頁。

子』去『叛國投敵』，自然是一項緊急任務。」〔註342〕第二，更有意思的，派送石天河回文聯的保衛幹事，試圖在路上槍斃石天河，「一路上，順順當當，我並沒有感到有什麼意外。直到在批鬥我的會上，聽這位保衛幹事發言，我才知道，他身上是帶著上了膛的槍，懷著對右派分子的刻骨仇恨，在從峨眉山下來的時候，他曾經想從後面一槍斃了我。」〔註343〕從這裡可以看出，整個社會對石天河問題的宣傳和渲染，已經到了深入人心的地步。此時石天河激烈的《萬言書》和《讓良心發言》，肯定已經上交到四川省文聯，甚至是省委宣傳部，被廣泛宣傳。導致石天河的問題引起了公憤，成為千夫所指。

　　7月9日回到文聯後的石天河，也非常清晰自己的處境。「我在回文聯時，心裏已經反覆考慮過許多次，我明明白白地知道：別人也許可能爭取到『寬大處理』，我是無論如何也逃不過這一劫的。」〔註344〕儘管他已經瞭解了自己的處境，但迎接他的任然是比他想像還要複雜的各種批判會。石天河在《逝川憶語》中記載了這些批判，但由於時過境遷，他回憶中把7月到12月的批判會混雜在一起，難以看到整個歷史發展的具體過程。但是，作為四川文藝界接下來反右鬥爭的中心人物，他個人的感受，以及他對這段歷史的個人視野，都是非常值得我們關注的。「到底開了多少次批判會，一般的，現在，我已經記不得了，只有比較有特色的幾次，我還約略地記得。」〔註345〕在批判石天河的過程中，還有「小會」，「後來的『小會』（就是文聯機關內部為了『擠』出我的『材料』而開的會），我基本上只是坐在那裡聽。有的人諷刺我，說我像個『布袋和尚』，有什麼意見都往大口袋裏裝，不作答覆。實際上，是那些意見根本是『無從說起』的，如何能認真對待呢？有時候，就只好是玩笑式的說幾句。『小會』逐漸改為以『批判』為主，『批判』的內容，主要是三大項：一是在波匈事件時有『反蘇』言論，說斯大林擴大肅反，亂殺黨內同志；說蘇聯在國際關係上有『大國沙文主義』；還說『如果我在匈牙利，我也

〔註342〕石天河：《逝川憶語──〈星星〉詩禍親歷記》，香港：天馬出版有限公司，2010年，第139頁。

〔註343〕石天河：《逝川憶語──〈星星〉詩禍親歷記》，香港：天馬出版有限公司，2010年，第149頁。

〔註344〕石天河：《逝川憶語──〈星星〉詩禍親歷記》，香港：天馬出版有限公司，2010年，第151頁。

〔註345〕石天河：《逝川憶語──〈星星〉詩禍親歷記》，香港：天馬出版有限公司，2010年，第182頁。

要殺人』。二是篡奪了黨對《星星》詩刊的領導權，大放『毒草』，為首組織『小集團』，招兵買馬進行反黨活動；與各地的右派分子聯繫，想把共產黨搞垮。三是同情胡風反革命集團。為胡風分子喊冤叫屈。」〔註346〕在批判石天河過程中，也有一些非常有意思的細節，「在這個批判會上，最具特色的是上演了一個國際性的節目：由兩位留華工作的日本同志中的一個，對我作批判發言。……而這位日本同志，第二天在大門口碰著我，還點頭微笑，說：『我是隨便說幾句……』他也明白，這只是『客串』，並沒有當真。」〔註347〕批判會是「客串」，但對石天河的批判卻是真格的。此後，隨著《人民日報》、《文藝報》等報刊開始點名批判石天河，他的問題就已完全上升為四川「右派集團」的大問題。

〔註346〕石天河：《逝川憶語——〈星星〉詩禍親歷記》，香港：天馬出版有限公司，2010 年，第 184 頁。

〔註347〕石天河：《逝川憶語——〈星星〉詩禍親歷記》，香港：天馬出版有限公司，2010 年，第 189 頁。